天壹文化

从声音到文字，分享人类智慧

清工笔彩绘插图《聊斋图说》之《黄英》（一）

清工笔彩绘插图《聊斋图说》之《黄英》（二）

清工笔彩绘插图《聊斋图说》之《黄英》(三)

清工笔彩绘插图《聊斋图说》之《黄英》（四）

清工笔彩绘插图《聊斋图说》之《阿英》（一）

清工笔彩绘插图《聊斋图说》之《阿英》（二）

清工笔彩绘插图《聊斋图说》之《西湖主》（一）

清工笔彩绘插图《聊斋图说》之《西湖主》(二)

清工笔彩绘插图《聊斋图说》之《西湖主》（三）

清工笔彩绘插图《聊斋图说》之《西湖主》（四）

清工笔彩绘插图《聊斋图说》之《西湖主》(五)

清工笔彩绘插图《聊斋图说》之《西湖主》(六)

马瑞芳品读聊斋志异·妖卷

插图典藏本

马瑞芳 著

天地出版社 TIANDI PRESS

总序

中华传统文化经典《聊斋志异》

21世纪，中华传统文化大热，中宣部及国家相关文化部门组织实施了多个传统文化传承发展重点项目，我有幸参与了其中两个。一个是中国作家协会组织实施的"中国历史文化名人传"丛书出版工程，组织当代一百余位作家给在中华文化发展史上产生过重大影响的一百余位历史文化名人撰写传记；另一个是由中宣部支持指导、文化和旅游部委托国家图书馆组织实施的"中华传统文化百部经典"编纂项目，从文学、历史、哲学、科技、艺术五大门类挑选百部经典作品，深入浅出地进行解读。这两个重点项目中，有关蒲松龄和《聊斋志异》（以下简称《聊斋》）的分册都由我承担。

到2017年年底为止，我出版的关于蒲松龄和《聊斋》的书已有二十多种。常有读者问："您是从什么时候开始读《聊斋》的？"十年前，易中天教授也问过这个问题。我当时半开玩笑地回答："我在娘肚子里就开始读。"因为母亲的嫁妆书箱里有《聊斋》，我小时候常听母亲讲《聊斋》故事。母亲告诉我们七兄妹：勤奋读书，诚信做人，敬老爱幼，会有好报；要奸取巧，损人利己，就会遭殃。我印象最深的是《聊斋》人物细柳，她的两个儿子好逸恶劳，细柳便用"虎妈"的方式教育他们，结果一个儿子考中了进士，一个儿子成了富商。母亲总结这个《聊斋》故事说："自在不成材，成材不自在。"母亲用这十个字教育我们七兄妹，1965年之前把她的七个子女都送进了全国重点大学。"自在不成材，成材不自在"这十个字，我一辈子都忘不了。

因为母亲的影响，我对《聊斋》有特殊的情感，而《聊斋》对传统文化的意义是我毕生研究的动力。广大读者对《聊斋》的了解可能多来自影视传播的内容，其实，很多看似和《聊斋》无关的内容，也和《聊斋》有着千丝万缕的联系。比如2017年年底，日本作家梦枕貘的《妖猫传》在中国大火，而《妖猫传》就是模仿《聊斋》写成的。《聊斋》早在江户时代（1603—1868）就传入日本，在日本可谓家喻户晓，很多日本作家——比如芥川龙之介——都学过蒲松龄。其实，在世界范围内，不仅畅销书作家学《聊斋》，经典作家也学《聊斋》，马尔克斯、博尔赫斯等拉丁美洲魔幻现实主义大师把蒲松龄当作榜样，中国的诺贝尔文学奖得主莫言也自称是蒲松龄的传人。我认为蒲松龄最重量级的承传者是曹雪芹，《红楼梦》在小说主题、哲理内蕴、诗化形式、形象描写等方面都受到《聊斋》的影响。

《聊斋》受到古今中外文学家的青睐，绝不仅仅是因为内容猎奇。过去，人们习惯性地认为《聊斋》是谈鬼说狐的闲书，其实它是中国传统文化的重要承袭者。世界各大百科全书介绍《聊斋》时都称它为短篇小说集，法国大百科全书却说《聊斋》达到中国古代散文的艺术高峰。为什么这样说？因为《聊斋》是用文言文写成的。文言文是古代官方和民间约定俗成的书面语言，只有熟读诗书的人才能运用自如。用文言文写作，不仅要讲究严格的古汉语语法，要有丰富的辞藻和飞扬的文采，而且要能把经史子集里的典故信手拈来。《聊斋》引用上千种经典，近万条典故，文字不仅典雅严整，而且生动活泼，清新自然，富有诗意，真正把文言文写得出神入化，读起来赏心悦目，听起来音韵铿锵。所以，它既有小说的特点，同时兼具散文的特色，对于写作的人群来说，是不可多得的借鉴佳品。

《聊斋》在课堂上有怎样的地位？著名作家孙犁先生说过一句很有哲理的话："文坛上的尺寸之地，文学史上的两三行记载，都是不容易争来的。"而在各种文学史上，不管是社科院主编的，还是教育部主编的，《聊斋》都占了整整一章。1960年，我考进山东大学中文系，我们不仅要学《聊斋》的文学史必修课，也要学好几门《聊斋》的选修课。《聊斋》也出现在初高中语文课本必读篇目里，初中语文课本选取了《狼》《山市》这种《聊斋》中精金美玉般的散文，高中语文读本选取了《聊斋》中最好的故事之一《婴宁》。而以前收录在高中语文课本里的《促织》，我认为选的版本并不好，值得探讨。

《聊斋》对大众读者有什么启发呢？数百年来，《聊斋》在每个时代都有大量忠实粉丝，时至今日，读者的热情仍然高涨，既是因为《聊斋》谈狐说鬼，构建起一个扑朔迷离的瑰丽世界，令人着迷，也是因为它的故事里充满发人深省的人文关怀。蒲松龄在讲述一个一个引人入胜的故事时，用他的视角向读者传递：在荆天棘地的社会中，人如何生存？在举步维艰的情况下，人如何发展？怎样面对人生逆境困境，怎样置之死地而后生？怎样把人的潜能发挥到最大限度？怎样对待"爱情""财富""地位"这三个永恒的人生难题？总而言之，就是人为什么活着？人生的路怎么走？《聊斋》人物的人生阅历、喜怒哀乐、悲欢离合，对我们现代人仍有启发，仍能起到借鉴作用。这也是《聊斋》被选入初中、高中、大学课本的原因。无论是少年，还是而立之年；无论是到知天命，还是步入耄耋之年，每个人都可以从《聊斋》的虚幻世界找到对现实人生的种种解答。

北京大学吴组缃教授曾说："对于《聊斋》，我们应当一篇一篇加以分析评论。因为每一篇作品都是一个有机的艺术整体，各有自己的生命；我们必须逐篇研究，探求其内在的精神和艺术特色。"2018年，我在喜马拉雅讲《聊斋》，选讲百余篇脍炙人口的名篇，保持经典的原汁原味，一篇一篇细讲，里边一些画龙点睛的名言，早就活在老百姓的日常生活中，现在按照鬼、狐、妖、神、人的主题编为图书，以飨读者。感谢喜马拉雅价值出版事业部负责人陈恒达，天地出版社副社长陈德，天喜文化公司总编辑董曦阳，以及各位编辑的辛劳。

本书黑白插图选自《详注聊斋志异图咏》。本书彩色插图选自《聊斋图说》，由蒲松龄故居提供，在此谨致谢忱。

序

千姿百态妖精灵

凡是动物、植物、器物变化成人,跟人交往,就叫妖精,或精灵。孙悟空常说"捉个妖精耍子",其实他也是妖精——猴妖。中国古代小说里,蒲松龄创造的妖精种类最多,大自然有什么生物,他就相应创造什么"亦物亦人""亦妖亦人"的精灵。千姿百态的精灵,由虫、鸟、花、木、水族、走兽幻化而成,从天上,从水中,从深山密林,从蛮荒原野,为寻求挚爱真情,纷纷来到人间,谱写出一个个具有特殊意趣、好玩动听的故事。

人花相爱的《聊斋》故事成为中国古代小说极富诗情画意的名作。

白居易说"少府无妻春寂寞,花开将尔当夫人",是美丽的想象;宋代林逋说"梅妻鹤子",是精神寄托;唐明皇说杨贵妃是"解语花",是对善解人意的美人的高度概括。《聊斋》于是创造了各种花"解语",把牡丹、菊花、荷花变成士子贤妻:

葛巾艳丽,像花大瓣繁的紫牡丹。

香玉凄美,像冰清玉洁的白牡丹。

黄英俊爽,像笑迎秋风的悬崖秋菊。

荷花三娘子清新,像出淤泥而不染的芙蓉。

除了人花相爱，一个个带着翅膀的精灵，也彩翼翩翩地向人间飞来：

《绿衣女》，绿蜂配偶被鸟吃掉，她变成"绿衣长裙，婉妙无比"的少女做书生爱侣，因曾受挫折，低调胆小，担心爱情不能长久。

《阿英》，鹦鹉因主人对幼子说喂鸟"将以为汝妇"，就到仙境修炼成娇婉善言的美女，回人间恪尽妻责，兑现"婚姻之约"。

"獐头鼠目"本是形容不良者的常用语，《聊斋》却全面翻案，《花姑子》写活了重情重义的香獐精，《阿纤》写活了善良勤劳的高密老鼠精。

《西湖主》，大自然中又凶恶又丑陋的扬子鳄幻化成秀美公主，给有放生之德的陈生带来富贵的神仙生活。

《白秋练》，一老一小两条美人鱼（国家一级保护动物白鱀豚），小的幻化成爱诗少女，用聪明智慧争取爱的权利，老的用生命保护女儿的爱情。

《素秋》，粉白如玉的智谋才女乃书中蠹鱼所化，她用幻术在纨绔丈夫面前保持清白，用幻术驱走抢夺自己的恶人，又用幻术帮助结义兄嫂逃过兵灾。

传统道德认为，人和人相处有两条重要法则：一是一言既出，驷马难追；二是受他人恩惠，哪怕付出生命也要报答。蒲松龄按理想主义构想，创造出一批重然诺、重情谊、讲义气的精灵，他们有时以精灵形象出现，有时以自然形态出现：

《八大王》，巨鳖醉汉因受冯生放生之恩，豪爽地将"鳖宝"相赠，帮冯生换回泼天富贵。

《鸮鸟》，贪官倒行逆施，敲诈良民，黎民有冤没处诉，猫头鹰出现，高歌"贪官剥皮"，唱出百姓心声。

《赵城虎》，老虎误吃老太太的儿子，承诺给老太太养老送终，像儿子一样依恋老太太。

草木顽石也温情脉脉：

《橘树》，受小女孩儿爱护的橘树以累累果实报答，以憔悴无花哀离别。

《石清虚》，太空石与爱石者心心相印，巧妙保护自己，也保护爱石者。

精灵故事不仅描绘爱情，也不仅讴歌友情，还寄寓人生教益：

《鸽异》，即使为中华美鸽之最，也免不了被贵官丢进汤锅。

《黎氏》，没品行的士子随便领个荡妇回家做继妻，结果后娘化狼，吃掉子女。狼变后娘的事是想象，狼一样的后娘却真实存在……

20世纪西方小说家喜欢写人的异化：卡夫卡将人异化为大甲虫，马尔克斯让人长出猪尾巴……而蒲松龄早在三百年前就开始写人的异化，不为好玩，不为猎奇，不为花样翻新，只是借此阐明社会伦理。《聊斋》中的精灵故事，像变幻莫测的万花筒，一篇一样式，一篇一内涵，带来阅读新奇感。《聊斋》精灵不像《西游记》中的妖精那样三头六臂、踢天弄井，他们一直像平常人般生活，关键时刻，异类身份才会暴露。读精灵故事，感受的是人生的穷通祸福，现实的爱恨情仇。

异类可以变化成人，人能不能变化成异类？《向杲》给出了巧妙解释：向杲的哥哥为豪富庄公子所杀，官府受贿，告状不灵；庄公子又雇了保镖，向杲亲自动手报仇也没成功，于是道士给他披上一件袍子，向杲变成兽中王，把仇人的脑袋弄了下来！

《聊斋》精灵千殊万类，人文关怀贯穿始终，备受读者喜爱。

目录

001 《葛巾》：紫牡丹嫁错郎

013 《香玉》：白牡丹的生死恋

025 《黄英》：菊花仙做了CEO

038 《荷花三娘子》：聚必有散花解语

046 《绿衣女》：偷生鬼子常畏人

052 《阿英》：彩翼翩翩为情来

064 《竹青》：乌鸦也能成贤妻

071 《花姑子》：重情重义香獐精

084 《西湖主》：扬子鳄也能做美妻

096	《白秋练》：中国诗意美人鱼
109	《书痴》：书中真有颜如玉
120	《阿纤》：高密老鼠精故事
132	《素秋》：书中蠹虫和结义兄长
144	《鸽异》：中华美鸽博览会
153	《石清虚》：神奇太空石
164	《八大王》：鳖王仗义，亲王龌龊
173	《汪士秀》：洞庭湖面踢足球
179	《橘树》：树犹如此

183	《赵城虎》：兽中王给人当孝子
189	《鸲鸟》：贪官就该剥皮楦草
194	《黎氏》：后娘化狼
200	《向杲》：变只猛虎吃恶人
207	《聊斋》的前世今生

《葛巾》：
紫牡丹嫁错郎

大自然有多少种花？数不清。如果花也分等级，牡丹该排在第一位，在中国被称为"国花"。古代诗人写了无数咏牡丹的诗，其中李白的《清平调》最著名，"一枝红艳露凝香"，写出了牡丹的艳、牡丹的香，以及露水覆盖下牡丹的动人美姿。刘禹锡《赏牡丹》："庭前芍药妖无格，池上芙蕖净少情。唯有牡丹真国色，花开时节动京城。"诗中"真国色"三字掷地有声地讲出了牡丹的国色天香与艳冠群芳。"姚黄魏紫"中的"紫"就是指紫牡丹葛巾。

中国有两个牡丹之乡：山东曹州（今菏泽）和河南洛阳。蒲松龄用一个别致的爱情故事调侃：洛阳牡丹甲天下，是洛阳人常大用从曹州把牡丹花神带回家的结果。蒲松龄用牡丹花神葛巾做小说女主角，人物美，氛围美，构思美，语言美，是《聊斋》中最美的小说之一。

洛阳常大用爱牡丹，听说曹州牡丹有名，非常向往，二月恰好有事到曹州去，便借园子住下。牡丹还没开花，他只能每天在花园徘徊，呆呆地盯着牡丹的幼芽，盼着它开放。他写了一百首《怀牡丹》诗。没多久，牡丹含苞欲放，他的路费却快花光了，只好把春天穿的衣服送到当铺,继续痴痴地等待牡丹开花。

一天凌晨,他来到花圃,发现一老一少两个女子。他怀疑是富贵人家的家眷,马上退回居处。晚上再去,又看到那少女,穿着宫廷服饰,艳丽至极。常生目眩神迷,转而想:人间怎能有这么美的女子?他急忙返回去搜寻,刚转过假山,就看到少女正坐在一块石头上。她见常生跑来,大吃一惊。老妇护住少女,斥责常生说:"狂生想干什么?!"常生直挺挺跪到地上,说:"娘子一定是神仙!"常大用怀疑美女是神仙,可见在他心中,"神仙"可以接受,花妖却存点儿疑问。这是蒲松龄埋下的伏笔。老妇呵斥:"胡说八道,就该捆起来送进县衙!"常生怕极了。女郎微微一笑,对老妇说:"走吧。"说完,绕过假山而去。常生返回时,脚都迈不动了。这里紧接着出现了一段经常被《聊斋》研究者引用的心理描写:

意女郎归告父兄,必有诟辱之来。偃卧空斋,自悔孟浪。窃幸女郎无怒容,或当不复置念。悔惧交集,终夜而病。日已向辰,喜无问罪之师,心渐宁帖。而回忆声容,转惧为想。如是三日,憔悴欲死。

多么层次分明、细致真切的心理描写!常生先是猜想女郎回去后如果告诉父兄,诟骂和凌辱肯定会随之而来。他后悔刚才太冒失,接着又偷偷地庆幸少女没有生气,也许不会告诉父兄。想来想去,又后悔又害怕,忐忑不安,一夜没睡好,竟然病倒了。第二天,快到中午了,也没人来向他问罪,常生渐渐安心,却一个劲儿想念那宫妆美女美丽的面容、迷人的声音,不再恐惧,反而害起了单相思,憔悴得要死。

第三天，点灯时分，仆人已睡熟，那位老妇忽然进门，手上端着一个瓦盂，走到常生跟前，说："我家葛巾娘子亲手调和了一碗毒药汤，你赶快把它喝了！"女主角的名字出现了。花间美女名叫"葛巾"？紫色牡丹也叫"葛巾"呀！常生知道了美女芳名，却没将其与牡丹花联系起来。蒲松龄在塑造常大用时，没有赋予他多大的聪明才智，而是让他有点儿笨笨的，还有点儿认死理，这也是最后造成悲剧的原因。

常生对老妇说："我与娘子向来没有怨恨嫌隙，何至于将我赐死？既然是娘子亲手调和的，与其让我相思成疾，还不如喝了娘子赐的药，死掉算啦！"说完端起瓦盂，一饮而尽。老妇笑了，接过瓦盂，走了。常生觉得喝下的东西微带药味，凉凉的，香香的，不像是毒药。一会儿，只觉得几天来郁闷至极的肺腑豁然开朗，原本昏昏沉沉的脑袋变得清清爽爽。常生酣然睡去，醒来时，太阳已把窗户照得通红，病魔似乎从他身上溜走了。

葛巾美丽体贴，她这是在用牡丹精髓给常大用治病。常生越发怀疑葛巾是神仙，只是没机会跟她进一步相识，只好在没人的地方，想象葛巾站在那里，坐在那里，自己再对着那位置虔诚地跪拜，嘟嘟囔囔地跟葛巾倾诉衷情，向她祷告。

有一天，常生到花圃去，忽然在茂密的树林里，迎面遇到葛巾，大喜，立刻跪在地上。葛巾拉他起来，常生嗅到她异香遍体，就抓住她白嫩异常的小手站起来。常生觉得葛巾肌肤柔软细腻，自己的骨头都要酥了。正想说话，却听到老妇走来，葛巾向南指指，说："夜里用花梯翻上墙头，四面都是红窗的，就是我住的地方。"说完急忙离去。常生怅然若失，魂飞天外。

到了夜里，常生搬架梯子爬上南墙，墙那边已预先放了梯子，

葛巾

蘭麝已是
降雲
車何必儜
源更
泛裡省識
秋風
團扇冷不
應田
子只當花

《葛巾》

他攀着梯子下来,果然看到一个四面红窗的屋子。只听屋里传来下棋声,常生只好翻墙回去。过了一会儿,他又翻过墙去看,围棋声还在响。他走近红窗偷看,发现葛巾跟一位素衣美人正在下棋。他只好又返回来。翻了三次墙,已是三更天。常生趴在墙这边的梯子上等待,听到老妇从房间出来,说:"梯子,谁放到这里的?"便喊丫鬟过来把梯子搬走了。常生爬上墙头,想下去却没了梯子,只好烦闷地回去了。

第二天晚上,常生总算进了有红窗的房间,只见葛巾呆呆地坐着,像是在想什么,看到常生,满面含羞。常生向她作揖说:"我福气薄,恐怕跟神仙没缘分,没想到也有今夜呀!"说完就拥抱葛巾,觉得她细腰纤纤,气息如兰。葛巾推拒说:"怎么能这么快就这样?"常生说:"好事多磨,迟了怕受到鬼的嫉妒。"话还没说完,就听到远处有人说话。葛巾忙说:"玉版妹子来啦!你先藏到床底下吧。"常生于是钻到床下。不一会儿,玉版进来笑着说:"败军之将,还敢再战吗?我已经泡好茶,特地来邀你挑灯夜战。"葛巾说:"困了,想休息。"玉版再三邀请,葛巾就是不动。玉版说:"你这么恋恋不舍,难道有男人在你房间不成?"硬拉着葛巾走了。常生匍匐着从床下爬出来,懊恨至极。他在葛巾的枕头、床席上搜寻,想找件她佩戴的东西,奇怪的是,这么美丽的姑娘,房间里竟没有化妆盒!"室内并无香奁",这处细节描写特别妙!寻常女子需要化妆品,葛巾本身是花,当然不再需要任何化妆品了。常生只找到一柄水晶如意和一块香气扑鼻的紫色巾帕,便揣到怀里,翻墙回去了。他整理了一下衣服,只觉葛巾身上的香气还在,心中越发倾慕,但有了钻床底的教训,再想到可能因此给抓住送官查办,就不敢到葛巾那儿去了。

隔了一夜,葛巾果然来了,笑着说:"我向来以为你是至诚君

《葛巾》:紫牡丹嫁错郎 | 005

子，竟不知道原来是盗贼！"葛巾巧言情语，开口解颐，开玩笑般地点出常生把水晶如意拿走了。常生说："确有此事。我之所以偶然干点儿不是君子的事，就是希望自己能如愿以偿。"说完就把葛巾紧紧地抱到怀里，替她解开衣服上的纽结。葛巾的玉体裸露出来，热乎乎的香气四处流动。

蒲松龄写常生跟葛巾来往，几次写到她的香，她的软腻。香是花的特点，软腻是青春美少女的特点，蒲松龄把这两个特点天衣无缝地结合起来，又一次显示了亦人亦物的写法。第一次，常生嗅到葛巾"异香竟体，即以手握玉腕而起，指肤软腻，使人骨节欲酥"，这是写葛巾的皮肤像玉一样柔美，又自带香味。常生拥抱葛巾，感受是"纤腰盈掬，吹气如兰"，不仅有纤细的形体之美，还有兰花般的香气，仍着眼于"香"。等到常生把葛巾"揽体入怀，代解裙结。玉肌乍露，热香四流，偎抱之间，觉鼻息汗熏，无处不馥"，既是男子对美女肌体的感受，又蕴含人卧花丛的感受，妙！《聊斋》中的性描写既雅致，又富有诗意，还符合亦人亦花的特点。《聊斋》写性着眼于"美"，跟《金瓶梅》不同。《金瓶梅》写性，固然对人物性格起作用，但常着眼于"淫"。这是蒲松龄所不赞成的，他甚至在晚年作品《夏雪》中直接把《金瓶梅》称为"淫史"。

常生跟葛巾幽会，偎抱间感到她异香扑鼻，于是说："我本来认为你绝不是凡人，而是神仙，现在越发知道我的判断不错。承蒙你屈尊纡贵跟我相好，真是三生石上注定的缘分。但恐怕你像天仙下嫁，最后不得不分手。"葛巾笑笑，说："你过虑了。我不过是离魂倩女，受到爱情的驱动罢了。这件事要保密，否则搬弄是非的人颠倒黑白，我们遭受的祸害只怕比好离好散惨得多啦。"常生答应了她，但还是怀疑葛巾是神仙，一个劲儿地询问葛巾的姓氏。葛巾说：

"你既然认为我是神仙,那仙人又何必把姓名告诉别人?"常生又问:"老太太是谁?"葛巾说:"是桑姥。我小时受她照顾,对她不像对待一般下人。"看来,桑姥是牡丹花丛中的一棵大桑树。葛巾说"妾少时受其露覆","露覆"两个字很妙,是大自然中一棵硕大的桑树给牡丹花挡风遮雨,也是现实生活中一个富有社会经验的老妈妈保护缺少社会经验的少女。

葛巾既像牡丹花那样美丽诱人,又像牡丹花那样稳重端庄,当她知道常生对自己确实是真情、深情、痴情时,既敢于让常生逾墙相从,受到玉版妹子的所谓干扰后,又敢于主动到常生的住所去。牡丹有情更动人。葛巾准备离开,对常生说:"我那里耳目众多,不可在这里久留,我抽空再来。"分手时,她向常生讨水晶如意,说:"这是玉版妹子留下的。"常生问:"玉版是谁?"葛巾说:"是我堂妹。"又是素衣女郎,又是堂妹,当然是一朵白色的牡丹花了。

葛巾走后,她接触过的被子、枕头都染上异香。从此,葛巾隔两三夜就来一次,常生迷恋她,不再想回家,但钱袋空空如也,就打算把马卖掉。葛巾说:"你因为我花光了钱,又典当了衣服,实在不忍心。你再把坐骑卖掉,离家一千多里路,怎么回去?我有些积蓄,可以拿出来给你添到盘缠里。"常生说:"感谢你的深情,我粉身碎骨也难回报,如果再用你的钱,还怎么做人呢?"葛巾再三要求常生接受,说:"算借给你吧。"

葛巾拉着常生的胳膊来到一棵桑树下,指着一块石头,说:"搬走它!"常生搬走石头。葛巾从发髻上拔下金簪,向土里刺了几十下,说:"扒开它!"常生扒开一层土,看到下边有个瓮口。葛巾把手伸到瓮里掏出约五十两银子。常生制止她,她不听,又拿出十几锭银子。常生强迫她放回去一半儿,又把瓮重新埋好。这里已经显露出葛巾的神奇了,但是憨厚的或者说有点儿愚笨的常生,好像还没意识到。

一天晚上,葛巾对常生说:"近日有些流言蜚语,得好好计划一下。"常生说:"我一切听你的,刀锯斧钺也不怕。"葛巾计划和常生一起逃走,让常生先回家,约好两人在洛阳会合。常生打点行囊回家。他到家时,葛巾的车马已到家门口。巧不巧?这也是神仙的力量。两人登门拜见父母,跟家人见面。四邻惊奇常生娶了美妻,都来祝贺,却不知道他们是从曹州逃回来的。常生担心私奔的事被发现,葛巾却特别坦然,说:"我是大户人家的女儿,当年卓文君与司马相如私奔,卓王孙也没把司马相如怎么着,不用担心。"

葛巾看到常生的弟弟常大器,对常生说:"弟弟有慧根,他的前程会超过你。如果我妹妹玉版给你弟弟做媳妇,倒算一对佳偶。"常生开玩笑般地请葛巾做媒。葛巾说:"要让玉版来,派两匹马拉辆车,桑姥跑一趟就够了。"常生害怕他们二人逃走的事因此被发现,不敢照办。葛巾立即派车让桑姥去。几天后,桑姥到了曹州,让车夫停在路边等着,自己则趁夜色进入街巷。过了很长时间,桑姥带了一个少女回来,上车向洛阳出发。她们晚上就睡在车里,五更天再起来赶路。葛巾计算好日子,让大器盛装迎到五十里外,恰好跟桑姥、玉版相遇。大器亲自赶马车回来,马上举行了隆重的婚礼。常家兄弟都得美妇,家境也一天天富起来。

一天,几十名骑马的强盗闯入常家。全家爬上楼。强盗们把楼团团围住。常生从楼上问强盗:"你们跟我们家有仇吗?"强盗说:"没有。只是有两件事相求:一是听说两位夫人是世间没有的美人,请赐我们一见;一是我们五十八人,每人要五百两银子。"说完,就搬木柴堆在楼下,用放火要挟。家人吓坏了。葛巾打算和玉版下楼,常氏兄弟制止，她们不听。二人穿上最漂亮的衣服，往楼下走，在离地三级的台阶上站住，对强盗说："我们姐妹是天上仙女，暂时来到尘世，怎会怕强盗？倒想赐给你们一万两银子，只怕你们不敢接受。"强盗们向二人磕头，连连说"不敢不敢"。姐妹二人刚打算退回楼上，一个强盗说："这是骗人的把戏！"葛巾听了，回身站住，说："你们想做什么？赶紧打主意，还不算晚。"强盗们你看我，我看你，谁也说不出一句话。姐妹二人从容上楼，强盗仰着头，直到看不见她俩了，才一哄而散。

葛巾对常大用，一不问他的门第，二不问他的财产，三不问他家住在什么地方，只要证明他对自己是真心的，是痴情的，就迈出果敢的一步，先是以身相许，后是毅然私奔。她还向常大用赠送银子，并把妹妹许配给他弟弟。常大用遇到葛巾，真是无处不美，无处不善，无处不顺，人财两得，连入室抢劫的强盗都在仙女一样的常家美妇跟前退避三舍。然而，常大用本人却出问题了。什么问题？猜疑。

过了两年，姐妹各生了一个儿子，才渐渐透露说："我们姓魏，母亲受封曹国夫人。"常生怀疑：没听说曹州有姓魏的大户人家呀！再说，大户人家连丢两个女儿，为什么从来不追问？常生找了个理由又去了曹州，到处寻访，发现名门望族中没有姓魏的。于是他仍借住到上次住过的士绅家，忽然看到墙上有赠曹国夫人的诗，就询问主人："曹国夫人在哪里？"主人领他走到一株房檐高的牡丹前，说："这就是曹国夫人。"常生惊讶地问："牡丹花为什么叫'曹国夫人'？"主人说："这株牡丹在曹州名列第一，大家就给取了这个封号。"常生问："这株牡丹是什么品种？"主人回答："葛巾紫。"

常生明白了，也害怕了，怀疑妻子是花妖。他回到家，不敢直接跟妻子对质,只述说他在曹州如何看到赠曹国夫人的诗,观察妻子的反应。葛巾风姿绰约、温柔善良,却眼里容不下沙子,一听马上皱起眉头,变了脸色,招呼玉版抱着儿子过来,对常生说:"三年前,我感激你对我的思念,才献身报答。现在你既然猜疑我,怎么可以继续生活在一起?"说完,她和玉版将怀里的儿子远远地掷出去,儿子一落到地上就消失了。常生惊愕地再看时,葛巾、玉版都不见了。他悔恨极了。几天后,儿子坠落的地方长出两株牡丹,一夜之间长出一尺多高,当年就开了花,一株紫色,一株白色。花朵像茶盘大小,艳美异常。再过几年,两株牡丹更加茂密,形成花丛,分株移种,又变出新品种,没人能知道它们的名字。从此,洛阳牡丹甲天下。

《葛巾》和《香玉》有对应关系。《香玉》中,黄生爱牡丹,对牡丹花,爱;变花妖,仍爱;成了花鬼,更爱。黄生是爱情"达人",常生则"未达"。常大用虽然喜欢牡丹花,喜欢美丽的葛巾,可在知道葛巾就是牡丹,二美为一时,却非但不庆幸自己傻人有傻福,反而杞人忧天,语含猜忌,最终导致温柔善良的花妖葛巾决然离去。常大用的脑袋不是进了水,就是给门夹了,这么好的妻子,比普通人美,比普通人善,比普通人好,比普通人能让家业昌盛、子孙绵延,在人世间打着灯笼也找不到。你就接受她是花妖,永远爱她这个花妖,有什么不好?偏要猜疑,结果闹了个不欢而散。常大用像个最不称职的演员,愚蠢、不开窍,把一部本来娇妻佳儿、花好月圆的大团圆喜剧,演成了妻离子散、鸡飞蛋打的悲剧。其实,现实生活中像常大用这样的人,经常可以遇到。本来是好不容易遇到的真爱、非常美满的结合,却偏偏不好好珍惜,不是鸡蛋里挑骨头,就是瞎猜忌,结果赔了夫人又折兵。强盗的劫夺都不能将人抢走,猜忌却让自己彻底失去了花妖夫人和传宗接代的儿子。常大用,有什么用?一点儿用也没有,该叫"常无用"!

爱情生活中最珍贵的是什么?是美丽,是富有,还是狂热的迷恋?都不是,是互相信任,是相爱不疑。这就是紫牡丹葛巾的爱情悲剧给我们的启示。

从《葛巾》可以看出,蒲松龄既善于写人物,也善于构思情节,语言还特别优美。这篇小说跌宕起伏,千回百转,写常大用遇到葛巾后的心情,先是思念,接着自悔孟浪,后又转惧为想,憔悴欲死;写葛巾的聪慧,明明是她对常大用钟情,却恶作剧似的叫桑姥送去"毒药",这既展示了她的人情美,又展示了她的牡丹花神法术。两个初恋对象开始是受到桑姥的阻挠,后来受到玉版的"干扰",所谓"好事多磨"。在这些矛盾过程当中,桑姥的富有经验、思虑周详,玉版的开朗、爽快、幽默,又衬托了葛巾的痴情、钟情、雍容、含蓄。强盗的出现,把两位花神的临危不惧、落落大方写了出来。蒲松龄在前面的描写当中,一再用葛巾无处不在的香气暗示她的花神身份,中间则用赠曹国夫人的诗歌暗指她的花神身份,最后又让葛巾和玉版的儿子落地成花,一紫一白,朵大如盘,彻底完成了淑女向花的转变。这种构思实在太曲折、太美妙了。《葛巾》是描写牡丹花神的小说,既像牡丹花那样美丽香艳,又像牡丹花那样富有诗情画意。《聊斋》点评家但明伦认为《葛巾》是《聊斋》中文笔最活的小说:

> 此篇纯用迷离闪烁、天矫变幻之笔,不惟笔笔转,直句句转,且字字转矣。文忌直,转则曲;文忌弱,转则健;文忌腐,转则新;文忌平,转则峭;文忌窘,转则宽;文忌散,转则聚;

文忌松，转则紧；文忌复，转则开；文忌熟，转则生；文忌板，转则活；文忌硬，转则圆；文忌浅，转则深；……事则反复离奇，文则纵横诡变。

蒲松龄自己怎么看这篇小说？异史氏曰："怀之专一，鬼神可通，偏反者亦不可谓无情也。少府寂寞，以花当夫人，况真能解语，何必力穷其原哉？惜常生之未达也！"用白话来说就是："内心怀着坚定不贰的志向，鬼神都可以沟通，那在风中摇曳的花儿也并不是什么无情之物。白居易当年感到寂寞的时候，以花当夫人，常生的夫人是真正能说话的解语花，何必一定要对她的来历追根究底？可惜常生其人不够旷达！"可能正是因为对常生"未达"的遗憾，蒲松龄又构思了同样是牡丹花神爱情故事的《香玉》，也是《聊斋》的顶峰之作，写出了彻底的"达人"黄生，而《香玉》也影响了《红楼梦》的宝黛爱情。蒲松龄真是才大如海，妙笔生花。

《香玉》：
白牡丹的生死恋

《聊斋》花神的爱情故事，诗情画意，好看至极。

《聊斋》中，花与花不同，花神故事，篇与篇也不同。

常生的猜疑造成了他与紫牡丹花神葛巾的爱情悲剧。蒲松龄说，真正的爱情能感天地、泣鬼神，只要真心相爱，就不要管对方的身份，哪怕是鬼神也无妨。古代大诗人肯把大自然中的花当成夫人，常生遇到真能说话的花神，又何必追究她的来历？太不明智了。"惜常生之未达也"，"达"有通情达理的意思，更有旷达的意思，还有想得开、想得透的意思；而"未达"，就是猜疑、想不开。作为跟"未达"的常生的鲜明对照，《香玉》呈现了一个生动的"达人"黄生。黄生爱上香玉，知道她是白牡丹花神后，不仅不猜疑，反而更爱。花神变成花鬼，他也照样爱，死后还要变成牡丹的连理枝，追随白牡丹花，完成"花以鬼从，而人以魂寄"的动人爱情故事。前人写"三世情"，香玉和黄生写下"痴爱六部曲"。这一点，直接影响到《红楼梦》里宝黛的三世情，《聊斋》里的牡丹花神叫"香玉"，《红楼梦》里贾宝玉也曾戏称林黛玉为"香玉"，她们身上都有天然的香气。林黛玉的前身靠贾宝玉的前身用雨露浇灌得以存活，并修炼成绛珠仙子,正如白牡丹花神复活是靠她的情人用中药浇灌。谁说文言短篇小说就不能为白话长篇小说所借鉴?

《香玉》是一篇情节、人物、语言都达到极致的《聊斋》佳作。白牡丹香玉在恋人黄生面前先后以四种姿态出现:花、花神、花魂、花中美人,都得到了黄生的热爱,而且越来越爱。

第一次是真实的花。胶州黄生在劳山下清宫[1]读书,院子里有一棵一丈多高的白牡丹和一棵两丈多高的耐冬,一白一红,花开时璀璨如锦。黄生喜欢牡丹花,就在牡丹花旁读书,跟花长相伴。

第二次是牡丹花神和耐冬花神。一天,黄生从窗口远远看到有位白衣少女在牡丹花丛中忽隐忽现,心中疑惑:道观哪儿来的女人?急忙跑出去,白衣少女已不见了。他藏在树丛中等着。白衣少女又跟一位红衣少女来了,两人都是国色天香。她们将要走近黄生时,红衣少女忽然往后倒退,说:"有生人!"黄生一下子跳出来,两个少女飞快逃跑,衣裙飘拂,香气弥漫。黄生追过短墙,已不见少女们的踪影。黄生很奇怪:这地方怎么会有这么漂亮的女子?文中写少女"袖裙飘拂,香风流溢",用香风暗点她们是花神现身。黄生在耐冬树上题诗一首:"无限相思苦,含情对短窗[2]。恐归沙吒利,何处觅无双?"

这首五言绝句,表达了黄生对花神的向往之情,并善良地希望花间美人千万不要落到坏人手里。前两句"无限相思苦,含情对短窗",直接抒发黄生对花间美人的思念之情,后两句用了两个唐传奇

---

1 劳山下清宫:劳山,现在一般作"崂山",位于山东省青岛市崂山区。下清宫,现称"太清宫",为崂山道教祖庭。——编者注
2 短窗:也有版本为"短缸"。——编者注

中的典故，表达黄生对花间美人的良好祝愿和倾心向往。"恐归沙吒利"的典故来自唐代许尧佐《柳氏传》：柳氏与韩翃相爱，安史之乱中，二人不幸离散，番将沙吒利在战乱中霸占了柳氏。之后虞候许俊设计将柳氏救出，与韩翃团聚。"何处觅无双"的典故来自唐代薛调《无双传》：王仙客和刘无双本有婚约，其后发生战乱，无双入宫做了宫女，侠客古押衙用药让无双假死，将她从宫中救出，与王仙客团圆。古押衙为表明绝不泄露二人秘密的忠心，事成以后拔刀自杀。黄生把这两个故事联系到一起，表达对少女的关怀和神往，大意是：我想念那无双似的美女，你可千万别落到沙吒利手里。

黄生回到房间，白衣少女突然走进来。黄生又惊又喜，忙起身迎接。

白衣少女笑着说："你刚才气势汹汹的，像个强盗，没想到却是风雅潇洒的文学之士，所以不妨跟你相见。"

黄生请教少女的姓名和家庭情况。

"我叫香玉，被道士关在山里，不是我的本愿。"

"哪个道士？我替你洗刷耻辱。"

"不必啦，他倒不曾逼迫我。我借机能跟风流文士长久幽会，也挺好。"

"穿红衣服的是谁？"

"我的结拜姐姐绛雪。"

说完，二人便欣然入眠。等到醒来时，东方已经出现了曙光。香玉急忙起床，说："只顾快活，忘记天亮了。"穿好衣服又说："为了答谢你的诗，我和了一首，请不要见笑。"接着念道："良夜更易尽，朝曦已上窗。愿如梁上燕，栖处自成双。"

大意是：美好的夜晚过得很快，不知不觉晨光已照到窗上。我

《香玉》：白牡丹的生死恋 | 015

《香玉》

愿意跟你像梁上燕子一样，双飞双宿，永远在一起。

黄生握住香玉的手，说："你容貌秀美，灵心慧性，让人爱得生死都不顾了。你离开一天，就像离别千里。千万抽空再来呀。"

从此香玉夜间必来。黄生常让她带绛雪过来，香玉说："绛雪姐姐清心寡欲，不像我这么痴情。我慢慢劝她，你别着急。"一天晚上，香玉神情凄惨地来了，说："你得陇望蜀，现在咱们却要分手啦。"黄生问："你到什么地方去？"香玉擦着眼泪说："命中注定，很难说清。你的诗成预言了。'佳人已属沙吒利，义士今无古押衙'，说的就是我。"

黄生问："到底怎么回事？"香玉不说，只一个劲儿呜咽。两人整夜不能入睡，天蒙蒙亮，香玉就走了。第二天，即墨县一个姓蓝的人到下清宫游览，喜欢上白牡丹，就将它掘出来带回家了。

黄生恍然大悟：香玉原来是白牡丹花妖。他怅然若失，惋惜不已。黄生明白自己爱的是牡丹花神后，爱得更深了。几天后，听说移到蓝家的白牡丹枯萎了，黄生写了五十首哭花诗，天天对着牡丹花穴哭泣。有一天，他远远看到绛雪在牡丹花穴边擦眼泪，就慢慢走近她，绛雪也不躲避。黄生拉住她的衣袖，两人对哭起来。过了一会儿，黄生请绛雪到房间去，绛雪就跟他去了，感叹说："从小一起长大的姐妹，再也见不到了。你哀伤，我悲痛，泪堕九泉，香玉或许会因为我们的真情而复活。可是死了的人，神和气都已经消散，怎么可能回来跟我们一起说说笑笑？"

黄生说："是我命薄，妨害了情人，当然也没福气消受两位美人。过去我常托香玉请你，怎么不肯到我这儿来？"

绛雪说："十个书生有九个是薄情郎，没想到你却这么痴情。我跟你交朋友，是重视感情交流，男欢女爱的事我不能做。"说完，就

《香玉》：白牡丹的生死恋 | 017

向黄生告别。

黄生说:"香玉走了,我睡不着,吃不下,你在这里多停留一会儿,能缓解我对香玉的怀念,怎么这样绝情?"绛雪于是留下来陪黄生过了一夜,第二天就走了。

黄生开始见到两位美人,香玉跟他成了情人,他还想再请另一位美人来相会,当时的黄生还存在着"多情书生,双美俱得"的想法。牡丹花香玉被挖走并枯死后,绛雪来安慰黄生。绛雪和香玉是结拜姐妹,香玉已死,绛雪本来很容易就能够取而代之,但她没有这样做。她明确地跟黄生说:"妾与君交,以情不以淫。若昼夜狎昵,则妾所不能矣。"蒲松龄开始一种新笔墨:写黄生和香玉的生死之恋,黄生和绛雪的生死友情。绛雪虽然偶尔跟黄生住到一起,但只是起到安慰香玉恋人的作用,而痴情的黄生得新不忘旧,对香玉一时一刻也不能忘记。绛雪既是"良友",则不宜描写她和黄生欢爱,蒲松龄便一笔也不写,非常讲究分寸。

绛雪之后几天都没再来。黄生在清冷的雨声中对着幽暗的窗子,苦念香玉,在床上翻来覆去,眼泪打湿了枕席。他爬起来写了一首诗:"山院黄昏雨,垂帘坐小窗。相思人不见,中夜泪双双。"正在吟哦时,忽听窗外有人说:"作诗不能没人唱和。"听声音,是绛雪。黄生打开门请她进来。绛雪和道:"连袂人何处?孤灯照晚窗。空山人一个,对影自成双。"黄生的诗表达了对爱人香玉绵绵不绝的思念,绛雪的诗则表达了对好友与姐妹的思念。黄生听了绛雪的诗,眼泪立即流下来。从此,每当黄生百无聊赖时,绛雪就会来看他,一起喝酒、聊天、写诗。黄生说:"香玉是爱妻,绛雪是好友。"他常问绛雪:"你是院里的第几株花?早点儿告诉我,我把你抱回家种上,免得跟香玉一样给恶人夺走,让我遗恨百年。"绛雪说:"故土难离,告诉你也没什么益处。你连妻子都不能保全,何况朋友?"黄生不听,拉着绛雪的胳膊到院子里,每到一株牡丹花下,就问:"这是你吗?"绛雪不说话,只是捂着嘴笑。

黄生腊月底回家过年,待到二月,忽然梦到绛雪来了,她伤感地说:"我有大难,你赶快到下清宫来,还能见一面,晚了就来不及了。"

黄生惊醒后,急忙命仆人备马,披星戴月地赶到劳山。原来,道士要盖房子,有棵耐冬树妨碍盖房,工匠正准备动手砍掉。黄生知道他梦到的就是耐冬,急忙制止砍树。到了夜晚,绛雪来感谢他。黄生笑着说:"你从前不肯对我说实话,难怪会遭受这次磨难!现在我知道你的底细了,你如果不肯到我这里来,我就点上艾炷烙那耐冬树根。"坐了一会儿,黄生说:"现在面对好朋友,越发想念美艳的妻子,好长时间没哭香玉了,你能跟我一起去哭吗?"两人对着牡丹花穴,直哭到一更天快过,才回房间。

几天后,绛雪笑着走进房间对黄生说:"告诉你一个好消息,花神被你的真情感动了,允许香玉在下清宫复活。"黄生问:"什么时间?"绛雪说:"不知道具体时间,肯定不远了。"精诚所至,金石为开。香玉死后,黄生"冷雨幽窗,苦怀香玉,辗转床头,泪凝枕簟"。他跟好友绛雪一起怀念香玉,没有见异思迁,没有移情别恋。黄生的痴情感动了天上的总花神,允许香玉再次来到他身边。而绛雪接着又是两夜没来,黄生就跑到耐冬树下,用力摇动树干,抚摩树身,连声呼唤,很长时间都没回声。他回到房间,点着艾炷,想拿它去烧树根。绛雪一下子冲进来,夺下他手中的艾炷说:"真是可恶!"

突然,香玉脚步轻盈地进来了。黄生热泪夺眶而出,一手抓住香玉,一手抓住绛雪,三人相对悲泣。黄生和香玉的又一世情开始

《香玉》:白牡丹的生死恋 | 019

了，这次出现在黄生面前的香玉是牡丹花的鬼魂。"香玉盈盈而入"，"盈盈"二字用得太棒了！"盈盈公府步，冉冉府中趋""盈盈楼上女，皎皎当窗牖"，盈盈，是仪态美好貌，又带着点儿飘飘忽忽的意思，像一朵云，像一股烟，总之不是正常人的步态，而是灵魂的步态，这样写花的鬼魂形态真是妙哉奇哉。蒲松龄用词准确优美，"盈盈而入"，魂游也。花而神、花而魂，巧思迭出，形容臻妙。花枯萎了，花神居然可以让它再变成花魂！花的鬼魂形态写得活灵活现，似乎真实存在一般。跟花魂打交道的黄生有种特殊感觉，"生觉把之而虚，如手自握"，他觉得握着香玉的那只手空无一物，好像自己握着空拳。"偎傍之间，仿佛以身就影"，两个情人像平时那样相依相偎时，黄生感觉仿佛靠在自己的影子上。黄生很痛苦，他希望有个实实在在的爱人。香玉也很痛苦，她希望能跟黄生真真实实地相爱。香玉对黄生解释说："过去我是花神，身体是凝固的；现在成了花魂，灵魂只能是飘散的了。现在我虽然来跟你相聚，你不要以为是真实的相聚，看成是做梦就好啦。"

蒲松龄实在是太会琢磨事，太能琢磨事。他写人和鬼魂相爱，不管是连琐和杨于畏，还是聂小倩和宁采臣，男主角从来没有过握手像握空拳，拥抱像"以身就影"的感觉，到了黄生这里，花魂飘飘忽忽的，握手像空无一物，偎傍像"以身就影"，《聊斋》文笔真是超脱绮丽。

绛雪说："妹子来了太好了，我快要被你家男人纠缠死了。"说完就告辞走了。

黄生跟香玉说说笑笑都像她生前一样，但互相偎依时，黄生没有实实在在的感觉，因此闷闷不乐。香玉也非常懊恼，说："你用白蔹碎末和着硫黄泡水，每天给我的花根浇上一杯，明年的今天，我就可以报答你的恩情了。"

贾宝玉和林黛玉是三世情,第一世情,林黛玉是灵河岸边三生石畔的一株绛珠仙草,因得到贾宝玉前身神瑛侍者甘露浇灌,得以长存岁月,修炼成绛珠仙子。而《聊斋》花神香玉的复活也靠黄生浇灌,《红楼梦》中三世情的这一设定,不是明显从《聊斋》而来的吗?不同的是,《聊斋》中是用中药泡水,而中医药又是蒲松龄擅长的。蒲松龄写的《农桑经》被写进中国农业史,他因此得到一个"农学家"的称号。蒲松龄懂得如何种花。香玉让黄生给自己浇灌的中药是白蔹碎屑和少许硫黄,白蔹是可以治疗肿块的药,硫黄是有杀毒作用的天然矿石。李时珍《本草纲目》写到如何种植牡丹:"凡栽花者,根下着白蔹末辟虫,穴中点硫黄杀蠹。"《香玉》中的这段描写完全符合《本草纲目》的要求,符合农学要求。

香玉花魂出现后第二天,黄生发现,白牡丹已发芽。他按照香玉所说的,每天浇硫黄白蔹水培育,又做了个雕花护栏保护白牡丹。

香玉再来时,非常感激他。黄生怨恨绛雪总不来,香玉说:"我能把她请来。"香玉跟黄生挑着灯笼来到耐冬树下,取一束草自下而上量树干,量到四尺六寸处,便用手按住,让黄生用两只手一起搔抓。不一会儿,绛雪就从树后走出来,笑骂道:"这丫头,助纣为虐啊!"多有趣的描写,乔木亦有腋窝而且怕痒,妙哉。三人手拉手回到房间。香玉说:"姐姐不要怪罪,麻烦姐姐替我陪伴郎君,一年后,就不再打扰你啦。"

黄生看那株牡丹花芽,一天天长大,十分茂盛,春天将完时已二尺多高。黄生回家时,就拿钱给道士,让他一早一晚照看。四月,黄生回到下清宫,看到白牡丹上有朵花含苞待放。他站在花旁流连忘返,忽然,只见花苞摇摇晃晃地好像要开,不一会儿,已经开放,像盘子大小，花蕊中坐着一个三四指长的小美人。转眼间，美人从花蕊中飘然而下，原来是香玉！她笑容满面地说："我忍受着风风雨雨等你，你怎么来得这么晚呢？"

牡丹花神复活，是古代小说最美丽的片段之一：

> 次年四月至宫，则花一朵，含苞未放；方流连所，花摇摇欲拆；少时已开，花大如盘，俨然有小美人坐蕊中，裁三四指许，转瞬间，飘然已下，则香玉也。笑曰："妾忍风雨以待君，君来何迟也？"

多美妙的镜头，电影、电视、动画，不管怎么表现都美极了、妙极了的镜头。但明伦评："种则情种，根则情根，苞则情苞，蕊则情蕊。"

香玉跟着黄生进入房间。绛雪也来了，笑着说："天天代替别人做媳妇，现在幸好退而变成朋友了。"三人又说又笑又吟诗，直到半夜，绛雪才离去。香玉和黄生像过去一样恩爱。

后来黄生干脆搬到劳山长住。白牡丹已经长得像手臂般粗。黄生常指着牡丹说："我将来要把魂寄留在这里，就在你的左边。"香玉和绛雪笑了，说："可不要忘了啊！"

十几年后，黄生病了。他的儿子来到下清宫，对着他哭，黄生笑了，说："这是我重生的日子，不是我死亡的日子，有什么可悲哀的？"接着对道士说："将来有一天，白牡丹旁边如有红芽长出来，一下子长出五片叶子的，那就是我。"黄生的儿子用车把他接回家，一到家他就死了。第二年，白牡丹旁边果然长了株肥大的红芽，五片大叶子。道士觉得奇怪，给它浇水。三年后，它长到几尺高，枝干盈握，就是不开花。老道士死后，他的弟子说："这株红芽不开花，砍掉吧！"接着，白牡丹、耐冬树也都憔悴而死。这个"花以鬼从，人以魂寄"（花以鬼的形式追随恋人，人以魂的形式追随花神）的动人爱情故事就这样落下了帷幕。

汤显祖说过："情不知所起，一往而深。生者可以死，死可以生。生而不可与死，死而不可复生者，皆非情之至也。"杜丽娘为情而死，为情复生，成千古绝唱。黄生和香玉为了爱情，可以义无反顾地选择死亡，可以费尽周折地选择重生，生生死死，痴情不变。前人的爱情小说经常写三世情，《香玉》则完成了前人从未写过的痴爱六部曲：

第一部，黄生爱大自然的牡丹花；

第二部，黄生爱幻化成少女的花神；

第三部，黄生爱变成鬼魂的牡丹花神；

第四部，黄生爱由花魂复活的花神；

第五部，黄生变成红芽跟白牡丹长相依；

第六部，白牡丹为黄生化身的红芽殉情枯萎。

古代诗词、小说描写忠贞不渝的爱情常用比翼鸟、连理枝作比。杨玉环和李隆基在长生殿发誓："在天愿作比翼鸟，在地愿为连理枝"；六朝小说中的韩凭夫妇生前不能相聚，死后墓地上长出的两棵树枝叶交错，鸳鸯在树上啼鸣；乐府诗里的刘兰芝和焦仲卿以死同封建家长抗争，最后也变成了交颈鸳鸯；梁山伯和祝英台一起化成蝴蝶。黄生和香玉之恋，从人爱牡丹花到人变牡丹的连理枝，再到花的殉情，太不寻常了。

牡丹花神香玉和黄生是古代爱情小说中大名鼎鼎的人物。劳山下清宫也因为他们成了著名景点。1996年，我描写中外学生爱情的长篇小说《蓝眼睛黑眼睛》由中央电视台王扶林导演执导拍摄电视连续剧时，王导演就选中了下清宫拍摄外景。在17世纪人与花神爱情故事的发源地，拍摄20世纪80年代中外大学生的异国之恋，也算巧中之巧吧。

黄生明知香玉是花妖、花魂，反而爱得更深切、更执着，二人为了爱，可以生生死死，痴情不变。蒲松龄在篇末发表感慨："情之结者，鬼神可通。花以鬼从，而人以魂寄，非其结于情者深耶？一去而两殉之，即非坚贞，亦为情死矣。人不能贞，犹是情之不笃耳。仲尼读《唐棣》而曰'未思'，信矣哉！"仲尼，是孔子的字。《唐棣》是《论语·子罕》引用的古逸诗："'唐棣之华，偏其反而。岂不尔思？室是远而。'子曰：'未之思也，夫何远之有？'"孔子认为用"室是远而"解释"岂不尔思"没有说服力。因为真正的感情不会因为距离而出问题，假如真的想念，遥远的距离算得了什么呢？蒲松龄用孔子这个典故，是为了说明"情之结者，鬼神可通"。这段话用白话来说，就是："感情到了极致时，鬼神也可相通。白牡丹死后化成鬼魂追随黄生，黄生死后将灵魂依托在白牡丹之侧，难道不是他们的感情深到了极致的结果吗？黄生的红芽一死，香玉和绛雪也随之殉情，即使不说是坚贞，也是为爱情而死。人不能守贞，是因为他的感情不够深厚。孔子读完《唐棣》诗后说：'没有思念，又有什么远不远的呢？'确实如此啊！"

《香玉》人物美、情节美、语言美，以巧妙构思给《红楼梦》的三世情以重要启示。它不仅是《聊斋》中最有名的作品之一，放到整个中国小说长河中也出类拔萃。

《黄英》：
菊花仙做了CEO[1]

  《聊斋》写书生和花神的爱情故事，最奇特的莫过于《黄英》。这篇小说其实是写菊花痴马子才跟菊花神黄英姐弟之间的趣事，跟一般爱情故事完全不同。马子才和黄英是恩爱夫妻，但文中有一丝一毫传统小说的爱情描写吗？没有。他们没有一见钟情，没有两地相思，没有热烈追求，没有卿卿我我，没有吃醋拈酸，没有吵架斗嘴，没有父母棒打鸳鸯，没有第三者插足……他们之间压根儿没有通常爱情故事中的任何纠葛，有的只是相当持久的强烈的思想交锋，这种交锋从结婚前就开始了，不过首先是在马子才跟黄英的弟弟陶三郎之间展开的：爱菊人能不能卖菊致富？陶三郎认为，自食其力不为贪，贩花为业不为俗。马子才则认为这样做亵渎了高洁的菊花。黄英跟马子才结婚后，夫妻也在这个问题上较劲，他们进一步的争执是：男人和女人哪个是家里"第二性"？如何正确看待丈夫和妻子在家庭中的地位，特别是经济地位？说得直白一点儿，就是菊花神黄英做了全国知名鲜花企业的CEO，她的丈夫马子才不自在了，觉

---

[1] CEO：全称为 Chief Executive Officer，意为首席执行官。——编者注

得不符合他安贫乐道的秉性。怎么解决？蒲松龄在讲述这个爱情故事的同时，给出了蕴含丰富人生哲理的答案。

马子才和陶家姐弟因为爱菊花而成为知交，其实是马子才爱菊如狂，感动了花神下凡。马子才酷爱菊花，为求好菊种跑千里路都不在乎。他听说金陵有佳种，就从顺天府千里迢迢跑到金陵，到处寻找菊花新品种，终于获得两株小嫩芽，如获至宝，将它们像婴儿一样包裹好，雇车返回顺天府。半路上，马子才遇到一个青年，骑着一头毛驴跟在一辆油壁车后面。这就是花神陶三郎和姐姐黄英。三郎是"丰姿洒落""谈言骚雅"的翩翩美少年。"丰姿洒落"是形容美少年，也暗含着菊花潇洒飘逸的风姿。三郎看到马子才带着菊花，就说："其实菊花品种无所谓好和坏，关键在于如何培育。"接着就和马子才讨论如何培育菊花。这番议论与众不同，令马子才耳目一新，特别高兴，问："兄弟，你要到哪儿去？"三郎说："姐姐不喜欢住在金陵，我们要搬到北方去。"马子才立即热情邀请："何不住我家？我家虽然很穷，但是有茅庐可供你们居住。"三郎于是和姐姐商量。

黄英露面了，"车中人推帘语，乃二十许绝世美人也"。黄英跟马子才，按说是爱情故事的男女主角，但他们之间没有任何感情交流，马子才没有惊艳，黄英也没有眉目传情，只是对陶三郎说了句："屋不厌卑，而院宜得广。"房子小点儿、破点儿无关紧要，关键是院子要大，要有种菊花的地方。这是人的要求吗？不，这是花的要求，是菊花的生存需要。马子才这时还不知道自己遇到了花神，读者却能够隐隐觉得这对姐弟跟菊花有着微妙的关系。为什么？因为他们的姓名。菊花不是经常被人叫作"黄英"或"黄花"吗？历史上最爱菊花的文人不是就姓陶吗？小学生都会背诵"采菊东篱下，悠然见南山"。而"东篱"是"市井"的反面，意味着高洁和风雅，意味着对俗世名利的不屑一顾。既姓"陶",又叫"黄英",意味深长!跟蒲松龄的其他小说不同,《黄英》一开始,就出现了一个灵魂般的隐形主角——菊花。必要时,它还会现出真身。这篇小说多不寻常!

傲霜挺立的菊花,向来是中国文人高洁品性和高雅生活的象征。屈原以"朝饮木兰之坠露兮,夕餐秋菊之落英"表达道德的勤修;陶渊明不为五斗米折腰,辞去彭泽令,隐居躬耕,采菊东篱下;蒲松龄终生爱菊,垂暮之年还专程跑到济南找菊种,他写下好几首菊花诗,如"堂中花满酒盈觞,妙遣花香入酒香""不似别花近脂粉,辄教词客比红妆"。菊花最贴近蒲松龄的思想趣味,对"万物皆可为小说家负弩前驱"的蒲松龄来说,他肯定要拿菊花琢磨点儿新奇事。终于,他独出心裁地把菊花变成了《黄英》的隐形主角。小说不仅要讲故事,还得说出点儿人生哲理、人生追求,当然是通过艺术形象妙趣横生地说出来更好。

在"花痴"马子才感动得花神来临后,小说出现了第一个波澜:花神当起了"企业家",陶三郎跟马子才产生了思想矛盾。

陶家姐弟跟马子才一起回家,住在马家南面的荒园里。陶三郎每天到北院来帮助马子才培育菊花,将已枯萎的菊花连根拔起,重新栽下,株株长得根深叶茂、花蕾满枝。表面上看,陶三郎仿佛有独家秘籍,其实是花神的法术。马子才看着自家本来荒废的后院变成姹紫嫣红的菊花花圃,心里十分高兴,经常邀请陶三郎吃饭饮酒,三郎从不推辞,大方豪饮。马子才的妻子也很喜欢黄英,看到陶家姐弟没有经济收入,常叫马子才背上一斗米给陶家送去。两家因为共同的菊花爱好,感情越来越深。马子才觉得特别奇怪的是:陶家怎么好像从来不生火做饭?读者朋友,您说这样的描写是不是妙哉、趣哉？谁见过菊花烟熏火燎呢？

马子才跟陶三郎的"蜜月期"很快过去了。为什么？两人的观点产生了分歧。陶三郎对马子才说："你家本来就不富裕，我们还总这样麻烦你们，岂是长法？为公之计，可以卖菊花来谋生。"马子才以为耳朵出问题了：有没有搞错，卖菊花来谋生？他一向清高，听到这番话，对陶三郎鄙视起来，很不高兴地说："我以为你是风流高士，应该能安贫乐道，现在竟把清雅的东篱变成追逐蝇头小利的市井，实在是对菊花的侮辱。"

陶三郎笑着回答："自食其力不为贪，贩花为业不为俗。人固不可苟求富，然亦不必务求贫也。"话不投机半句多，马子才不吭声了，陶三郎起身离去。从此他不再到马家来喝酒吃饭了。马子才叫他，他才去一次。马子才也种了些菊花，他丢弃的残枝劣种，陶三郎都默默地捡了回去。

到菊花开放时节，马子才听到陶家门前热闹得像唱大戏，跑过去一看，原来都是来陶家买花的，车载肩负，门庭若市。那些菊花都是奇异品种，马子才见所未见。陶三郎哪儿来那么多、那么好的品种，我怎么不知道？他对我保密了吗？马子才准备登门问罪，陶三郎热情相迎，拉着他的手到菊畦看菊花。马子才看到原来的半亩荒地全部种上了菊花，没有一寸空土。挖掉菊花的地方，刚插上别的枝条。满眼红的红，白的白，大的大，小的小，都是他从来没见过的异种。马子才想：好啊，你陶三郎原来这么贪财，把好品种都藏起来了。可是他仔细一看，才惊讶地发现，这些所谓的异种都是自己之前抛弃的劣枝！怎么回事，枯枝劣种，经过陶三郎的手，都点铁成金了？

陶三郎绝佳的种菊术证明了他"种无不佳，培溉在人"的高论。马子才很佩服，也知道陶三郎没有私藏任何优良品种。一个爱菊如

黃英

千里萍蹤卜隱居
香茗氣
夢醒初良緣應為梅
花妬羨
士風流轉不如

《黃英》

命的人看到菊花在陶三郎这里得到如此周到的培育，心里很是欣慰。事实胜于雄辩，有天才的育花者，买菊者才能"嚣喧如市"，让尽可能多的人欣赏高洁的菊花。贩花之业，何俗之有？马子才有点儿开窍了。一会儿，房间里喊"三郎"，陶三郎答应着进屋，转眼间端出美酒佳肴，十分精美。马子才问："你姐姐怎么不嫁人？"陶三郎说："时候没到。"马子才问："什么时候？"陶三郎说："再等四十三个月。"马子才诧异："这算什么说法？"陶三郎只笑，不说话。陶三郎卖花的钱用来做什么了？喝酒，像陶渊明一样。陶三郎请马子才喝酒，二人兴尽而散。经过荒园变花园、弃枝变异卉的无言感化，马子才和陶三郎前嫌尽释，和好如初。

更奇怪的是，第二天，马子才再到陶家去看，发现昨天刚插上的菊苗，已经长到一尺多高。还是那句话，表面上看，陶三郎仿佛有独家秘籍，其实是花神的法术。马子才哪里知道真相，他苦苦恳求陶三郎把"揠苗助长"的绝活儿教给他。陶三郎回答："此固非可言传，且君不以谋生，焉用此？"妙言妙语！凡夫俗子怎能学到花神法术？花神绝技岂可传给俗人？陶三郎善于言谈，拒绝得有理、有据，且有礼貌。"不以谋生"，以子之矛攻子之盾，机智幽默，内含玄机。此后，陶三郎的卖花事业蓬勃发展起来，他不在家里经营小本生意了，而是办起"鲜花超市"，"于都中设花肆"；他不再做本地小商小贩的生意，而是办起"连锁店"，向外发展，从北到南，从顺天府到金陵城，千里迢迢、大张旗鼓地卖花。更不可思议的是，"去年买花者，留其根，次年尽变而劣，乃复购于陶"。

陶家越来越富有了，第一年，盖起新房；第二年，盖起高屋。他也不跟马子才商量，想建什么就建什么。渐渐地，过去的菊畦，都变成了陶家的房舍。陶三郎又在墙外买了一大片地，全种菊花。

到了秋天，他把菊花装上车运走了，第二年春天过去了还没回来。后来，马子才的妻子生病去世了，他喜欢黄英，就托人透口信求婚。黄英听了，微微一笑，好像同意了，但并没有明确答应。马子才不敢造次，只能等陶三郎回来。没想到过去一年多，陶三郎也没有消息。陶家的事业在黄英的经营下大踏步前进。黄英指导仆人种菊，然后卖出去，赚了钱又在村外买下二十顷肥沃良田。陶家甲第如云，越发财大气粗。黄英俨然成了一名女企业家。

最奇怪的事发生了：有客人从广东带来一封陶三郎写的信，打开一看，原来是嘱咐姐姐嫁给马子才。看看写信日期，正是马子才妻子去世的那天！难道几千里之外的陶三郎能够料事如神？马子才回忆起两人在园中喝酒的时间，到今天，不多不少，恰好四十三个月！真是太离奇了！

马子才把陶三郎的信拿给黄英看，问："我把彩礼送到什么地方？"黄英说："我不要彩礼。你家太简陋了，想请你住到我家南院。"这岂不成了入赘？马子才不同意，选好良辰吉日，把黄英娶回了家。黄英在墙上开了道门，从马家可直接通到陶家南院。她每天从这道门到南院，指挥仆人干活儿。马子才耻于妻家富裕，常常嘱咐黄英："南院和北院的东西要分开登记，以防混淆。"而家中所需要的东西，黄英总是从南院拿来。不到半年，家中到处都是陶家的东西。马子才派人一一归还，并告诫说："以后不许再从陶家拿东西用了。"可是不到十天，两家东西又混到了一起。马子才不胜其烦，黄英笑着说："你这位'陈仲子'是不是太劳累了？"陈仲子是战国时的清廉之士，黄英用他来调侃马子才。马子才听了很惭愧，从此，一切家务都听黄英的。黄英于是招集工匠，买下材料，大兴土木，两家房舍合而为一，气势宏伟。之后，黄英遵从马子才的意思，"闭

《黄英》：菊花仙做了 CEO | 031

门不复业菊,而享用过于世家"。她不再以卖菊花为业,但家里的享用仍比贵族还讲究。自命清高且穷惯了的马子才,既不能忍受卖菊花来亵渎"东篱",也不乐意过仰仗妻财的华贵生活,埋怨黄英:"我三十年的清德,都被你带累坏了。看看我现在这副样子,完全是个吃软饭的,没有一丝一毫大丈夫的气概。人们都希望越有钱越好,我只希望最好变成穷光蛋!"

黄英回答马子才:"妾非贪鄙;但不少致丰盈,遂令千载下人,谓渊明贫贱骨,百世不能发迹,故聊为我家彭泽解嘲耳。"意思是说:"我并不是贪财的人,但如果我不把陶家变富裕一点儿,就会叫千年以后的人说:看到了吧?陶渊明那样的文化人,天生一副贫贱骨,他们家百世也不能发迹。我做这一切,只是想让我家陶公不致被后人嘲笑而已。"

"聊为我家彭泽解嘲"是什么意思?"彭泽"是陶渊明的代称。黄英想说的是:我们陶家的老祖宗陶渊明之所以穷,并非没有能力,而是没将精力放到求取财富上,他这是不为,非不能也。我用自己的劳动、自己的能力发财致富,既能使自己过得好一点儿,又能为陶公争口气,堂堂正正,何耻之有?

黄英客气而有分寸,句句在理地批评了马子才以贫困自许的酸腐论调。她用历来象征高洁的菊花卖钱,以菊花致富,心安理得,并用实际行动改变马子才"祝穷"的想法,结果马子才只好认输。

千万不要小看这段看似寻常的夫妻之间的争论。

马子才说:"仆三十年清德,为卿所累。今视息人间,徒依裙带而食,真无一毫丈夫气矣。人皆祝富,我但祝穷耳!"这番话透露出两种传统观念。

一种是传统男性观。封建社会中,女性没有社会生存能力,只能仰男人鼻息生活。而黄英不仅养活了自己，还养活了丈夫。马子才却非但不以她为荣，反而觉得自己男子汉大丈夫的自尊心受到了伤害，心里很不舒服。

一种是传统的重农轻商思想。在传统士子眼中，金钱是污人清白的"阿堵物"，躬耕南亩是清高，从商是追逐铜臭。陶家姐弟以卖菊为业，并向企业化、跨省区发展，是资本主义生产方式的萌芽。黄英的"聊为我家彭泽解嘲"，跟陶三郎的"自食其力不为贪，贩花为业不为俗"大同小异，是新兴资产阶级人生观的反映。马子才则表现出传统知识分子在商品经济大潮前的困惑和不知所措。

所以马子才和黄英之争，不是夫妻之间的小口角，而是新旧思想的交锋。吴组缃先生的《颂蒲绝句》精彩地点明了黄英和马子才交锋的含义："封建之基是小农，抑商政策致贫穷。黄英艺菊食其力，甲第连云气若虹。"

黄英的"东篱经"并没有彻底解开马子才的思想疙瘩，他还是喋喋不休。具有大家气度的黄英索性与马子才分居：我在这边惬意地享受富裕和文明，你在那边尽情享受"清德"！于是，接着出现了一个十分滑稽可笑的场面：黄英给马子才盖了一间茅屋，还派了一个美婢陪侍，几天后马子才想黄英了，派人去请她，她却不肯来，马子才只好自己去找黄英。因为爱琼楼里的黄英，不爱茅屋里的美婢，"祝穷"的马子才不得不放弃心心念念的"清德"，向"祝富"的黄英递降书顺表。马子才实在迂阔得近乎造作，迂腐得令人喷饭。这段夫妻思想的交锋结束了，接下来就是花神的诗意现身。

马子才到金陵办事，恰逢菊花盛开的秋季，他经过花市，看到一家花店里的菊花样式新颖，怀疑是陶三郎种的。过了一会儿，花店主人出来，果然是陶三郎。两人热情地倾诉分手后的情景，马子才邀请陶三郎跟自己回家。陶三郎说:"金陵是我的家乡,我想在这儿娶妻。我积攒了些钱,请你带给姐姐,我年底回去。"马子才苦苦请求陶三郎回去,说:"家里已经很富裕了,尽可坐享其成,没必要再做生意了。"马子才坐镇花店,让仆人将所有花降价销售,几天就全部卖光了,然后催促陶三郎整理行装,赁船向北方进发。一进家门,黄英已经替弟弟准备好一座院子,床榻被褥一应俱全,好像预先知道弟弟要回来似的。陶三郎从金陵回来,放下行李就去监督仆人干活儿,大修亭园,每天跟马子才一起下棋喝酒。马子才要给他娶妻,他不愿意。黄英便派了两个丫鬟跟他住在一块儿。三年后陶三郎有了女儿。陶三郎善饮酒,从没喝醉过。马子才的朋友曾生也是喝遍天下无敌手,他来拜访马子才,马子才让他跟陶三郎较量。两人纵情豪饮,相见恨晚。从晚饭开始,一直喝到四更天,每人喝掉一百壶酒。曾生烂醉如泥,趴在座位上呼呼大睡。陶三郎站起来想回房睡觉,"出门践菊畦,玉山倾倒,委衣于侧,即地化为菊:高如人,花十余朵,皆大于拳",一出门就踏在菊畦里,身子倾倒,就地化成一株菊花,像人那样高,上面开了十几朵鲜艳的菊花,比拳头还大。古代小说中的"人变物",这是最美丽的描写。

马子才怕极了,跑去告诉黄英。黄英急忙赶来,说:"怎么醉成这样!"她拔出菊花,放到菊畦上,用陶三郎的衣服盖着,告诉马子才:"千万不要看!"然后拉着他回去。第二天一早,马子才到院子里,只见陶三郎睡在菊畦边。马子才恍然大悟:黄英姊弟皆菊精也!

马子才因爱菊引来菊花妖,却一点儿也不怕人妖有别,恩爱、友爱如故。聊斋先生叹息《葛巾》中的常大用"未达",而马子才是个"达人",知道妻子姐弟是菊精后,越发爱敬他们。他是真爱菊,也是真懂爱情。可惜他好奇心太重,又自以为是,很想照着黄英的办法，自己玩一次人变菊、菊变人的魔术。陶三郎自从暴露菊精身份，越发豪饮，常把曾生请来喝酒，二人成了莫逆之交。这天恰值百花生日，曾生来拜访陶三郎，他的仆人抬了坛用药浸过的白酒，两人约好喝完这一坛。坛中酒将喝尽，两人还没多少醉意。马子才偷偷往坛里加了一大瓶酒，又被喝光。曾生醉得不省人事，他的仆人把他抬回家。陶三郎躺在地上，又变成了一株菊花。马子才见惯不惊，按照黄英的办法，把菊花拔出来，盖上衣服，自己守在旁边，观察菊花是如何变成陶三郎的。等了许久，发现菊花叶子渐渐枯萎了，马子才恐惧极了，急忙跑去告诉黄英。黄英说："你杀死我弟弟了！"急忙跑去看时，那株菊花已根株干枯。黄英悲痛至极，掐下花梗，埋到盆里，带回闺房，每天浇水。马子才悔恨不已。过了几天，听说曾生已醉死了。盆里的菊花渐渐发芽，九月开花，短短的枝干，粉红色花朵，嗅一下，有酒的香味，取名"醉陶"，浇上酒，就开得更加茂盛。而黄英直到终老，也没有什么异常。

这个爱情故事里出现了根本不是描写爱情却最令人心旷神怡的一段：黄英"痛绝，掐其梗，埋盆中"，精心浇灌，"花渐萌，九月既开，短干粉朵，嗅之有酒香，名之'醉陶'，浇以酒则茂"。陶三郎变成菊花，交代了黄英的花神身份，实在妙不可言。

菊花神黄英跟牡丹花神葛巾、香玉不同，无脂粉气，有丈夫气，人淡如菊，亦人爽如菊。黄英、陶三郎，姐弟一体，以俗为雅，变文人笔下的"黄花"为"致富花"，是古老东篱下绽放的蕴含着近代文明色彩的花朵。蒲松龄把马子才"花痴兼迂阔君子"的形象和黄英姐弟"花神兼企业家"的形象写得非常生动。三个人物，马子才清高淡泊而不免迂阔；陶三郎豪放洒脱，聪慧热情；黄英温文尔雅，庄重沉着。三人关系以爱菊始，以花神现身终。他们的订交、矛盾、复合,始终以菊花为中心。这篇小说是一部爱情故事,更是一部别致的"菊花传"。黄英和陶三郎对马子才而言,一为爱妻,一为良友。令人惊奇的是,蒲松龄写良友,不写范张鸡黍般的死生之交,而写朋友之间理念的天差地别;写恋人,无一字涉情涉色,却对恋人之间的思想交锋津津乐道。此逸想,此笔法,在《聊斋》中找不到雷同者,在中国古代小说里也绝无仅有,怪不得《聊斋》点评家冯镇峦要说:"《聊斋》说鬼说狐,层见叠出,各极变化。如初春食河豚,不信复有深秋蟹螯之乐。"

蒲松龄为什么能写出《黄英》?跟他在西铺坐馆的经历有很大关系。蒲松龄爱菊,他的东家毕际有是痴情"菊友",可以说是蒲松龄的意外之喜。蒲松龄替毕际有到济南寻找菊种,启发了《聊斋》中《黄英》的构思,更是喜上加喜。康熙三十年(1691),毕际有听说济南东流水某家有菊花佳种,便请蒲松龄带着毕家的稀有菊花品种,前去交换。蒲松龄写诗说这户人家"菊畦恨不宽盈亩",种了很多菊花,在山东首屈一指,却既非达官贵人,亦不是读书士子,而是做生意的。这户人家住的五龙潭旁东流水,是旧时济南商户聚集之地。古代官员门前需要有通衢大道,便于走八抬大轿。经商者所居街道却要窄隘,便于聚宝,免得财气外溢。这户东流水人家恰好"扉临隘巷",大门紧挨着一个很小的巷子。这家门前,有长者之车、达官之马。他们来做什么?难道都是像蒲松龄一样来交换菊花的吗?不可能。那就只有一个解释:这些人是来买菊花的!"东篱黄花"可以卖钱?卖菊花可以发大财,就像这户东流水人家?!可以想象,终生爱菊的蒲松龄发现了卖菊花的CEO之后,是如何地百感交集。为刺史物色菊种而闯进菊花种植专业户家,对蒲松龄来说,真是见世面、开思路,《黄英》由此破茧而出!《黄英》篇末出现"醉陶",妙名,妙花,妙思。

这个品种的菊花是不是蒲松龄用毕刺史的菊花从东流水交换来的？可能是吧。一家财大气粗的商户，竟然影响到优美深邃的《黄英》的产生，这说明山东经济的繁荣影响到了《聊斋》的写作。20世纪80年代我写《聊斋志异创作论》时到北京大学请吴组缃先生题写书名，并向他请教。吴先生说，研究《聊斋志异》既要一篇一篇细读，不搞大而无当的"高屋建瓴"的分析，也不要局促于篇章之间，要知道时代背景对蒲松龄的重要影响。当时山东经济发达，大运河穿境而过，京城数日可至，这样的背景不可能不影响蒲松龄的思想和创作。吴先生的提醒，令我想到《黄英》《王成》《刘夫人》等不同篇章的创作和山东经济的关系。2012年，我第四次给蒲松龄写传记（《幻由人生：蒲松龄传》），就把《黄英》的产生跟蒲松龄五十二岁时给毕际有寻找菊花的济南之行联系了起来。

《荷花三娘子》：
聚必有散花解语

《荷花三娘子》既创造了花解语的爱情故事，又阐述了"聚必有散"的人生哲理。男主人公宗湘若跟荷花三娘子的爱情高雅明媚，不过在这之前他还有一个放荡任性的狐狸精女朋友，而荷花三娘子居然就是由狐狸精介绍给他的。人生何处不相逢？人生如何巧相逢？《聊斋》写绝了。这就是赫拉克利特说过的："不同的音调造成最美的和谐。"

古代文人喜欢拿花说事，蒲松龄写荷花三娘子，首先想到的可能就是"出淤泥而不染"。

美丽高洁的荷花仙子，是放荡的狐狸精介绍给宗生的。

宗生秋天到田地巡查，看到庄稼浓密的地方不停摇动，他踏着田间小路过去一看，原来是一男一女在野合。见他过来，男的面红耳赤，束好腰带，狼狈地跑了。宗生看那女子长得非常漂亮，也想跟她亲热，可又羞于这种粗野的行为，就靠近她，替她拂拭身上的泥土，说："你们的幽会很快乐吧？"女子只是笑，不说话，宗生解开她的衣服，只见皮肤细嫩得像脂膏，就上下摩挲。女子笑着说："酸腐秀才！想怎样就怎样，一个劲儿乱摸做什么？"宗生问："你叫什么名字？"女子说："恩爱片刻，各奔东西，何必问名字？难道还要留下姓名来立个贞节牌坊？"

这段原文特别精彩，经常被评论家引作评价《聊斋》语言成就的范例，我的好友、著名散文家王充闾在中国作家协会开会时，还曾笑盈盈地给大家背诵过：

> 湖州宗湘若，士人也。秋日巡视田垄，见禾稼茂密处，振摇甚动。疑之，越陌往觇，则有男女野合；一笑将返，即见男子靦然结带，草草径去。女子亦起。细审之，雅甚娟好，心悦之，欲就绸缪，实惭鄙恶，乃略近拂拭曰："桑中之游乐乎？"女笑不语。宗近身启衣，肤腻如脂，于是挼莎上下几遍。女笑曰："腐秀才！要如何，便如何耳，狂探何为？"诘其姓氏，曰："春风一度，即别东西，何劳审究！岂将留名字作贞坊耶？"

宗生说女子是"桑中之游"，意思是幽会，这是化用《诗经》中的"期我乎桑中"。狐狸精刚刚跟另一个男人野合，又马上勾引宗生，语言挑逗放纵，全无女性应有的矜持自守。

狐狸精告诉宗生"要如何，便如何耳"，鼓励宗生，宗生却说："在野外草窠露水中恩爱，是山村粗野之人的爱好，我不习惯。以你的美丽，就是私相约会也应当自重，何至于这么草率？我的书斋离这儿不远，去我那里吧。"女子说晚上过去，问清门户标志，便从斜路上离开了。一更刚过，女子果然来到宗生的书斋，两人云雨一番，感情融洽。后来两人来往很长时间，也没人知道他们的事。

有个寄居在村中寺庙的僧人见到宗生，惊奇地说："您身上有股邪气，最近遇到什么事了？"宗生回答："没有呀。"过了几天，宗生莫名其妙地病倒了。他的情人每天晚上都带鲜美水果给他吃，殷勤地探问病情，像夫妻一样恩爱，然而躺下后必定强让宗生与她交欢。宗生身体不舒服，心里不耐烦，开始怀疑女子是妖精，于是说："前些日子有个和尚说我被妖精蛊惑了，明天我就请他来驱妖。"女子听后又惊又怕，宗生越发怀疑她。第二天，宗生派仆人到寺里把自己的状况告诉僧人。僧人说："这是狐狸精。道行还比较浅，容易捉住。"于是写了两道符，交给仆人，嘱咐说："回去后拿个干净坛子放到床前，把这道符贴在坛口。等狐狸精被收进坛子，立即用盆盖住，再把另一道符贴在盆上，放进盛着热水的锅里，用烈火烹煮，不一会儿，狐狸精就死啦。"仆人回来，按照僧人所说的准备好一切。半夜，女子来了，伸手到袖子里取出金橘，正要到宗生的病榻前问候，忽然，坛子"嗖"的一声把她吸了进去。藏在房里的仆人跑出来，把坛口盖严封好，贴上第二道符。刚要拿去烹煮，宗生看见撒在地上的金橘，想起女子跟自己的恩爱情谊，不由得心疼了，连忙告诉仆人："把她放了吧。"仆人揭去符咒，掀开盖子，女子从坛里出来，狼狈不堪，给宗生磕头说："我大道将成，不料几乎化为灰烬。你是仁慈的人，我一定报答你。"说完就走了。

几天后，宗生病得奄奄一息，仆人去集市给他买棺材，遇到一个女子，问："你是宗湘若的仆人吗？"仆人说："是。"女子说："宗郎是我表兄，听说他病重，我有包灵验的药，请你带给他吧。"仆人便把药带回家交给宗生。宗生想：我并没有表姐妹，肯定是狐女来报答我了。他服药后，恢复了健康，心里感谢狐女，就向空中作揖，希望再见一面。一天晚上，宗生正关着门喝闷酒，忽然听到有人用手指敲窗户的声音，打开门一看，竟是狐女。他拉着狐女的手向她表示感谢，请她喝酒。狐女说："分手后，我对你的恩情时刻萦怀。

为了报答你的厚地高天之恩,便给你物色了一个好伴侣。"宗生问狐女:"你给我找了个什么人?"狐女说:"明天清早,你早些前往南湖,看到一位身穿雪白绉纱披肩的采菱女子,就赶快驾船追赶。如果把她追丢了,看见湖堤边有株短杆莲花藏在荷叶底下,你就把它采回家,用蜡烛的火烧花蒂,就能得到一个美丽的媳妇,还能健康长寿。"狐女说完便向宗生告别,宗生再三挽留,狐女说:"自从遭受那次大劫难,我猛然领悟大道,怎么能因为男女枕席之爱,招得别人仇视和怨恨呢?"说完,一脸严肃地告别而去。看来,放荡妖冶的狐狸精也有向正人君子转化的可能啊!狐女对宗生已从采补男子精血进行修仙,上升到精神境界的道德完善,所以她拒绝再跟宗生有肌肤之亲。她给宗生推荐纯洁佳侣更加表现出她的觉醒的爱。

这个《聊斋》故事其实是由两个相对独立的故事组成的,前一个故事是狐狸精和宗生遵从享乐主义的情爱,后一个故事是宗生和荷花三娘子带有诗情画意的爱情。而荷花三娘子是由狐狸精向宗生推荐的。狐狸精对宗生做出八个字的预言——"当得美妇,兼致修龄",这是一个情节性预言。后面情节的发展也一一印证了这个预言。狐狸精向宗生推荐的荷花三娘子,是花仙,荷花仙女。荷花本来就"出淤泥而不染,濯清涟而不妖",由放荡的狐狸精介绍荷花三娘子更加深了这层含义。狐狸精和荷花三娘子一邪一正,又以邪荐正、以邪趋正。狐狸精的改过平添了几分亲切,舍爱荐人又平添了几分雅量。狐狸精巧舌如簧,荷花三娘子少言寡语,还有点儿木讷;狐狸精放荡不羁,荷花三娘子矜持自重。两个女性对比鲜明,故事也跌宕有趣。

宗生到了南湖,看见荷花丛中漂亮女子很多,其中有一位梳少女发型、穿白色绉纱披肩的姑娘,真是绝代佳人。宗生催着船逼近她,忽然不见了少女的去向。他立即拨开荷花丛,果然看到一株红

《荷花三娘子》

莲，长不过一尺，便把红莲折下来，带回家。进门后，宗生把红莲放到桌子上，在一旁削蜡烛，打算点火烧花蒂，一回头，红莲就变成那披纱美女了！宗生又惊又喜，立即下拜。少女说："傻书生！我是妖狐，将要祸害你了！"宗生不听。少女又问："谁教给你这一套的？"宗生说："我自己就能认出你，还用别人教？"说着，便抓住少女的胳膊，少女随着宗生的手变成一块怪石，一尺多高，玲珑剔透。宗生就把石头供到案头上，点上香，一边拜，一边祝祷。到了晚上，宗生锁好门关好窗，怕那少女跑掉。早上起来一看，哪里是石头，而是一件绉纱披肩，远远地就闻到扑鼻的香气。宗生把披肩搂到怀里躺到床上。傍晚时，他起来点灯，等回过身来，垂发少女已在床上！宗生高兴极了，怕少女再变化，便苦苦哀求她不要再变。少女笑着说："真是孽障！什么人多嘴多舌，教这个疯小子把我纠缠死啦！"从此，两人融洽和谐，而金银绸缎经常盛满箱子、柜子，也不知道从哪里来的。

荷花娘子怀孕十个多月，到了生产的日子，她进入房间，嘱咐宗生关上门，不让人进来，自己拿把刀，割开肚子，把儿子取出来，又让宗生撕块绸布，把肚子束起来。过了一夜，她的伤口就愈合了。这应该是全世界最早也最成功的剖腹产了。

又过了六七年，荷花娘子嘱咐宗生："我前世欠你的都还完啦，就此告别吧。"宗生哭起来，说："你到我家时，我贫苦不能自立，靠着你家里才实现了小康，你怎么忍心跟我分手？你又没娘家没亲戚，将来儿子不知道母亲是谁，太遗憾了。"荷花娘子也很伤心，说："人生有聚必定有散，这是人之常情。儿子一脸福相，你也会长命百岁，还有什么可追求的？我本姓何，如果你想念我，抱着我的旧物呼唤'荷花三娘子'，就能见到我。"说完挣脱宗生拉她的手，说：

"我去啦。"宗生吃惊地看时,她已飞过头顶。宗生跳起来拽她,只抓到她的鞋子。鞋子脱手落到地上,变成一只石燕[1],比朱砂还红,晶莹剔透,像水晶一样。宗生捡起来珍藏,再翻检荷花三娘子初来时所披的白色绉纱披肩,还好好地放在那里。每当想念她时,宗生就抱着披肩喊一声"三娘子",那绉纱披肩就变成荷花三娘子的样子,俊秀的容颜,笑盈盈的眉眼,一切都跟从前一样,只是不说话罢了。

杜少陵诗:"江碧鸟逾白,山青花欲燃。"荷花三娘子和她的"曹丘生"[2]狐女迥然不同,她矜持自重。宗湘若对她费尽心思追求:宗生在湖上看见披"冰縠"之"垂髫人",立即乘舟追赶;"垂髫人"藏起来化为红莲;宗生按照狐女教的办法烧花蒂,荷花变成美女,却故意说自己是害人的妖狐,拒他于千里之外;宗生痴恋不已,美女又变石头,化纱帔,最后才感念他炽烈、执着的追求,"垂髫人在枕上"。从湖中"垂髫人"到枕上"垂髫人",是宗湘若苦苦追求的过程,也是荷花三娘子自珍自重的过程。荷花三娘子端庄娴雅,沉默寡言,天真纯洁,善良贤惠,对丈夫一心一意。她表面上是美丽可爱的妻子,骨子里却是清高爽丽的荷花。孩子六七岁时,荷花三娘子跟宗生告别,说:"聚必有散,固是常也。"留下纱帔做自己的化身,飘然而去。

蒲松龄为什么要让荷花三娘子最后留下纱帔做自己的化身,让宗生能抱到真真切切的荷花三娘子,看到妻子含笑的眉眼,感受到妻子欢乐的情绪,却就是不能和妻子对话?是情到深处,不必说话,

---

[1] 石燕:远古时期海生腕足类动物中华弓石燕及近缘动物的化石,因形似飞燕而得名,也可做中药材。——编者注
[2] 曹丘生:汉朝辩士,曾到处称颂侠士季布,使后者名声大振。后人便以"曹丘生"作为引荐者的代称。——编者注

还是情到浓处，无话能表达？清代《聊斋》点评家冯镇峦写道："是耶非耶？立而望之。翩何珊珊其来迟？为诵《李夫人歌》。"这段评语找准了蒲松龄的艺术脉络。汉武帝宠妃李夫人死后，汉武帝十分思念她。方士少翁说能请到李夫人的魂灵，便在夜晚点上灯烛，设上帷帐，摆上酒肉，让汉武帝坐在别的帷帐内，远远看到一个好像李夫人的女子。汉武帝写下诗句："是耶非耶？立而望之。翩何珊珊其来迟？"还"令乐府诸音家弦歌之"。汉武帝在想入非非又似是而非的状态中完成了一次感情的洗礼。冯镇峦认为，让宗生最后抱着荷花三娘子留下的纱帔，是对汉武帝和李夫人相会的模拟再现。

《荷花三娘子》的手稿本篇末评论道，友人云："'花如解语还多事，石不能言最可人。'放翁佳句，可为此传写照。"这个评论可能是蒲松龄朋友说的话，也可能是蒲松龄托朋友之名自己说的话。这几句话说明，荷花三娘子的故事，是由陆游诗句联想而创作的：花能说话，石头能言，所以荷花三娘子亦花，亦人，亦仙。初露面，是披白纱的采菱女，有纯素之美；化为红莲，自是花中第一流；再变成"面面玲珑"的怪石，逸秀清峭；最后留下的一只鞋变成"内外莹澈"的水晶般的石燕，幻化无穷。不管是荷花还是石头，都可爱极了。花做夫人，又变幻出这么多花招儿，《聊斋》男士艳福不浅。至于"聚必有散"的爱情观，隐含着"两情若是久长时，又岂在朝朝暮暮"的意思，是非常新颖的感情观。

《绿衣女》：
偷生鬼子常畏人

绿衣女"偷生鬼子常畏人",意思是说一个曾经遭受爱情挫折的女子苟活于人世,常常害怕别人。《绿衣女》讲的是大自然中的一只小小绿蜂,彩翼翩翩为情来,到人世寻求真爱的故事。

这个故事,还要从20世纪90年代中国作协第五届全国委员会某次会议说起。当时,北京委员和山东委员一个组,女作家都喜欢天马行空地聊天。张洁、凌力都得过茅盾文学奖。我和张洁讨论她的长篇散文《世界上最疼我的那个人去了》,和凌力讨论《聊斋》。凌力问我:"你最喜欢《聊斋》里的哪个女性?"我说:"当然是婴宁。你最喜欢《聊斋》里的哪个女性?"凌力说:"绿衣女。蒲松龄怎么仅仅用六百多字就能写出这么妙的女性生存状态?低调、胆小,总担心爱情要结束,这形象太美了。"凌力的话启发了我,这是当代卓有成就的女作家对《聊斋》中女性人物的解读。我提醒凌力特别注意绿衣女唱的小曲,里面大有玄机,埋藏了她的不幸命运。这个小曲说明小绿蜂曾在爱情上遭受挫折,所以才担心和人世书生的恋情不能持久。

说来有趣,《绿衣女》写的是我家乡的一个书生的艳遇,"于生名璟,字小宋,益都人"。益都是哪儿?就是今天的山东青州,古九州之一。根据尧舜禅让制度,不传位给儿子,而传位给贤人。尧传位于舜,舜传位于禹。大禹治水时的最大功臣叫益,禹起初决定传位于他。益在青州建立京城,称为益都。后来,因为禹有意识地培养儿子启,启在民众中展现出了治国的能力,而益无此机会,没有受到民众的拥护,最终还是启继承了王位。益都虽然没能成为国都,但这个地名却保留了下来。益都人于生在醴泉寺读书,忽然听到有女子在外边赞叹:"于相公勤读哉!"深山之中哪儿来的女子?于生正疑惑时,女子已推开门走进屋来,边笑边说:"勤读哉!"于生惊讶地站起来,发现深夜来访的女子,"绿衣长裙,婉妙无比"。这是蒲松龄特别擅长的亦人亦物、亦人亦妖的写法。初看她确实是人,仔细想,又暗含某种生物特点,比如服饰。"绿衣长裙"是什么?长裙是小绿蜂的翅膀,绿衣是颜色。"婉妙无比",是婉丽美妙,世间没人能比,也是暗示小绿蜂的细小。于生一看,就意识到这肯定不是人世间的人,一个劲儿地问:"你住在什么地方?"绿衣女回答:"你看我这个样子是能吃人的吗?为什么要一再追问呢?"虽然拒绝回答,却拒绝得温文尔雅。于生明明知道来的是妖精,但很喜欢她,就与她睡到一起了。"罗襦既解,腰细殆不盈掬",绿衣女解开绸制的衣服,腰细得用手合拃还很宽松。她的腰有多细呢?估计不到五十厘米。这也是在暗喻小绿蜂的外形。从此绿衣女每天晚上都来,两人一块儿喝酒聊天。于生发现绿衣女懂得音律,就说:"你的声音这么娇细,如果唱支曲子,必定叫人销魂。"绿衣女说:"我不敢唱啊,怕你掉了魂儿。"于生坚持要她唱,绿衣女表示:"你要是一定叫我唱,那我就献丑了。但是我只能小声地唱唱,表示一下情意就行了。"说完用脚尖轻轻点着踏脚板,唱了支曲子:"树上乌

《绿衣女》:偷生鬼子常畏人 | 047

曰鸟,赚奴中夜散。不怨绣鞋湿,只恐郎无伴。"

这支曲子对理解绿衣女非常重要。《聊斋》研究专家通常解释为:树上乌白鸟的啼鸣声惊散了绿衣女和于生的幽会,她不担心绣鞋湿了,只担心情郎没了伴侣。乌白鸟是候鸟,外形像乌鸦而稍微小一点儿,北方俗称"黎雀""鸦舅"。因为乌白鸟五更天就开始鸣叫,所以它把正在睡觉的情侣喊起来了。《聊斋》研究专家在解释绿衣女唱的小曲时,还喜欢引用南朝民歌《读曲歌·打杀长鸣鸡》:"打杀长鸣鸡,弹去乌白鸟。愿得连冥不复曙,一年都一晓。"同床共枕的情人希望把啼晓的公鸡打死,把五更天就啼叫的乌白鸟用弹弓轰走,最好永远是黑夜,最好一年只起一次床。这种解释,广大读者一般都认可,但我这里要做不同的解释。为什么?2001年,在第二届国际聊斋学讨论会上,台湾学者罗敬之先生跟我讨论《绿衣女》。他提出了一个新解释:绿衣女唱的小曲说明她本来是有伴侣的。她是小雌蜂,雄蜂半夜被乌白鸟吃掉了,小雌蜂不得不到人间重新寻找伴侣。所以绿衣女是在于生深夜读书时出现,而不是清晨出现。她失掉了一次伴侣,就总担心她与情人会像上次一样,很快情缘尽了,甚至她的生命也会结束。绿衣女唱完小曲后,于生发现她的歌声细得像苍蝇在叫,刚刚能听得到,但仔细听,又那样悦耳动听、扣人心弦。绿衣女唱完,打开门看看窗外是不是有人,又绕着屋子看了一圈才回来。于生奇怪地问:"你干吗这么害怕?"绿衣女说:"俗话说,偷生鬼子常畏人,这说的就是我呀。"我觉得这句话特别能说明罗敬之先生提出的新解是对的。"偷生鬼子常畏人",就是说她觉得她不该活在人世,但她还在偷生。她丧失了原来的伴侣,现在找到新的伴侣,所以她很害怕,怕再次失去,总担心自己的福分会耗尽。

《绿衣女》

两人上床休息，绿衣女忧虑地对于生说："我们的缘分是不是只有这些？"于生说："你怎么会这样想？"绿衣女说："我心慌意乱，觉得我的福分快耗尽了，生命快结束了。"于生劝慰她说："心跳、眼跳都是常有的事，不要在意。"绿衣女稍微安慰一些，两人继续欢好。天快亮时，绿衣女披衣下床，想打开门离开于生，犹豫了一会儿又返回来说："哎呀，不知道什么缘故，我心里总是害怕，你送我出去吧。"于生便起来，把她送到门外。绿衣女说："你别走啊，站在那儿，看着我转过墙角以后再回去。"于生说好。他看着绿衣女转过房廊，身影消失了，正想返回去继续睡觉，突然听到绿衣女大声地喊："救命！救命！"于生赶快转过房廊寻找绿衣女，但是一个人都没有，而喊救命的声音还在继续，仿佛发自屋檐间。于生抬头一看，有只像弹丸那么大的蜘蛛，抓着一个很小的东西，叫声就是从这个小东西那里发出来的，非常可怜，嗓子都哑了。于生赶快把蜘蛛网挑破，把被抓住的小东西弄下来，发现是只小绿蜂，便把小绿蜂身上缠绕的蛛丝给去除了。小绿蜂奄奄一息。于生小心翼翼地捧着小绿蜂，放到案头。小绿蜂待了好一会儿，渐渐苏醒，艰难地试着行走，慢慢爬上了砚台，跳到墨汁里，再爬出来，趴在桌上，移动着纤细的腿脚走出一个字："谢"。这个字太好了！感谢你啊！感谢你爱我，感谢你救我，感谢你给我人生的幸福，感谢你给我爱情的幸福。然后，小绿蜂使劲儿地扇动小翅膀，终于飞起来，穿过窗口，飞走了。从此于生深夜再读书，绿衣女再也没有来过。

绿衣女的形象写得太好了。鲁迅先生曾经说，《聊斋》形象"偶见鹘突，知复非人"。《聊斋》妖精和书生打交道时，一直是以正常人的形象出现，只是偶尔现出原形生物的某个特点，人们才知道它原来不是人，是大自然的生物。少女呼救变成绿蜂啼鸣；绿蜂在墨池用腿脚写出"谢"字，虽然纯粹是小绿蜂的动作，但展现的是美好的人的心态。

短短六百多字，人妖之恋写得多么好，多么妙。《聊斋》点评家但明伦说："写色写声，写形写神，俱从蜂曲曲绘出。结处一笔点明，复以投墨作字，振翼穿窗，作不尽之语。短篇中具赋物之妙。"确实，《绿衣女》是轻盈别致的咏物小品，也是蒲松龄亦物亦人、亦妖亦人的拿手好戏。绿衣女既是大自然中的生物，又是活生生的人；既是妖精，又是别致的人。"绿衣长裙"指的是绿蜂的翅膀；"腰细殆不盈掬"指的是绿蜂的小腰；"妙解音律"指的是绿蜂善于鸣叫；"偷生鬼子常畏人"，不是畏人，而是怕乌臼鸟。小说表面上处处写的是优雅、美丽、柔弱、胆怯的少女，又时时暗点小绿蜂的身份，最后绿衣女变成绿蜂，顺理成章。蒲松龄把少女优美化，把绿蜂人格化，写得巧妙有趣。绿衣女温柔多情，有令人销魂的美态，唱词清丽，歌声美妙，富有韵味。绿衣女还表现出一种与其他《聊斋》女性非常不同的心态：特别低调，特别胆小，特别软弱。实际上，主要是因为她在爱情上受过挫折，所谓"一朝被蛇咬，十年怕井绳"，她时时担心不幸会再次发生，而小小的绿蜂被蛛网缠住又是常有的事。蒲松龄写出了绿衣女特有的生存状态，有很大的特殊性，构成了一种特殊的美感。

《阿英》:
彩翼翩翩为情来

精魅有情义,小鸟做贤妻。《阿英》跟其他《聊斋》故事一样,也有男女主角。一般小说都是在男女主角的命运操纵下往前发展,《阿英》则用一个"情"字操纵着整篇小说。什么情?朋友之情,兄弟之情,姐妹之情,夫妻之情,妯娌之情,特别是,人鸟之情。人与人、人与鸟之间充满温情,不管是人还是鸟总是为对方着想,为对方奉献,对对方怀有无私的爱。这篇描写精灵的小说,充溢着人情味儿,体现了理想的人与人之间的关系和理想的人性美,甚至包括婚姻当中所谓前任对现任的关怀和提携。小说简直是用艺术形式给读者提供儒家"仁、义、礼、智、信"的样板,像小夜曲,像抒情诗,令人心动神移。

丰子恺给蒲松龄故居画了一幅少女穿绣花鞋的画,并题字:"闲院桃花取次开,昨日踏青小约未应乖。嘱付(咐)东邻女伴,少待莫相催,著(着)得凤头鞋子即当来。"这支小曲,是《阿英》里秦氏唱的。秦氏实际上是只秦吉了,俗名鹦哥,善于学人说话。跟秦氏意外相遇的书生甘玉,字璧人,江西庐陵人,父母早亡;弟弟甘珏,字双璧,五岁就由兄嫂抚养。蒲松龄给小说人物命名非常讲究，哥哥叫甘玉，玉是美的象征，字璧人，像玉一样的人；弟弟名叫甘珏，珏也是玉，字双璧，比哥哥还像玉人。兄弟二人身上都有美玉般良好的品质：纯净、坚定、执着。甘玉爱弟如子；甘珏敬兄如父，而且模样英俊，文采出众。甘玉经常说："我弟弟如此出色，得给他挑个好媳妇。"由于过分挑剔，甘珏的婚事一直没定下来。有一天，甘玉在匡山寺庙里读书，晚上听到窗外有女子说话声，悄悄一看，三四个少女席地而坐，丫鬟来回送酒菜，长得都非常漂亮。一个女子说："秦家娘子，阿英怎么还没来？"秦氏说："她昨天从函谷关回来，给恶人伤了右臂，不能来玩儿，正因此而感到非常遗憾呢。"另一个女子说："我昨天晚上做了一个噩梦，现在还吓得冒汗。"秦氏急忙摆手说："不要说！今晚姐妹聚会，说这些吓人的事只会让人不痛快。"几位佳丽聊天，倩语絮絮，如吴侬软语。通过对话，美人倩影如在目前。那个女子笑道："这丫头怎么如此胆小，难道会有虎狼把你叼走不成？不让我说，你得唱支曲儿，给姐妹们喝酒助兴。"秦氏便欣然唱起来。唱完，众女子无不赞叹。正说说笑笑间，忽然一个雄健男子气昂昂地闯进来，鹰眼发光，样子凶恶。实际上这是一只老鹰。女子们哭喊着说："妖怪来了！"仓皇间四散而逃。秦氏跑得慢，被鹰眼男子抓住，哀哀地哭泣，拼命挣扎。那男子不由分说，"咔嚓"一声咬断秦氏手指，然后嚼着吃起来。秦氏倒地，像要死了。请记住，美人秦氏断了的拇指，其实是鸟儿被咬断的脚趾，这是将来秦吉了救人时的识别标志。甘玉可怜秦氏，拔剑冲出，把鹰眼男子的一条腿砍断，男子忍痛逃走。甘玉扶秦氏进屋，只见她面如尘土，血湿衣袖，右手拇指已断。甘玉撕块布替她包上。秦氏呻吟着说："救命之恩，怎么报答？"甘玉觉得秦氏美丽温婉，马上就把给弟弟娶妻的想法告诉了她。秦氏说：

"我残废了,不能操持家务了,另外帮你兄弟找个好伴侣吧。"甘玉铺好被褥让秦氏休息,自己则到别处去睡了。早上起来,床上已空。他估计秦氏回家去了,便到附近村子查访,却打听不到任何消息。甘玉回去对弟弟说起此事,悔恨不已。

甘玉巧遇的美丽姑娘,实际上是一群美丽的会说话的鸟儿。女子们都是"殊色",而秦氏是她们中的"丽者",最美的一个。其实更美的,也就是小说女主角阿英还没出来,也不能出来,因为如果甘玉此时看到阿英,直接替弟弟和阿英定亲,就没有后面的有趣情节了。蒲松龄非常会调度,借对话说明阿英伤了胳膊没来。甘玉是君子,偶遇绝色美女,没有一点儿采野花的邪念,只时时挂念着弟弟的终身大事,是一位既慎独又爱护弟弟的长兄。

过了几天,甘珏到野外游玩,遇到一个少女,"姿致娟娟""秋波四顾",淑女姿态如画。甘珏看她,她微微一笑,秋水盈盈的眼睛向四处看了看,问:"你是甘家二郎吗?"甘珏说:"是。"女子说:"令尊跟我有婚姻约定,为什么现在想背弃婚约,给你另定秦家?"甘珏说:"我从小失去了父母,家里的亲朋好友,我都没听说过,请告诉我你是哪家人,我回去问问哥哥。"女子说:"不需要问姓名,只要你一句话,我自己就会去你家。"甘珏说:"没有哥哥允许,我不能答应你。"少女说:"傻郎君,这么怕哥哥吗?既然如此,告诉你,我姓陆,住在东山望村。三天内等你的好消息。"甘珏回家告诉兄嫂。甘玉说:"太荒谬了。父亲去世时我已二十多岁,倘若跟陆家有婚约,我怎能不知道?"兄弟两人讨论路遇的陆姑娘,把二人的关系写得既感人,又合乎情理。甘玉理所当然地认为"独行旷野,遂与男儿交语"的女子行为不端,不肯叫弟弟娶这样的人,又关心地问:"陆姑娘长得怎么样?""珏红彻面颈,不出一言。嫂笑曰:'想是佳人。'玉曰：'童子何辨妍媸！纵美，必不及秦；待秦氏不谐，图之未晚。'珏默而退。"甘珏是因为姑娘美丽而动心的，但他不好意思说。嫂子推测姑娘是佳人，哥哥却武断地说，小孩子家哪儿分辨得出漂亮不漂亮？就是漂亮也不如秦氏，等求不到秦氏时再考虑也不晚。甘珏默默无语地退下。他喜欢美丽的陆家姑娘，但也尊重哥哥。哥哥爱弟如子，弟弟敬兄如父。这段兄弟关系写活了。

美丽的陆家姑娘直接向甘珏毛遂自荐失败了。怎么办？甘家二郎不是听大郎的吗？那就直接去找甘家大郎！

过了几天，甘玉在路上看到一个少女边走边哭，便勒住缰绳斜瞅一眼。他从没见过这么漂亮的姑娘。甘玉相信甘珏遇到的陆姑娘肯定不及秦氏，现在他还不知道自己遇到的就是陆姑娘，但他感觉这姑娘"人世殆无其匹"，自然比秦氏美。甘玉让仆人过去问她为什么哭，少女回答："我原来许配给甘家二郎，后因家穷搬到远处，跟甘家断绝了音讯。近日我回来，听说甘家三心二意，背弃婚约，我要去问问夫兄甘璧人，怎么安置我。"甘玉又惊又喜，说："甘璧人就是我呀。先父跟你家有婚约，我实在不知道。这里离我家不远，请跟我回去一起商量。"甘玉跳下马，让少女骑上，自己牵马步行，一起回家。少女说："我小字阿英，没有兄弟姐妹，跟表姐秦氏一起住。"甘玉这才醒悟阿英就是弟弟遇到的那个美人。

阿英"娇婉善言"，表现突出。她其实是来向甘家大哥问罪的，也知道谈话对象就是甘玉，但她没有直接问他，而是将他当成路遇的陌生人，说："我要去问问甘家当家人，为什么不遵守婚约。"她是故意说给甘玉听的。阿英特别有教养，即使"背后"说人，也称其为"甘璧人"，而不是"甘玉"，礼貌周全。

甘玉暗暗欢喜弟弟得到漂亮媳妇，又担心阿英太漂亮，未免轻佻，招人闲话。阿英却温婉端庄，还特别会说话，对嫂子像对母亲一样，嫂子也特别喜欢她。蒲松龄特别会埋钉子，阿英善于言辞，其实是因为她本就是一只会说话的鸟儿。甘玉这个时候怎么不探究他已二十多岁，却不知道阿英和甘家订有婚约呢？看来，有没有婚约并不重要，重要的是弟弟得到一个美丽贤惠的妻子，哥哥就心满意足了。

中秋节，甘珏夫妇正在喝酒，嫂子派人来叫阿英。甘珏对阿英不能陪自己很失望，阿英让来人先回去，说自己随后就到，却一直跟甘珏笑着聊天。甘珏怕嫂子等得不耐烦，一再催她，阿英只是笑，最后也没去。第二天一早，嫂子来看望阿英，说："昨天晚上咱们对面坐着，你怎么一直闷闷不乐？"阿英微微一笑，没有回答。甘珏跟嫂子核对昨天晚上的事，发现了破绽。嫂子大惊失色，说："如果不是妖怪，怎会有分身术？"甘玉也害怕了，隔着帘子对阿英说："我家世世积德，没有仇人冤家。如果你是妖怪，请赶快走吧，千万不要伤害我弟弟！"阿英很不好意思地说："我确实不是人，只因为公爹过去跟我订下婚约，秦家姐姐劝我过来完婚。我知道自己不能生儿育女，曾打算告辞离开，之所以恋恋不舍，是因为哥哥嫂嫂待我不薄。现在你们既然怀疑我，就从此永别吧。"转眼间，阿英化成一只鹦鹉飞走了。

一只鹦鹉怎么可能跟甘珏有婚姻之约？原来，甘翁在时，养了一只聪明的鹦鹉。当时甘珏不过四五岁，甘翁常叫甘珏喂鸟儿。甘珏问父亲："养鸟儿做什么用啊？"甘翁开玩笑说："养大了将来给你做媳妇啊！"有时鹦鹉没吃的了，父亲就叫甘珏："不去喂鸟儿，饿坏你的媳妇啦！"甘家人都拿鹦鹉是甘珏媳妇的事开玩笑。后来鹦鹉挣断锁链飞走了。鹦鹉飞到哪儿去了？估计是飞到仙境修炼去了，

阿英

鹦鹉能言亦可人
阿英早许结昏姻
一朝缘尽难重合
骇绝狸奴几丧身

《阿英》

修成人形回来兑现婚约。一般家庭里这样喂鸟儿而且开玩笑的人不少，可谁想得出这样的人鸟爱情？蒲松龄真是天才。对小小的鹦鹉来说，"将以为汝妇"，这就是必须遵守的婚约，就是不可以违背的盟誓。她就得勤加修炼，变成甘珏名副其实的媳妇！一只小小的鹦鹉，却信守承诺，既然订了婚约，就得认真严肃地完成。她先后找了甘家兄弟要求践约，主动、勇敢、热情、执着；进门之后，又严格按照贤妻标准做人做事，得到甘家所有人的喜爱和尊重。甘珏待兄如父，阿英侍嫂如母，多么重情重义！

甘玉这才明白，阿英说的婚约是这件事！甘玉当然喜欢"娇婉善言"的弟媳妇，但他永远把弟弟的安危放在首位，所以，他听说阿英会分身术后，首先想到的就是"幸勿杀吾弟"。人间兄弟如此友爱，鸟儿中的姐妹同样如此。阿英如愿以偿地跟甘珏有了真正的婚姻，其实首先是因为她的表姐秦氏与人为善，为他人着想。秦氏在匡山寺庙受到鹰眼男子的伤害，甘玉救了她，接着就直截了当地跟她说，想请她嫁给自己弟弟，从甘玉的君子作为能看出他的弟弟肯定也不错，秦氏同意这桩婚事顺理成章，但她却谢绝了，表面上的理由是她已经残疾，实际上秦氏知道阿英的所谓婚约，她要成全阿英和甘珏。阿英在离开甘家时说，她到这里来，是表姐再三"劝驾"的结果。她没有兄弟姐妹，和表姐相依为命。阿英是鹦鹉，秦氏是秦吉了，都是会说话的鸟儿。阿英叫秦氏"表姐"，可见鸟儿之间也有亲戚往来，也有像人类兄弟姐妹那样的情谊。蒲松龄的构思太精妙了。

阿英变成鹦鹉飞走了。甘珏明知阿英不是人类，却无时无刻不在思念她。嫂子也思念阿英，想起她就掉眼泪。甘玉十分后悔，却无法可想。过了两年，甘玉给弟弟娶姜家女儿做媳妇，甘珏却总对她不满意。

接着，甘家两兄弟将会在两个地方分别遭遇不幸。社会不安定，谁能帮助甘家兄弟躲避灾难？小鸟儿，阿英和表姐秦氏。这可真是鲁迅先生说的"异类有情，尚堪晤对"。在动乱中，阿英再次来到甘家，帮助甘家所有人逃过匪患灾难；秦氏则预知甘玉将有灾难，飞到广东帮助他脱难。鸟儿姐妹重情重义，帮助人间兄弟，构成了《阿英》后半部的动人情节。蒲松龄把它们铺排得特别有趣，特别好玩。

甘玉有位表兄在广东一带做官，甘玉前去探望，很长时间都没回家。恰好土匪作乱，附近村落多成废墟。甘珏很害怕，领着家人避到山上。山上男女混杂，分不清谁是谁。忽然，听到有女子说话的声音，极像阿英。嫂子催促甘珏过去看看，果然是阿英。甘珏高兴极了，抓住阿英的胳膊不放手。阿英对同行的人说："姐姐先走，我看望一下嫂子就回来。"阿英来到嫂子面前，嫂子看到她，便伤心地哽咽起来。阿英再三劝慰，又说："这地方不安全。"劝他们回家。大家害怕强盗再来，阿英说："不妨事。"甘家人便一起回了家。阿英在门口撮了一堆土拦住门户。这堆土有神力，相当于抵御外敌的万里长城。之后，阿英嘱咐大家只管待在家里，不要外出，说了几句话，就想离去。嫂子急忙握住她的手腕，让两个丫鬟抓住她的脚。阿英不得已，只好留下。阿英跟嫂子很亲热，却不怎么亲近甘珏。这一点，跟《聊斋》中的其他爱情小说不太一样。阿英虽然跟甘珏有甘翁亲口许下的婚约，但她现在已是前妻，既不愿意干扰甘珏跟现任妻子的平静生活，也不愿意扰乱自己的心绪。接着，这位无私的鸟儿美女，做出了人世间一般女人都做不出的事：她这个婚姻中的前任，居然帮起现任来。嫂子对阿英说姜氏不能让甘珏满意，阿英就每天早上起来给姜氏"美容"，梳头、抹粉、涂脂。几天后，姜氏居然成了美人。嫂子很惊讶，又说："我没有儿子，想给你哥哥买个妾，一直没机会，咱家丫鬟里有没有可以打扮得好看些的？"阿英说："没有哪个人不可以改造，只是原本就美的少费些力气罢了。"她判定一个又黑又丑的丫鬟有生男孩儿的潜质，就把她叫来，给她洗脸，用浓浓的脂粉和了药末抹脸。过了三天，丫鬟的脸色由黑变黄；又过了几天，脂粉深入肌理，居然变得很好看了。可惜阿英的"美容秘方"没有传下来，否则可以创建一家产值过亿的企业了。如果说曹雪芹能够叫贾宝玉在怡红院开"化妆品公司"，给他的丫鬟造胭脂、香粉、口红，那是因为他确实经历过当年江宁织造府钟鸣鼎食的生活，甚至接触过进口化妆品；一辈子住在乡下的穷秀才蒲松龄，又是从哪儿想到这些"美容秘方"的？估计还是从书里来的。

甘家人关上门自得其乐，不再想兵灾的事。一天夜里，外面吵闹声四起。到了天明，才知道强盗到处搜查，凡藏在山谷里的人，都被杀害了。于是全家人更加感激阿英，把她看成神仙。

清代《聊斋》点评家非常欣赏阿英，但明伦评："撮土御寇，已分乱杂之忧；于兵燹中匀铅黄，涂脂泽，丹法换骨，花种宜男。妖乎仙乎？"阿英和姜氏作为婚姻中的前任和现任，一般情况下都会打得头破血流，争得不可开交，使出层出不穷的诡计对付对方，而阿英却帮助姜氏变成美人。这虽然体现了一种所谓"不妒之德"，实际上还是阿英爱前夫的体现。她自己不得不离开前夫，却还想着叫前夫过得舒心一点儿。当然，不论是把姜氏变得美丽，让甘珏愿意亲近，还是把嫂子身边的丫鬟变得漂亮，好给甘家传宗接代，都是蒲松龄顽固的"子嗣至上"的传统伦理观念主导的。我在1990年的专著中就曾提出：子嗣是《聊斋》爱情中非常重要的问题。

阿英对嫂子说："我这次来，只是因为难忘嫂子的恩义，帮嫂子分担一些离乱之忧。大哥快回来了，我在这里，就像俗话说的'既不是李子，也不是沙果'，太可笑了。我暂且回去，以后抽时间再来看你。"阿英太聪明，也太自重了，她是被甘玉请走的，所以，不会再在甘玉面前出现，免得甘玉尴尬，也免得自己尴尬。这是与人为善，也是自珍自重。阿英深知，只要她在这里，就是对甘珏现任妻子姜氏的无声威胁，这是善良的她所不乐意的。她和甘珏已没了夫妻名分，甘珏却一门心思地惦记她，她既感动又难受。但想到嫂子的恩义，她又不得不接受这种尴尬的处境。《聊斋》原文是："妾在此，如谚所云'非李非柰'，可笑人也。"真是"娇婉善言"！柰是一种果木，果实形态像小苹果，俗名花红果，亦名沙果。"非李非柰"意即不伦不类，甘珏已再娶，阿英作为前妻，还在这儿居住，非常不合适。

嫂子问阿英："远行的大哥没什么事吧？"她知道阿英是精魅，有未卜先知的能力。阿英说："他最近有灾难，但是秦家姐姐受过大哥恩惠，一定会报答，所以肯定没事。"阿英天不亮就走了。

甘玉自广东回来，途中遇到强盗，主仆丢下马匹，各自把银子束在腰里，伏在荆棘之中。这时，一只巨型秦吉了飞到荆棘上，张开宽大的翅膀把甘玉主仆严密地遮挡起来。甘玉看看鸟儿的脚，上面少了一个脚趾，很诧异。这句与小说前后呼应。秦氏之前被鹰眼男子咬掉的手指，正是秦吉了被老鹰咬掉的脚趾。不一会儿，强盗从四面八方聚集过来，绕着荆棘走了个遍，好像在寻找什么。甘玉主仆吓得大气也不敢出。强盗走后，秦吉了才飞走。甘玉回到家，跟家人说起这段遭遇，才知道秦吉了正是他在寺庙里救过的美人秦氏。蒲松龄用一个小指头就把小说前后串联了起来。

后来只要甘玉不在家，阿英晚上必到。甘玉快回来时，她就离

《阿英》：彩翼翩翩为情来 | 061

去。阿英留在甘家，自然是跟嫂子住在一起，像女儿依偎母亲。甘珏有时在嫂子那儿遇到阿英，邀她幽会，阿英总是口头答应，却不去。甘珏很不甘心。有天晚上，甘玉又出去了，甘珏估计阿英必定到嫂子这儿来，就等在她经过的路上。阿英来了，甘珏便突然跳出来，拉她跟自己回去。阿英说："我跟你缘分已尽，硬要结合，怕被上天怪罪。不如留些余地，时常见见面，如何？"甘珏不听，硬是拉走阿英。天亮时，阿英才去看嫂子。嫂子奇怪她怎么昨晚没来，阿英笑着说："中途被强盗劫走了，让嫂子挂念。"说了几句话，阿英便急忙起身离开。不一会儿，有只大猫嘴里叼一只鹦鹉从嫂子卧室门口经过。嫂子正在洗头发，马上停下，大声呼叫。众人又喊又打，猫才丢下鹦鹉跑了。鹦鹉左翅已沾满血，气息奄奄。嫂子把鹦鹉抱到膝头，爱怜地抚摸许久，鹦鹉才渐渐苏醒过来，用嘴梳理着受伤的翅膀。过了一会儿，绕着屋子飞了一圈儿，叫道："嫂嫂，再见啦！我怨恨甘珏呀！"说完便展翅飞上天空，从此再也不来了。

　　《聊斋》中的故事一般都是大团圆结局，这个故事的悲剧结局可能比大团圆结局更加感人，余音袅袅，发人深思。阿英留下的最后一句话"吾怨珏也"到底是什么意思？阿英为什么要怨甘珏？她怨甘珏什么？是怨他停妻再娶，还是怨他对前妻纠缠不休？读者可以自己琢磨。

　　会说话的鸟儿，早就是诗人和作家热衷的主题。据邵伯温《闻见前录》记载：长宁军养了只秦吉了，能说人话。有夷人拿五十万钱买它，秦吉了说："我是汉禽，不愿入蛮地。"随后投水而死。杜甫写过一首五言绝句："鹦鹉含愁思，聪明忆别离。翠衿浑短尽，红觜漫多知。"欧阳修《踏莎行》里有这样的句子："雨霁风光，春分天气。千花百卉争明媚。画梁新燕一双双，玉笼鹦鹉愁孤睡。"前辈诗人喜欢把鹦鹉拟人化,而蒲松龄直接把鹦鹉写成人。

在一般的短篇小说里,爱情男女主角通常就是小说的男女主角,而《阿英》有点儿另类,女主角是阿英,这一点没有异议,但男主角是谁呢?仔细分析可见,不是阿英的丈夫甘珏,而是甘珏的哥哥甘玉。小说开头,甘玉遇到秦氏,秦氏透露出要另外给他弟弟介绍对象;接着,甘珏路遇阿英,回来向哥哥汇报,哥哥不同意;阿英又巧妙地"偶遇"甘玉,得到甘玉的欣赏从而进入甘家;然后,因为发现阿英会分身术,甘玉要求阿英离开;最后,阿英再次回到甘家帮助大家脱离灾难时,甘玉恰好到了广东一带,回来的路上遇到强盗,得到秦氏的帮助。这样的男女主角安排,让我想起《红楼梦》也是这样安排的两个核心人物:一个是男主角贾宝玉,另一个是"操纵"贾府盛衰的王熙凤。蒲松龄的《阿英》在人物设置上有没有给曹雪芹一点儿启示呢?

《阿英》算得上《聊斋》中最富温情、最有谐趣的精灵故事。甘翁当年一句戏言,引出一段生动曲折、酣畅淋漓的人鸟情。绝美小鸟变绝美少女,鸟做人言,人如鸟翩翩,亦人亦鸟,亦鸟亦人。"娇婉善言"可以是人的特点,也可以是鸟儿——比如鹦鹉和鸲哥——的特点。阿英既是美丽少女,又是鸟为人言。甘家兄弟互相关爱,甘家妯娌相处和美;甘珏和阿英夫妇情深,秦氏对甘玉知恩图报,阿英和秦氏相亲相助。人鸟之间,有亲情,有友情,有爱情。《阿英》唱响了一曲人鸟之恋、人鸟之情、人鸟之义的颂歌,比童话还要童话。

《竹青》：
乌鸦也能成贤妻

一个考试落榜的贫苦读书人遇到一个美人，美人既不向他要求家庭地位，也不向他要求供养，反倒在经济上帮助他，还给他生儿子，让这个男人享受内妻外室、有儿有女可享乐的惬意生活。人世间能有这样的女人吗？不能，只能是不受人间各种戒条约束、飞来飞去的鸟儿，哪怕是只乌鸦。竹青就是乌鸦变的美女，而男主人公鱼容只要披上一羽黑衣，也能变成乌鸦，一对乌鸦爱侣在天上比翼齐飞。《聊斋》中的一羽黑衣可比现在的飞机方便得多，也经济得多了。

湖南人鱼容很穷，考试落榜回家，路费用光，又耻于讨饭，就饿着到吴王庙休息，他跪在吴王像前诉苦，然后躺到庙前廊下。吴王庙，原名吴将军庙，祭东吴大将甘宁，在湖北黄石富池镇，宋代改称"吴王庙"。据记载，吴王庙前有很多高大树木，常有大群乌鸦栖息，往来船只前来祭拜时，乌鸦成群迎送船只，被称为"吴王神鸦"。客人将肉块抛掷空中，乌鸦能准确地接住吞食。蒲松龄并没到过这个地方，《聊斋》点评家但明伦却见过乌鸦接食的情景。

鱼容躺在吴王庙时饿得半死，忽然，有人把他领去见吴王，报告:"黑衣队还缺一人,可以让他补缺。"吴王就命人给鱼容一件黑衣。鱼容刚披上,就变成乌鸦飞了出去。黑衣是小说构思的关键。鱼容看到许多乌鸦朋友,就跟它们一起飞翔,落到船帆上、桅杆上。客商争先恐后地把肉块抛到空中喂乌鸦。乌鸦准确地在空中接食,宛如特技表演一样好看。鱼容学着同伴的样子接肉吃,一会儿就吃饱了,飞到树梢停留,心想:做只乌鸦也不错。读到这个地方,我真想问问蒲老先生:子非鸟,焉知鸟之乐也?

过了几天,吴王可怜鱼容没有伴儿,便给他配了只雌乌鸦,名叫竹青。一对小乌鸦十分恩爱。鱼容太驯良,似乎不知道人会害乌鸦。竹青劝他小心,鱼容不听。有一天,有载着清兵的船经过,清兵用弹弓打中鱼容,幸亏竹青把鱼容衔走,才没被清兵捉住。乌鸦朋友大怒,齐心协力地张开翅膀拍打江水,波涛汹涌,一下子就把船打翻了。竹青叼了食物喂鱼容,但鱼容伤得太重,一天后就死了。乌鸦死了,鱼容从梦中惊醒,发现自己仍然躺在吴王庙前廊下,似乎只是做了个人变乌鸦的梦。鱼容的灵魂离开身体,变成了乌鸦,灵魂回归而乌鸦死,乌鸦死而人活。蒲松龄特别擅长描写这种人与物的交替,《向杲》是这样,《竹青》也是这样。原先吴王庙的人发现鱼容死了,摸摸身上又没凉,就不时来察看他,此时见他醒来,问明情况,便热心地凑钱送他回家。

三年后,鱼容再次来到吴王庙参拜,摆下食物,招呼乌鸦朋友来吃,并祷告:"竹青如在,请留下来。"群鸦吃完食物都飞走了。竹青不见踪影,为什么?往后看就知道了。

后来,鱼容考中举人,摆上猪羊祭祀吴王,又摆下许多食物请乌鸦朋友吃,并再次祷告竹青留下来。这天夜里,他在湖边小村留宿,正对灯呆坐,忽然,桌前像有只鸟儿飞落,仔细看时,却是一

《竹青》

竹青

窮途赤奈秀
才餞乡
謝吳王賜羽
衣不箇
雛襲為匹偶
從今雙
宿永雙飛

个二十来岁的美人。

美人笑着问鱼容:"别来无恙乎?"鱼容惊奇地问:"你是哪一位?"美人说:"不认识竹青啦?"鱼容乐坏了,问竹青:"你从什么地方来?"竹青说:"我现在是汉江神女啦,很少回故乡,前两次乌鸦使者向我转达了你对我的情意,所以我特地来跟你相聚。"

鱼容更加喜悦感激,二人如夫妻久别重逢,不胜欢喜。鱼容想带竹青一起回南方,竹青却邀请鱼容跟自己往西走。两人各持己见,拿不定主意。等鱼容一觉醒来,睁眼一看,不是在泊舟的湖边小村,却是在高大的厅堂里,巨大的蜡烛照得亮堂堂的。鱼容爬起来问竹青:"这是什么地方?"竹青说:"这是汉阳。我家就是你家,何必一定要到南方去!"

竹青是神女,她不按照民间女子的规则行事。她既然跟鱼容是夫妻,按当时的规矩,就应该跟着鱼容回家,可是她却说"我家就是你家",这岂不是叫鱼容入赘?真是独特。这次来跟竹青相见的鱼容,已不是当年落第饿昏的穷秀才,已经成了举人,但竹青一个字也不问,鱼容有没有功名,做不做官,她一概不关心。这可跟《凤仙》里的女主人公太不一样了。竹青要的只是两个有情人相守,而不要别的东西;家庭地位、社会地位,跟乌鸦、神仙有一点儿关系吗?

天渐渐亮了,丫鬟、老妈子纷纷进来,在宽大的床上摆下矮脚几,酒菜齐全,夫妻对酌。鱼容问:"我的仆人在哪里?"竹青说:"还在船上。"鱼容担心船夫不能长久等待。竹青说:"不妨,我帮你告诉他。"局面完全由竹青控制。于是夫妻喝酒谈笑,鱼容都想不起回家了。

船夫从梦中醒来,忽然发现到了汉阳,害怕极了。仆人到处寻找主人,却一点儿消息也查不出来。船夫想去别的地方,可缆绳怎么也解不开,只好跟仆人一起在船上等。

鱼容住了两个月,忽然想要回家,对竹青说:"我在这个地方,和亲戚朋友都断绝了来往。我跟你名义上是夫妻,你却不去认认家门,为什么呢?"鱼容很想把竹青纳入"妻妾同居,一家和谐"的轨道。竹青说:"不要说我不能去,就是能去,你家里已有妻子,该怎么安置我呢?不如把我安置在这里,算是你的别院吧。"竹青慧心巧舌,回答得不卑不亢。鱼容无话可对,只是怨恨路途遥远,不能常来往。竹青拿出黑衣,说:"你的旧衣服还在,如果想念我,穿上它就来了。"

竹青大摆宴席为鱼容送行。鱼容喝得大醉,等他醒来,已经在船上了,一看船还停在原来的地方。船夫和仆人也都在,互相一见,都大吃一惊。船夫和仆人问:"您到底到什么地方去了?"鱼容怅然若失,并不解释。他发现枕头边有个包袱,打开来检查,有竹青送给他的衣服和鞋袜,那件黑衣也折叠好放在里面。还有个绣花口袋挂在上衣腰间,摸了摸,里面装满了银子。于是,鱼容向南进发,到了岸边,送了许多钱给船夫,然后就回家了。

鱼容回家待了几个月,总是想念竹青。他悄悄拿出黑衣穿上,立即长出翅膀飞上天空,两个多时辰就到了汉水。他在空中看到孤岛上有一片楼房,便身不由己地往下坠落。有个丫鬟看到他,招呼说:"官人来啦!"不一会儿,竹青从楼里走出,替鱼容把黑衣解下来,拉着他的手进屋,说:"郎君来了太好了,我就要生产啦。"

鱼容开玩笑地问:"是胎生,还是卵生?"竹青说:"我现在是神仙,已脱胎换骨,应该跟过去不一样啦。"过了几天,竹青果然生了。孩子被厚厚的胎衣包裹着,像一个巨大的卵,打开一看,是个男孩儿。按照竹青原形（鸟类），应该是卵生；按照鱼容的身份（凡人），应该是胎生。玩笑开得对境，也是《聊斋》谐趣化描写的表现之一。而竹青生子居然是胎卵合一，真是有趣！鱼容高兴极了，给他取名"汉产"。

原形是鹦鹉的阿英，不能生育，所以离开甘家，让甘家新娶姜氏生育；原形是乌鸦的竹青却能给人间丈夫生儿子，只因丈夫的嫡妻不育，要靠竹青的孩子传宗接代。阿英、竹青同样是鸟，为何"待遇"不同？其实这都出于蒲松龄"不孝有三，无后为大"的观念。甚至可以说，《聊斋》中女妖精的生育能力全部受聊斋先生控制：叫她生，她就生；叫她生男，她就生男；不叫她生，她就不生。生与不生都是为传统伦理观念服务的。竹青既是鸟儿，又是给夫家贡献儿子，且不争宠夺嫡、随遇而安的外室，这自然是蒲松龄强行赋予她的"美德"。

三天后，汉水的女神都来祝贺。她们个个年轻美丽，一起走到床前，用拇指按一下孩子的鼻子，说是"增寿"。她们走后，鱼容问："她们都是谁？"竹青说："她们都是跟我一样的神女。"

鱼容在竹青处住了几个月，竹青用船送他回去，不用帆，不用橹，船就自己飘然而行。到达岸边，已有人牵着马在路边等候，鱼容就回家了。从此以后，两边往来不绝。

汉产长大，十分秀美。鱼容妻和氏一直因不能生育而苦恼，总想见汉产。鱼容告诉竹青，竹青便给汉产准备行装，让他跟父亲回去，约定三个月后回来。汉产到家，和氏对他比对亲生的孩子还要好，留他住了十几个月。没想到，汉产突然得暴病死了，和氏悲痛欲绝。鱼容连忙赶到汉水告诉竹青，进门一看，汉产正光着脚躺在床上呢！鱼容惊喜地问竹青："这是怎么回事？"竹青说："你负约了这么长时间,我想儿子,就把他招了回来。"鱼容于是对竹青讲述和氏如何爱汉产。竹青说:"等我再生了孩子,就让汉产跟你回去。"又过了一年多,竹青生下一对龙凤胎,男孩取名"汉生",女孩取名"玉佩"。鱼容就把汉产带回了家。汉产十二岁就做了秀才,进县学读书。竹青认为人间没有美丽的女子配得上儿子,就把汉产招了回去,替他娶了个媳妇,名叫"卮娘",也是神女所生。

一件黑衣,操纵人鸟变幻。鱼容得吴王黑衣,披衣变乌鸦,与雌鸟竹青相恋,这是鸟与鸟之恋;鱼容被清兵打中而死,恢复为人,再过故所,飞鸟飘落变为丽人,原来竹青已成神女,这是人与神之恋;鱼容随竹青到汉水后又想回家,竹青让鱼容穿上黑衣,变鸟飞回,等他再从家里飞来汉水,羽毛脱落,鸟复为人,恰好竹青临盆,为他生下儿子。一件黑衣,聚散随意,神之又神。这其实是男性的爱情乌托邦,黑衣是人鸟之变的关键。有了竹青,鱼容享受到了自由恋爱的幸福;有了竹青,鱼容拥有了传宗接代的儿子。读书人的一切梦想,靠一只鸟儿都实现了。竹青是鱼容,也是蒲松龄的梦中情人。鱼容在妻子死后直接搬到竹青身边,替蒲松龄实现了既有爱情又有幸福家庭的人生愿望。

《花姑子》：重情重义香獐精

如果给《花姑子》找关键词，那么一是"动物报恩"，二是"真挚爱情"。蒲松龄通过《花姑子》写"蒙恩衔结，至于没齿，则人有惭于禽兽者矣"的故事，天才地把令人心动神移的动物报恩和缠绵悱恻的爱情结合起来，使其成为古典小说的经典之作，人物精彩，情节精彩，语言更精彩。

花姑子，在山东方言里是"花骨朵"的意思。用含苞欲放的花蕾做人名，能不美吗？蒲松龄巧借香獐轻捷灵巧的外形和麝香治病的功能，加上花蕾的美学意蕴，幻化出优美的香獐精花姑子，还有她带来的美妙爱情。和她相得益彰的，是她的痴情情人安幼舆和坚决遵守封建礼教的父亲章老头。

陕西书生安幼舆喜欢放生，看到猎人打到猎物，总是买下来放掉。有一天他到舅舅家送葬，晚上回来，经过华山时迷了路，心里害怕，忽然看到百步外有灯火，便急忙赶过去。刚走了几步，眼前出现一个老头，驼背弯腰，挂着一根拐杖，在小径上飞快行走。安生停住脚步，正要向老人打听，老头却先问道："你是谁？"安生说："我迷路了。远处有灯火处必定是山村，我打算到那儿投宿。"

老头说:"那地方可不是安乐乡。幸亏老夫来了,你可以跟我走,我家茅庐可以住宿。"安生跟着老头走了一里多路,看到一户人家。老头前去敲门,一个老太太打开门问:"郎君来了吗?"老头回答:"来了。"

老两口的对话是不是有点儿奇怪?安生看到的"灯火",其实是蛇精的眼睛。老头未卜先知,专门来救安生。他年迈驼背,却能在斜径上疾走,表面上看不合情理,实际却暗示了他的异类身份——人间长者老态龙钟,野生动物却行动矫捷。章老头突然出现在安生面前时问"谁何",似乎不认识他,可等他带安生回到家,老伴儿却问:"郎子来耶?"这说明章家人预知安生将遇到蛇精,便设法搭救。

安生走进老头家,只见房屋狭窄潮湿——这居住环境也暗示为野生动物的居处。老头点上灯请安生坐,又让老伴儿去准备饭菜,说:"这位不是外人,是我的恩人。老太婆行动困难,可以叫花姑子来斟酒。"请注意,这里老头把"恩人"说出来了。那是什么恩呢?结合小说开头的描述,应该是放生之恩。一会儿,花姑子拿着碗筷酒杯进来,站在老头身边,水灵灵的大眼睛向安生瞟来瞟去。安生一看,"芳容韶齿,殆类天仙"。姑娘虽然年纪小,模样却像天仙一样。老头让她去烫酒。她便进里间拨火烫酒去了。安生问老头:"这是您什么人?"老头说:"老夫姓章,七十岁,只有这个女儿。庄户人家没有丫鬟仆从,因为你不是外人,所以敢让妻女出来接待,请不要见笑。"安生又问:"女婿是哪个村的?"章老头说:"还没定亲呢。"

安生对花姑子赞不绝口,章叟谦虚了几句,忽然听到花姑子惊叫起来。章老头急忙跑进里间,原来酒烫沸了,溢到了火上,火苗

花姑子

迢迢原无伉俪
缘栽抛情衷自
缠绵为郎不惜
贱生命迢我飞
升一百年

《花姑子》

冒得老高。章老头把火扑灭,斥责道:"这么大的丫头,酒沸了不晓得?"一回头,看到火炉边上有个还没完成的高粱秆儿扎的紫姑[1],又训斥说:"这么大的姑娘了,还像两三岁的娃娃在这儿玩!"把紫姑拿给安生看,说:"只顾摆弄这玩意儿,酒都煮沸了。你还夸奖她,岂不羞死!"安生细看,只见紫姑都"眉目袍服"精巧无比,就称赞说:"虽近儿戏,亦见慧心。"

安生跟章老头喝酒,花姑子不停地来倒酒,嫣然含笑,一点儿也不害羞。她为什么不害羞?可以有两个解释:一是她年龄太小,还不知道害羞;二是野生动物哪儿知道害羞呢?安生非常喜欢花姑子。恰好老太太叫人,章老头就出去了。安生见屋里没人,就对花姑子说:"看到你天仙似的面容,我魂儿都丢了。我想派媒人说亲,怕你家不同意,怎么办?"花姑子抱着酒壶,对着火炉,一句话也不说,像没听到安生的话。再问,还是不回答。安生追进里间,花姑子厉声说:"大胆狂郎,闯进屋里想干什么?"安生跪地哀求,花姑子想夺门逃走。安生跳起来拦住她的去路,强行接吻。花姑子声音颤抖地惊呼,章老头匆忙跑进来问:"怎么回事?"安生松开手跑出来,又愧又怕,担心花姑子把刚才的事说出来。花姑子却从容地对父亲说:"酒又沸了,如果不是郎君帮我,酒壶就烧化了。"

花姑子露面后,蒲松龄两次描写酒沸,给读者留下深刻印象。蒲松龄自己总结两次酒沸分别是"寄慧于憨"和"寄情于恝"。"寄慧于憨"是指把聪慧寄寓在娇憨之中,"寄情于恝"是指把深情寄寓在淡漠之中。

第一次酒沸是花姑子专心做紫姑导致的,是真沸。是"寄慧于

---

[1] 紫姑:中国民间传说中的司厕之神,又称子姑、坑三姑等。——编者注

憨",把聪慧寄寓到娇憨里。做紫姑是女孩子的游戏,花姑子因为做紫姑导致酒沸而大声惊叫,虽然非常琐细,对于描写小女子性情却是传神之笔,花姑子的稚气未脱、秀外慧中活灵活现。做紫姑又得到两个目睹者完全不同的评价:一个说,这么大的姑娘还玩小孩子的游戏,这是老爹恨铁不成钢;一个说,"虽近儿戏,亦见慧心",这是情人眼里出西施。两个貌似对立的说法,却从不同角度对花姑子的性情进行了诠释。

第二次酒沸是假沸。安生趁着章老头不在,向花姑子求婚,花姑子不知所措,最初的表现是"把壶向火,默若不闻"。安生追问她:"我可以求婚吗?"花姑子的表现是"屡问不对"。这一方面是她自珍自重,另一方面是明知异类之隔,常谐伉俪不能。情急的安生追入房里,缺乏生活经验的花姑子以为正言厉色就可以吓退狂生,却没想到招来了更加大胆的越轨行为:强行接吻。花姑子慌忙中本能地"颤声疾呼",本是喊老父救自己,章老头出现的一刹那,却又说呼喊是因为酒又沸了,幸好有安生前来帮忙。花姑子表面上对安生敬而远之,毫不在意,关键时刻却本能地曲意呵护,这是爱的觉醒,是"寄情于恝"。"恝"的本意是淡漠、不在意,花姑子就是以漠然来表现真挚、热切的感情。第一次酒沸是表现稚气少女行为的偶得之笔,第二次酒沸则是描写花姑子爱情心理的追魂摄魄之笔。

两次酒沸,一真一假,展示了花姑子慧而多情的性格。这性格与她的年龄相吻合。花姑子"芳容韶齿","韶齿"即年少之意。

安生经过当面向花姑子求婚,更加神魂颠倒,忘了自己的来意。他假装醉酒,离开座位。花姑子也走了。章老头替他铺好床铺,关上门,走了。安生一夜没睡,天没亮,就把章老头喊起来,告别回家,然后马上求好朋友到章家求婚。求婚的人去了整整一天才回来,说找不到章老头的住处。安生便亲自带着仆人,骑着马,沿原路寻找,却发现那儿是绝壁悬崖,根本没有村落。到附近的村里打听,都说这一带根本没有姓章的。安生闷闷不乐地回家,饭吃不下,觉睡不着,精神错乱,昏迷中常喊:"花姑子!"家人不明白,只好一天到晚地守着他,眼看安生已经奄奄一息,家人一筹莫展。一天夜里,守护安生的人睡着了。安生蒙眬中觉得有人在摇晃自己,勉强睁眼一看,竟然是花姑子!安生立时神清气爽,眼泪哗哗直流。花姑子俏皮地把头一歪,笑吟吟地说:"傻小子,何至于此?"说着,爬上安生病榻,坐到安生腿上,用两只手按揉安生的太阳穴。安生觉得脑中好像突然浸进香极了、浓极了的麝香,穿过鼻孔进入骨髓。花姑子按摩了几刻钟,安生忽然觉得脑门冒汗,四肢开始发热,然后,浑身大汗淋漓。花姑子小声说:"家里人多,我不便住下来,三天后再来看你。"说完,从袖筒取了几个蒸饼,放到安生床头上,悄悄走了。到了半夜,安生汗已消去,想吃饭了,摸到花姑子留下的蒸饼,不知包的什么馅儿,只觉得异常好吃。他连吃三个,又用衣服把余下的饼盖起来,然后呼呼大睡,直到太阳老高才醒来,身上的病一点儿都没有了。三天内,安生把花姑子留下的饼都吃完了,精神倍感清爽。他让家人都走开,又怕花姑子来时找不到进来的门,便悄悄走出书斋,把一层层门锁全部打开。没多久,花姑子来了,笑道:"傻小子!不谢医生吗?"安生高兴极了,把花姑子抱到床上亲热。花姑子说:"我冒着危险,忍着羞辱,跟你相好,是为了报答你的大恩。实在不能跟你结为夫妇,希望早做打算。"安生说:"我们素昧平生,什么时候跟你家有过来往?实在一点儿也想不起来。"花姑子说:"好好想想。"安生要求跟花姑子做长久夫妻。花姑子说:"夜夜幽会肯定不成,想结成夫妻也办不到。"安生听了,闷闷不乐。

花姑子说:"你一定要跟我结为夫妇,明天请到我家去。"安生跟花姑子睡在一个被窝,觉得花姑子的气息和肌肤无处不香,就问:"你熏了什么香?"花姑子说:"我生来如此,不是熏的。"古代自带香味的女性有谁?西施、林黛玉,还有乾隆皇帝的香妃,都是人,而花姑子是什么呢?

这是花姑子第一次给安生治病。安生生病是因为花姑子。他想求婚,却没想到连章家都找不到!热心的章老头、美丽的花姑子,都人间蒸发了。安生相思成疾,病势严重。解铃还须系铃人,花姑子一来,安生马上"神气清醒"。花姑子用麝香治病,读者大概已经猜到她是香獐,可安生怎会想到?其实,花姑子用麝香给安生治病是诗意化描写,稍有中药常识的都知道,有救命功效的麝香长在雄麝身上,能给安生治病的应该是章老头,而不是花姑子。而借治病写人情世态,深深挖掘人与人之间的关系,是蒲松龄的拿手好戏,《娇娜》是这样,《花姑子》也是这样。娇娜用狐狸口中的红丸,花姑子用香獐特有的麝香。

花姑子这么爱安生,却说两人不能结婚,怎么回事?安生越发奇怪。早上,花姑子与安生告别。晚上安生骑马赴约时,花姑子已在路边等他。两人一起来到安生上次来过的地方。老头、老太太高高兴兴地出门迎接,摆上酒席,没有好酒菜,大盘小碟,都是野菜。吃完饭,章老头请客人安寝。夜深人静,花姑子才来到安生住处,说:"爹娘絮絮叨叨地不睡觉,让你久等了。"两人缠绵了一夜,花姑子对安生说:"这次相会就是终生的离别。"安生惊讶地问:"怎么这样说?"花姑子说:"父亲想搬到远处去住。我跟你的恩爱就这一个晚上了。"

安生舍不得花姑子离开,两人难分难舍,天渐渐亮了。章老头突然闯进来，骂道："死丫头，玷污我们家的清白名声，让人羞愧死了！"花姑子大惊失色，急忙跑出去。章老头跟出去，继续痛骂花姑子，对安生却一句谴责的话也没有。安生惊慌胆怯，无地自容，只能落荒而逃。

回家几天，安生坐卧不宁，像热锅上的蚂蚁。他想再趁夜晚，翻越墙头到章家看看，寻找跟花姑子见面的机会。既然章老头说我对他们有恩，那么即使事情泄露，也不会大加谴责吧？安生想着便趁着夜色跑出去，结果一进深山就迷路了。他正要寻找归路，忽然看到山谷里有房舍，跑过去一看，门楼高高大大，像是官宦人家，大门还没上锁。他向守门人打听："章家在什么地方？"有个丫鬟出来问："半夜三更，什么人打听章家？"安生说："章家是我的亲戚，我一时迷路，找不到章家了。"丫鬟说："你不必再问章家了。这里是花姑子的舅妈家，她就在这里，等我去禀报。"丫鬟进去没一会儿，就出来邀请安生进去。安生刚走进走廊，就见花姑子急忙迎出来，对丫鬟说："安郎跑了一晚上，想来困倦得很，赶快安排床铺请他休息。"接着拉安生进罗帐。安生问："你舅妈家怎么没别人？"花姑子说："舅妈外出，留我看家，可以跟郎君相遇，难道不是命中注定的前世姻缘？"安生靠近她，发现这个花姑子模样的姑娘身上十分腥臭，一点儿也没有花姑子身上的兰麝气息！安生感到不对劲儿。那女子抱住安生的脖子，迅速用舌头舔舐他的鼻孔。安生顿时觉得像被针刺中一样，疼痛直通大脑。他怕极了，想逃，身子却像被粗绳捆绑，动弹不得。蒲松龄的描写很巧妙，安生这是被巨大的蟒蛇紧紧地缠住了，一动都不能动。不一会儿，他就人事不省了。

安生没回家，家人到处寻访。有人说，傍晚在山路上看到了安生。家人进入深山，发现安生赤条条地死在悬崖下边。家人惊异不已,找不出安生死亡的原因,只好把他抬回家。家人正聚集在安生周围啼哭时,忽然有个少女从门外号啕大哭着走进来,扑到安生身上,抚摸着尸体,不停地按安生的鼻子,眼泪都流进了安生鼻子里。少女边哭边叫:"天啊!天啊!你怎么这么糊涂啊!"少女哭得嗓子都哑了,对安生的家人说:"把他停放七天,不要入殓!"安家人不知道少女是什么人,正想问她,她却对大家不理不睬,含着泪迅速走了。家人挽留她,她头都不回。家人跟在她身后,转眼工夫,人就不见了。大家怀疑少女是神仙,就按照她说的,不给安生治丧。晚上,少女又来了,号啕大哭,这样一连哭了七天。第七天晚上,安生忽然苏醒了,翻了一下身,发出呻吟声,家人无不惊骇。这时,少女进来了,跟安生面对面哭起来。安生摆摆手,叫家人都出去。花姑子取出一束青草,煎了一升多的药汤,给安生喝了。喝完药汤后不久,安生就能说话了,叹气说:"杀我的是你,救活我的还是你!"花姑子说:"是蛇精冒充我杀你的。之前你迷路时看到的灯光,就是蛇精的眼睛。"安生问:"你怎么能让人起死回生?莫非你是神仙?"花姑子说:"我早就想跟你说,只是怕你大惊小怪。你五年前在华山道买过一只香獐并且放生了,是不是?"安生说:"有这回事。"花姑子说:"那就是我父亲。上次说你对我家有大恩大德,就是这个缘故。你前日已经托生到西村王主政家。我跟父亲到阎王跟前告状,求他让你复活,阎王不肯发善心。父亲自愿毁弃道行代替你去死,哀求了七天七夜,才感动了阎王。今天还能再见到你,也算幸运了。"

这是小说第二次描写花姑子给安生治病。安生被蛇精害死以后,本来温顺柔美的花姑子立即变得大胆泼辣。花姑子"自门外嗷啕而入。抚尸捺鼻,涕洟其中",一边号啕大哭一边奔入安家,眼泪都流到了安生鼻子里，这是花姑子真情流露，也是香獐在用特异功能急救。通过花姑子两次给安生治病，蒲松龄巧夺天工地把她为情献身的品格和妙手回春的法术结合了起来。至善至美的人性美和新颖奇特的异类感，天衣无缝地交织在一起，把本来外貌已经"殆类天仙"的花姑子，进一步推向圣洁的"仙乎，仙乎"的境界。

并非爱情主角却同样感人的，是章老头。按常理，既然安生对章老头有救命之恩，又喜欢花姑子，章老头把花姑子嫁给他不就完了？章老头却偏偏不这样做。在章老头看来，恩情是恩情，礼教是礼教，不可以混淆。花姑子与安生幽会，章叟认为玷污了清白门户，跟在花姑子身后责骂她。这时的章老头是恪守封建礼教、头脑僵化、不通情理的家长。当安生被蛇精害死时，章老头马上跑到阎王跟前，要求"坏道代郎死，哀之七日"，可以跟著名的"秦庭之哭"相媲美。春秋时，吴国攻打楚国，楚国大夫申包胥到秦国乞求援军，秦王不肯出兵，申包胥便站在秦国宫廷前，倚墙而哭七天七夜，感动得秦王终于出兵。蒲松龄故意让一只深山老香獐为了安生而在阎王跟前哀求七天七夜，是在提醒读者：獐精跟留名青史的申包胥是一样的。

花姑子告诉安生，你虽能复活，却会肢体瘫痪，只有喝蛇精的血，才可以去除病根。安生对蛇精恨之入骨，只是没办法抓住它。花姑子说："不难。只是这样做会残害许多生命，连累我百年不得飞升。蛇精老巢在老崖中，你在晡时（下午三点到五点）搬茅草去烧，并在洞外安排弓箭手，这样就能抓住蛇精了。"说完，向安生告别，说："我不能永远陪伴你，实在难过。不过我为了你，道业已经损失了七成，你就原谅我吧。最近我腹中有些动静，恐怕怀孕了。一年后，把孩子送还给你。"说完，便流着眼泪走了。过了一宿，安生觉得腰部以下都像死了一样，抓搔都没有感觉，于是把花姑子的话告诉家人。家人前往山崖，在洞口放火，有条巨大的白蛇冲出火焰，弓箭手一齐放箭，把蛇杀死。火灭后，家人入洞，看到大大小小几百条蛇都被烧焦，发出阵阵臭气。家人回来，把蛇精的血给安生喝。安生喝了三天，两条腿渐渐能动了，半年后才能下地走路。后来，安生独自在山谷中行走，遇到一个老太太，抱着一个婴儿，交给他说："我女儿问候郎君。"安生刚想仔细问问花姑子的消息，老太太转眼就不见了。打开襁褓一看，是个男孩儿。他把孩子抱回家，从此，再也没娶妻。

"异史氏"对小说做了分析："人和禽兽的区别几乎很少，这不是定论。蒙受别人的恩惠就结草衔环以报恩，以至于终生都这么做，比起禽兽来，人在这方面惭愧得很啊！至于花姑子，开始聪慧寓于娇憨，最终深情寓于淡漠。可见憨厚是聪慧的顶点，淡漠是深情的极致。这就是仙人的作为吧！"原文如下：

> 异史氏曰："人之所以异于禽兽者几希"，此非定论也。蒙恩衔结，至于没齿，则人有惭于禽兽者矣。至于花姑，始而寄慧于憨，终而寄情于恝。乃知憨者慧之极，恝者情之至也。仙乎，仙乎！

此处"蒙恩衔结"中的"衔结"即"结草衔环"的简称。包含"结草"和"衔环"两个典故。"结草"故事出自《左传·宣公十五年》，魏武子有一名爱妾，他病时嘱咐儿子魏颗，死后要爱妾殉葬。魏武子死后，魏颗没有按照父亲的话做，而是安排那名爱妾改嫁了。后来魏颗在作战时，有位老人用草编绳，帮他俘虏了敌人。当晚魏颗在梦中得知，那位老人是爱妾已经去世的父亲，是为了报恩才显灵来帮他的。"衔环"故事出自《续齐谐记》，杨宝救了一只黄雀，夜里梦到一个黄衣童子送他四枚玉环，说要让他的子孙做高官。杨宝的子孙后来果然都做了大官。

《花姑子》描写的是神奇的异类，或者说美丽的精灵和人类的关系。小说以"报恩"为线索展开讲述，是古代小说处理人与异类关系时经常采用的一种构思方式。章氏父女，一个为报恩，一个为真情，感人肺腑。《花姑子》成为影视剧的热门题材，一再被改编，不是偶然的。

鲁迅先生早就说《聊斋》"异类有情，尚堪晤对"。大作家，大见识。"异类"指除人类以外的物种，"有情"指有情有义。传统道德认为，人和人相处有两条重要法则：一是一言九鼎，一是受恩必报。《花姑子》描写的异类就是如此。滴水之恩，涌泉相报，义重如山，情重如山。小说首先出场的是为一段恩情效命的章老头。安生有放生之德，受恩老獐在安生夜行遇险时，指点迷途的安生免受蛇精之祸，并"出妻见子"，热情招待。但恩情是恩情，礼教是礼教，安生与章老头女儿私会时，古板的章老头却以"玷我清门"斥责女儿。当安生为蛇精所害命在旦夕时，章老头又坚决请求阎王允许"坏道代郎死"。章老头既是憨厚、纯朴、重情重义的正人君子，又是倔强、戆直、不顾儿女情的封建家长。花姑子为安生的痴情所感动，在安生病危时"冒险蒙垢"前去慰问；安生因误认蛇精为花姑子而被害死，花姑子"业行已损其七"，救活安生，后又为向蛇精报仇，为安生复原，害得自己百年不能飞升。花姑子是痴情的少女，又是有法力的獐精。章老头和花姑子义贯长虹，以不同甚至对立的方式展示着美好的心灵，以各自的方式唱出响彻云霄的恩情曲、爱情曲。

《花姑子》中蛇精的出现有两重意义：一方面是寓言性，用"似是世家"、高门大户却毒辣凶残的"蛇"家与房屋窄小却善良忠厚的章家做对比；另一方面，在布局上蛇精起到了穿针引线的作用。小说开头，安生途经华山迷路，"忽见灯火"，即蛇的眼睛，章老头冒着生命危险，出现在他和巨蛇之间，在千钧一发之际挺身拦蛇救下安生；故事后半段，花姑子用蛇血为安生治病，又造成她百年不得飞升的结果。蛇精的出现，不仅令情节腾挪跌宕，而且令人物更有光彩。

动物化人跟凡人相爱，已够离奇；极丑动物变国色天香，更加离奇；兽类又做出比人还有义气的事，岂不是奇上加奇？看《聊斋》，像在山阴道上行，美景目不暇接，奇事层出不穷。"獐头鼠目"本是形容不良者的常用语，《聊斋》却全面翻案，写出了可爱的香獐精花姑子，应该是对中国古代小说的一大贡献。我们不妨把《花姑子》和《白蛇传》简单对比一下。《白蛇传》应该算是中国古代名气最大的"人妖恋"故事。白娘子到人间寻爱，与一个和尚何干？法海偏要管闲事，偏要撺掇许仙给白娘子饮雄黄酒，让她露出蟒蛇原形。随之而来的盗仙草当然不错，但一想到蟒蛇现形，总令人不舒服。那么美丽善良的白娘子，干吗非得叫她在爱人面前现原形？蒲松龄从不干这类煞风景之事。《花姑子》的美女原形是既不漂亮也不惹人喜欢的动物，但从小说描写能联想到原形吗？香獐跟"芳容韶齿"的花姑子有形体上的联系吗？蒲松龄才不会做这种笨事！读这类故事我们只会觉得像花姑子这样的妖太美丽、太有情、太可爱了。蒲松龄从"异类"的特有美感入手，进行细致的刻画和创造，擅长使用悬念，叙事绵密，"报恩"的话和异类的暗示穿插变化，故事线索如云龙，似雾豹，令人目不暇接。故事结尾点明是香獐报恩，如余音绕梁，袅袅不止。

《西湖主》:
扬子鳄也能做美妻

　　《西湖主》中的男主角陈生,既能娶到美丽的公主,享受神仙的长生不老,又能在人间家财巨万,享受天伦之乐。他为什么有"一身而两享其奉"的福气?原来只因为他像闹着玩儿似的救了一只猪婆龙,即凶恶、丑陋的扬子鳄。陈生救下的扬子鳄变成了彩绣辉煌的西湖王妃,并把鲜花美玉般的女儿西湖公主嫁给了他。陈生因一念恻隐之心而得福报,岂不是和《花姑子》差不多?但天才小说家写起来大不一样。《花姑子》的亮点是人物写得好,缠绵悱恻的爱情令人感动。而想学习写作技巧,就得好好研究《西湖主》,看作者是如何巧妙运用悬念、伏笔,巧布疑阵,使情节起伏跌宕,又是如何将景物写得"好句若仙"的。

　　河北陈弼教,字明允,家境贫寒,随贾将军做文书。他们在洞庭湖停船时,恰巧有一条扬子鳄浮出水面。贾将军用箭射中了它的背部。有一条小鱼衔着扬子鳄的尾巴不肯离开,便一起被抓获,锁到桅杆下,奄奄一息。扬子鳄的嘴一张一合的,似乎在向人求援。陈弼教忽生恻隐之心,向将军求情放了扬子鳄和衔尾小鱼。恰好他带着治刀伤的药,便开玩笑似的敷在扬子鳄的伤口上。扬子鳄在湖中沉浮了一会儿，然后彻底沉入水中。它好像在观察什么，难道是想记住陈生的样子？

"鱼衔龙尾""龙吻张鳌，似求援拯"，好像是偶然的生物现象，但在小说情节上将是扭转局面的关键。陈生把金创药"戏敷患处"，不仅放了它，还帮它治伤，对猪婆龙有了双重救命之恩。蒲松龄对这些似乎无关紧要的细事，好像随手一写，实则用心良苦，"草蛇灰线，伏脉千里"。陈生救猪婆龙的小事，之后会在紧要关头救他的命，改变他的命运。

一年后，陈生再过洞庭湖时翻了船，幸好他抓住一个竹箱子，在湖上漂泊了一夜，到了湖边。他发现他的童仆似乎已经淹死了，就把童仆拖上岸，坐到大石头上休息。这时作者来了八个字——精妙的景物描写——"小山耸翠，细柳摇青"。陈生找不到人问路，从黎明坐到太阳老高，心里没着没落。忽然，他看到童仆的四肢在动弹，高兴极了，过去给童仆压肚子。童仆吐出几斗水，醒了过来。两人把衣服铺在石头上晒干，穿上，肚子饿得咕咕叫。他们翻过山头，希望找到一个村落，才爬到半山腰，就听到射箭声。接着，两个女郎骑着骏马过来，马蹄声像撒豆一样清脆。女郎前额系着红丝绸抹额，发髻插着雉鸡尾羽，身着短袖紫衣，腰束绿锦缎腰带。一个手持弹弓，一个臂上套着架猎鹰的皮套，英姿飒爽。陈生和童仆爬过山顶，看见几十个漂亮姑娘正在骑马打猎，装束就像一个人一样整齐划一。陈生不敢再向前，这时有个男子快步跑来，像是马夫，陈生便凑过去问他。他说："这是西湖公主在首山打猎。"陈生告诉马夫自己的事，并说自己饿坏了。马夫把带的干粮给了陈生，并嘱咐："赶快远远避开，犯驾是死罪！"陈生怕了，急忙跑下山。

接着是《聊斋》最著名的景物描写：山下茂林中隐隐显露出殿

堂楼阁，陈生以为是寺庙。走近一看，雪白围墙环绕，墙外溪水横流，红漆大门半开，溪上有座石桥通向大门。他扒着大门向里一看，是皇家园林，还是名门贵族的花园？他脚步迟疑地走进去，眼前一架高大藤萝，紫花绽放，香气迷人。经过几段曲折栏杆，到了另一个院子，有几十棵高大的垂杨，嫩绿的枝条在朱红的屋檐间轻拂。山鸟一声声鸣叫，花瓣一片片飞舞；微风轻轻吹，榆钱悠悠落，景致美得不像人间。这段原文有如精金美玉：

> 茂林中隐有殿阁，谓是兰若。近临之，粉垣围沓，溪水横流；朱门半启，石桥通焉。攀扉一望，则台榭环云，拟于上苑，又疑是贵家园亭。逡巡而入，横藤碍路，香花扑人。过数折曲栏，又是别一院宇，垂杨数十株，高拂朱檐。山鸟一鸣，则花片齐飞；深苑微风，则榆钱自落。怡目快心，殆非人世。

写景得其形，更得其韵，像一幅明丽的油画，彩绘淋漓；像一支美妙的小夜曲，让人心旷神怡。"粉垣围沓，溪水横流；朱门半启，石桥通焉"，四个整齐的四字句，像电影镜头，对园景一一给出特写，合起来构成一幅幽静雅致的江南园林图画，有粉垣，有溪水，有朱门，有石桥。而"台榭环云，拟于上苑"，写出了皇家园林的气派。作者写皇家园林，没有着眼于奢华，而注重写美的享受，通过纯洁、宁静又丰富的自然景物写出盎然生机。"横藤碍路，香花扑人"，用拟人化的描写，写人和自然的融合。"山鸟一鸣，则花片齐飞；深苑微风，则榆钱自落"，神来之笔，把景物诗意化、有情化了。这段景物描写不仅经常被《聊斋》研究者引用剖析，就是放到整个中国古代小说史的长河中，也是上品。好一派清灵澄澈、淡彩轻岚的湖畔美景！读《聊斋》常常会觉得像读诗，因为小说有诗的意境，有诗的语言。

陈生穿过一个小亭，看到有座秋千架高接云天，秋千上的绳索软软地垂在半空中，周围连个人影都没有。陈生怀疑这地方接近闺阁，心中犯怵，不敢继续往前走。忽听到门外有马蹄声和女子笑语声。陈生和童仆赶紧藏到花丛中。没多久，笑语声逼近，一女子说："今天打的猎物太少。"另一女子说："如果不是公主射了只大雁，今天就白跑一趟了。"不一会儿，几个红装少女簇拥着一位妙龄女郎到亭子里坐下。女郎穿着短袖猎装，发髻如云，腰肢纤细，最香的花、最美的玉，都不足以形容她的美丽："短袖戎装，年可十四五。鬟多敛雾，腰细惊风，玉蕊琼英，未足方喻。"侍女们有的给她献茶，有的为她熏香，个个衣着华丽。过了一会儿，女郎站起来，走下台阶。侍女问："公主鞍马劳顿，还能荡秋千吗？"公主笑着说："还可以。"于是，有的架着公主的肩膀，有的提起公主的裙子，有的拿着她的绣鞋，把公主扶上了秋千架。公主伸出白嫩的手握住绳索，尖头小靴轻轻一蹬，身如飞燕，荡入云霄。荡了一会儿，侍女们把她扶下秋千，说："公主真是仙人啊！"一群人连说带笑地走了。这段文字写尽了公主极尊、极贵的气派。"躧利屣"来自《史记·货殖列传》典故，当时郑姬穿的就是尖头绣鞋。在《聊斋》故事里，不管妖界还是仙界，女性都得是三寸金莲。公主美发如云，腰如柳枝，像美玉雕像。侍女们有的扶肩膀，有的挽胳膊，有的提裙子，有的捧花鞋，公主跳上秋千，荡入云霄。这个场景拍成电影应该相当好看。

陈生在花丛中偷看公主许久，心醉神迷，灵魂出窍。等人声去远，他从藏身处走出，到秋千下徘徊。他看到篱笆下有条红巾，知道是刚才的美人丢的，便欢欢喜喜地收到袖筒里。他走进亭子，发

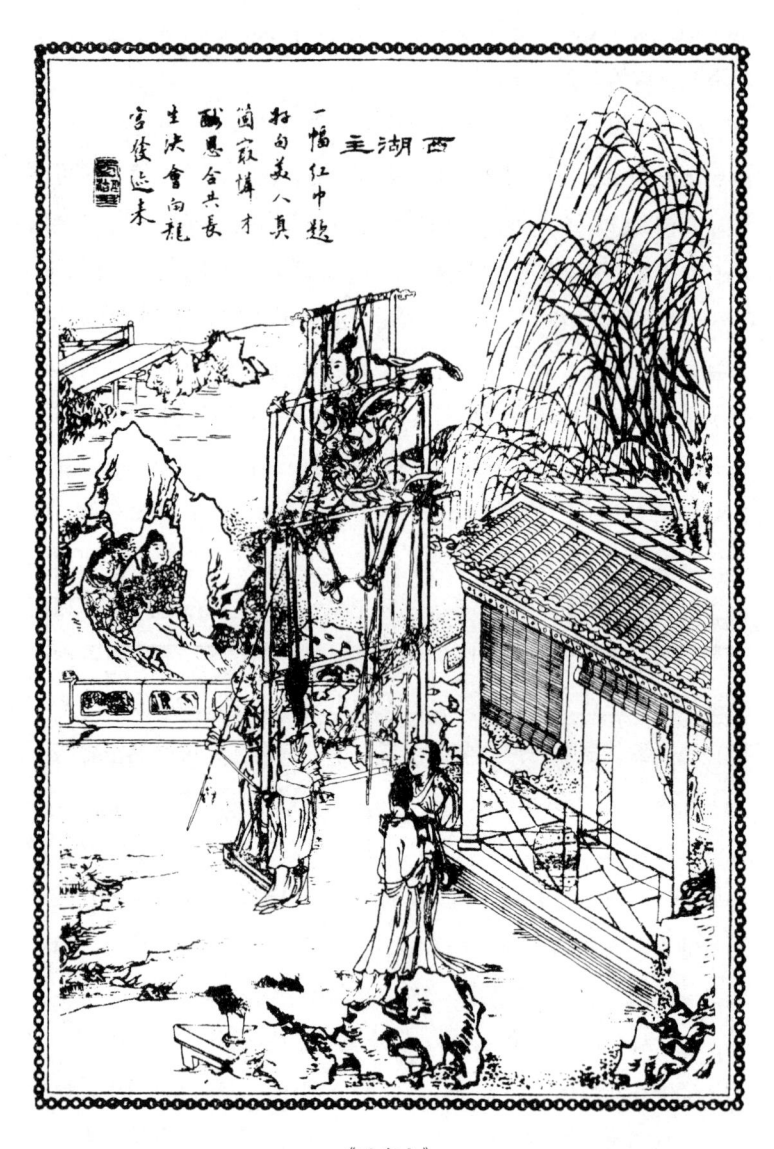

《西湖主》

现案上居然有笔墨，于是提笔就在红巾上写道："雅戏何人拟半仙？分明琼女散金莲。广寒队里恐相妒，莫信凌波上九天。"陈生用诗表达对公主的仰慕，形容公主荡秋千像天女散花，美妙轻盈，充满活力，连月宫里的嫦娥都嫉妒她。这首诗用了好几个典故："雅戏何人拟半仙"，用了唐玄宗的典故，唐玄宗说荡秋千是"半仙之戏"；"分明琼女散金莲"，是说公主荡秋千就像天女散花，也可以解释为用金色的莲花比喻秋千荡起时公主足影的移动；"广寒队里恐相妒"，指住在广寒宫里的嫦娥也要嫉妒公主的美丽；"莫信凌波上九天"，化用了曹植《洛神赋》里的"凌波微步，罗袜生尘"，形容美女轻盈的脚步。

陈生题完诗，得意地自我欣赏，轻轻吟诵着，走下亭子，寻找来时路径，却发现一道道大门都锁上了。他转来转去，把亭台楼阁走遍，还是找不到出去的路，只好呆呆地坐在一个阁子里。忽然，一个侍女进来，惊奇地问："你怎么在这里？"陈生向她作揖，说："我迷路了，希望你能给予帮助。"侍女问："你捡到红巾没有？"陈生说："有这回事。然而我已经把它弄脏了，怎么办？"侍女接过红巾一看，大吃一惊，说："你死无葬身之地啦！这是公主常用的，你胡涂乱抹成这样，我怎么向公主交代？"陈生大惊失色，苦苦哀求侍女帮助自己免去罪责，请公主宽恕。侍女说："偷看公主，罪已不赦，念你是温文尔雅的读书人，本想私下保全你，可是现在你自作孽，还有什么办法可想？"说完便慌慌张张地拿着红巾走了。陈生吓得心跳加速，浑身发抖，只恨没长上翅膀飞出园去，只好伸着脖子等死。

等了很长时间，侍女重新回来，悄悄说："你有活路了。公主看了三四遍红巾，笑眯眯的，一点儿也不生气，看来她可能会把你放了，你暂且耐心等着，不要上树爬墙，如果被发现，可就不会饶恕你了！"这时太阳已落山，陈生不知是福是祸，肚子饿得火烧火燎，忧愁得要死。在焦急的等待中，那侍女总算又来了，挑着灯，另一个侍女提着食盒，她们拿出饭菜请陈生吃。陈生急忙探问消息，侍女说："我跟公主说：'园里的秀才，放了算了，不然要饿死啦。'公主说：'深夜让他到哪儿去？'还让我们给你送吃的。这倒不是坏消息。"陈生心神不宁，折腾了一夜。第二天早上，侍女又来给他送饭吃。陈生再三哀求她说情，侍女说："公主不说杀，也不说放，我们当下人的怎敢多嘴？"后来太阳偏西时，侍女上气不接下气地跑来，说："完啦！有人把你的事泄露给王妃了，王妃看了红巾，大骂狂徒。你大祸临头了！"陈生吓得面如土色，跪地求救。忽听人声嘈杂，侍女向陈生摆摆手，悄悄避开。只见几个人拿着绳索，气势汹汹地闯进来。其中一个丫鬟目不转睛地看了陈生一会儿，说："我以为是谁呢，你不是陈郎吗？"于是制止拿绳索的人，说，"先不要捆他，等我报告王妃再说。"说完便反身往回跑。稍过一会儿，丫鬟回来说："王妃请陈郎进去。"陈生浑身发抖，战战兢兢地跟着她，经过几十道门，来到一座宫殿前，门上绿帘银钩。有个宫女掀开帘子，高声道："陈郎到！"殿上美貌的王妃穿着华丽的宫装端坐着。陈生立即跪地叩头，说："万里之外的孤臣，希望您饶恕性命。"王妃急忙起身，亲自拉陈生起来，说："如果不是您，我不会有今天。丫头们无知，冒犯贵客，实在对不起。"当即设下丰盛的宴席，用雕镂精美的杯子斟酒款待。陈生感到莫名其妙，阶下囚忽成座上客，什么缘故？只听王妃说："您对我的救命之恩，一直无法回报。小女既蒙您题巾爱怜，应是天赐良缘，今晚就让她侍奉您。"王妃不但不治罪，还要把美丽的公主嫁给自己，这是怎么回事？陈生一时神情恍惚，不知如何对答。

傍晚,一名丫鬟走到陈生面前说:"公主打扮好了。"便把陈生领进洞房。忽然笙管齐鸣,奏起欢乐的乐曲,宫殿台阶铺着绣花地毯,殿堂上下,张灯结彩。宫女扶着公主跟陈生拜天地,扑鼻的香气充溢在宫殿之中。行礼完毕,陈生跟公主进入帏帐,恩恩爱爱。陈生说:"我这个客居在外的臣子,生平不懂拜谒周旋,我弄脏了你的红巾,能免我一死,已经很幸运了;反而赐给我如此好的婚姻,实在想都不敢想。"公主说:"我母亲是洞庭湖君的妃子,是扬江王的女儿。去年她回娘家,偶然在湖上玩,被流矢射中,承蒙你救了她,还给她敷上治疗刀伤的药。我们全家对你感恩戴德,常常挂在心上。请郎君不要因为我们不是同类就起疑心。我跟龙君学到了长生不老术,愿意跟郎君共享。"陈生这才恍然大悟:原来公主是神仙。他问:"丫鬟怎么会认识我?"公主说:"那天船上有条小鱼衔扬子鳄的尾巴,就是她呀。"陈生又问:"公主既然不想杀我,为什么又迟迟不肯放了我?"公主笑着说:"实在是喜爱你的才华,但我不能自己做主,翻来覆去想了一整夜,这事别人都不知道呢。"陈生叹息:"你真是我的知音啊!给我送饭吃的是谁?"公主说:"是我的心腹丫鬟阿念。"陈生说:"我怎么报答你们呢?"公主笑道:"日子还长着呢。"

住了几天,陈生写了封平安家书,让童仆带回家。家中听说陈生在洞庭湖翻了船,妻子披麻戴孝已一年多了。仆人回来,家里才知道陈生没死,又怕他漂泊在外,难以回家。又过了半年,陈生忽然回家了,香车宝马,豪华气派,行李中放满了金银珠宝。从此家财巨万,钟鸣鼎食,七八年间生了五个儿子。他每天大摆宴席,吃喝玩乐。有人问起他的经历,他也从不避讳。

陈生的童年好友梁子俊,在南方做官十几年,回家时经过洞庭

《西湖主》:扬子鳄也能做美妻 | 091

湖，看到一个画舫，雕花围栏，大红舷窗，乐声悠悠，在绿波上飘荡。梁子俊往船上看去，只见一个年轻男子，不戴帽子，跷着二郎腿，坐在船上，一个美女在旁边给他按摩。梁子俊一看，这不是穷秀才陈弼教吗？于是扒着船窗高喊陈生。陈生邀请梁子俊上船，命丫鬟上酒倒茶，山珍海味摆了一桌，都是梁子俊见所未见、闻所未闻的。梁子俊惊讶地说："十年不见，你怎么富贵到这种地步？"陈生笑道："你认为穷书生不能发迹吗？"梁子俊好奇地问："刚才跟你一起喝酒的是什么人？"陈生回答："我的糟糠之妻。"梁子俊还想再问，陈生连忙命侍女唱歌劝酒。话音刚落，笙管悠扬，锣鼓齐鸣，歌声和乐声交织成一片，吵得耳朵嗡嗡直响，两人说话声都听不到了。梁子俊看到陈生的周围都是绝色美女，就借着醉意大声说："明允公，能让我真的销魂吗？"这话有些放肆，意思是：你有这么多美女，能分一个给我享受吗？陈生笑着说："你喝醉了。不过，我这里有买一个美妾的钱，可以送给老朋友。"说完叫侍儿送上一颗明珠，对梁子俊说："凭这颗珠子，就是石崇家的绿珠那样的美人也买得到，可知道我对你并不吝啬。"又说："我还有点儿小事要办，不能继续陪你了。"说着，把梁子俊送回自己的船，然后解开缆绳开船走了。

梁子俊回到家乡，到陈家探望，看到陈生正在陪客人喝酒，就问："昨天你还在洞庭湖，怎么回来得这么快？"陈生说："哪有的事？我一直在家待着。"梁子俊于是追述他的所见所闻，举座皆惊。因为这些人一直跟陈生在一起，知道他没去洞庭湖。陈生笑着说："你弄错了，我难道有分身术不成？"看来蒲松龄的构思就是陈生有分身术。更神奇的是，陈生八十一岁去世，出殡时棺材特别轻，人们打开一看，里面是空的。人去哪儿了？当然没死，是做神仙去了。

"异史氏"表达了这种理想:竹箱子不沉没,红巾上题诗,都是有鬼神指使的,而关键都是由恻隐之心所贯通。至于华屋美舍、妻子姬妾,陈生在两个地方都能享受到,就又没法解释了。过去有人希望娇妻美妾、贵子贤孙和长生不老都能得到,其实也只能得到陈生的一半。难道仙人中也有郭子仪、石崇那样大富大贵的人吗?

其实陈生的故事到他和公主结婚,基本上就可以结束了。后面两段情节:一段是他回到家和人间妻子生了五个儿子,豪华富贵;一段是他在洞庭湖跟仙女生活,优哉游哉,其实可有可无。但蒲松龄乐此不疲地又写了这两段情节,看来就是想完成他的构想,"一身而两享其奉",既像神仙一样,又过着民间富豪的生活。这样的结局,比起《花姑子》男女主角分离的悲剧,可以说是大喜剧,但没有《花姑子》感人。

清代《聊斋》点评家曾说过,读《聊斋》只做故事看,不做文章看,便是呆汉。这种看法很有哲理。《西湖主》最成功的是语言,最精彩的是心理描写。研究者经常说,中国古代小说不太擅长心理描写,一般是白描,通过人物行动透露内心,直到《红楼梦》出现,宝黛诉肺腑的情节中才出现比较详尽的心理分析。读《西湖主》就会发现,这个判断可能不够准确。《西湖主》的心理描写既有白描,也有详尽的心理分析。陈生迷路时遇到"玉蕊琼英"般的公主,心生爱慕,"睨良久,神志飞扬",描写他见到美色,有点儿灵魂出窍,神志飞扬。公主走了,他"徘徊凝想",开始单相思的痴恋。他拾到公主的红巾"喜内袖中",一个"喜"字,将单纯拾东西的动作带上了感情色彩,痴恋加重。公主的侍女说他题红巾是涂鸦,说他偷看公主是一罪,题红巾是又一罪,这时的陈生"心悸肌栗,恨无翅翎,惟延颈俟死",心惊肉跳,不寒而栗,伸着脖子等死。陈生极度恐惧又无路可逃的绝望心情,写得丝丝入扣。侍女说公主看了红巾并没生气,陈生的心情也从万分焦急、恐惧变成了"凶祥不能自必",不知道到底是凶是吉;而"饿焰中烧,忧煎欲死",用一个"煎"字描写他内心的煎熬,忧心如焚,非常形象。侍女再传来公主让人给陈生送饭吃的消息,而且推断这不是坏消息,陈生这时"徊徨终夜,危不自安"。他仍然担惊受怕,但比起刚刚听说触犯了公主可能会送命,害怕的程度已经有所减轻。接着,传来王妃大怒,要惩罚狂生的消息,陈生"面如灰土,长跪请教",吓得面无人色,急忙直挺挺地跪到地上向丫鬟求助。丫鬟要带他去见王妃时,陈生"战惕从之","战惕"两个字活画出他战战兢兢、忐忑不安的心理。等到他一下子从阶下囚变成座上客,变成公主的驸马,"生意出非望,神惝恍而无着",出乎意料,神情恍惚,找不着北了。陈生从题红巾到当驸马,经历了迅雷不及掩耳的变化,导致他一会儿骇急无智,一会儿彷徨无主,一会儿焦虑万端,一会儿茫然莫解。蒲松龄交替采用画龙点睛的白描和简洁恰当的心理分析,捕捉陈生像流风回云一样的心理变化,写得细致生动。蒲松龄对陈生进行直接描写的同时,还间接刻画了公主的心理。侍女拿着题了诗的红巾回去报告公主,回来后向陈生悄悄祝贺,说公主看了三四遍红巾,"辄然无怒容"。这是通过侍女的观察巧妙地描写公主的心理活动:"无怒容"是对写诗人的容忍;"辄然"是微笑,说明公主不仅不怒而且喜欢;"看巾三四遍",是很爱看,看一次不行,还要再看几次。两人结婚后,公主说她因为看到题在红巾的诗而爱才,又想不出怎么跟陈生联系,以致"颠倒终夜",写出了公主心事重重的样子。

《聊斋》点评家但明伦认为,《西湖主》的成就在于"文境绝妙"。小说确实是把情节的跌宕和人物的心理有机地融合起来,把人物遭遇和景物描写天衣无缝地结合起来，写得笔走龙蛇，八面玲珑。小说开头，陈生随将军游湖，见到扬子鳄出没，身边有"小鱼衔尾"，将军箭射扬子鳄，陈生见扬子鳄"似求援拯"地看他，心生恻隐，求将军放生，并顺手给抹上点儿金创药……到了结尾，陈生救的扬子鳄变成了彩绣辉煌的王妃，而公主是她的女儿，衔尾小鱼就是辨认出陈生的丫鬟。公主几句话便把整篇小说的来龙去脉交代得清清楚楚："妾母，湖君妃子，乃扬江王女。旧岁归宁，偶游湖上，为流矢所中。蒙君脱免，又赐刀圭之药，一门戴佩，常不去心。郎勿以非类见疑。妾从龙君得长生诀，愿与郎共之。"美丽的王妃是知恩图报的扬子鳄，可她哪有一点儿兽类特别是凶兽、丑兽的影子？蒲松龄的想象力实在是太丰富了。

《白秋练》:
中国诗意美人鱼

2008年初冬,我作为中国作家代表团一员到波兰访问,在华沙住了一星期,下榻在王宫对面,我经常散步到世界闻名的美人鱼铜像[1]边。看着黑乎乎的青铜雕像,我想,这就是我儿时为之着迷的神奇美人鱼吗?真是见面不如闻名啊!

波兰美人鱼的故事脍炙人口,但可能很多读者都不知道,三百年前,蒲松龄创造的中国美人鱼的故事同样有趣。蒲松龄描写了两代美人鱼——白秋练和她的母亲白老太太,都是珍稀动物白鱀豚幻化成人,充满诗意。白秋练用诗歌恋爱,把诗歌当成生命,恋人离不了诗,就像美人鱼离不了水;白老太太更是特立独行的资深美人鱼,她为女儿的爱情,宁可牺牲自己的生命!

在中国古代小说里,诗歌经常可以起到传达爱情、催化爱情的作用。唐传奇《莺莺传》里,张生追求大家闺秀崔莺莺,但莺莺很含蓄,不肯直说对张生的感情,而是让红娘给张生送去一首诗:"待

---

[1] 美人鱼铜像:此处指的并不是丹麦的小美人鱼铜像,而是波兰的华沙美人鱼铜像,从1938年起竖立于华沙维斯瓦河西岸,是为纪念一位女英雄而创作的。——编者注

月西厢下,迎风户半开。拂墙花影动,疑是玉人来。"张生心领神会,跑到花园相会。后来两人在红娘的帮助下私自结合。张生取得功名后抛弃了莺莺,却又死皮赖脸地要求再见莺莺一面,莺莺赋诗"为郎憔悴却羞郎",谢绝了始乱终弃的张生。诗歌是恋人感情的标志,是恋人感情特殊的、有力的表现手段。

《白秋练》写人鱼相恋,诗歌起到无与伦比的作用,可以传情,可以为媒,可以问卜,可以治病,甚至可以救命。

直隶商人慕小寰的儿子慕蟾宫,聪慧喜读书。慕小寰认为读书科考太迂腐,不如经商实惠。慕蟾宫随父亲到武昌后,父亲留他在旅店看守货物,慕生便趁父亲不在,高声读诗,铿锵动听。慕生读诗时,总看到窗边人影晃动,像在偷听。一天晚上,月色很好,偷听的人被月光映照得清清楚楚。慕生跑出去一看,原来是个绝代佳人!佳人看到慕生,急忙躲开。听诗的绝代佳人白秋练是水族精灵白鱀豚(白鱀),白鱀豚多年来一直是国家一级保护动物,近些年一度被宣布"功能性灭绝"。终生乡居的穷秀才蒲松龄不知见没见过这类生长在洞庭湖的珍稀动物,他却借其创造出了一个美丽的爱情故事。

又过了两三天,慕家的货装好了,准备回北方,晚上把船停靠在湖滨。慕老头恰好有事出去,慕生留在船上。有个老太太进来说:"郎君害死我女儿了!"慕生惊奇地问:"我怎么害死你女儿啦?"老太太说:"我姓白,女儿秋练听到你吟诗,想得饭吃不下,觉睡不着。我想让她跟你成亲,请不要拒绝。"慕生喜欢听诗少女,但怕父亲生气,便对白老太太实情相告;白老太太不相信,执意要订下婚约,慕生不敢订。白老太太气愤地说:"人世间的婚姻,有的上门求亲都求不到。现在老身亲自来做媒,反而不被你接纳,这耻辱太大,你就不要想北渡啦！"说完就走了。

不一会儿，慕老头回来了，慕生把白老太太的意思编成一番好听的话，委婉地告诉父亲，希望父亲接纳。但慕父却因为两家相隔遥远，又看不起女孩儿主动追求男人，便一笑置之。

他们停船的地方，本来水深可以淹没船桨，这天夜里船底忽然涌出大片沙石，无法开动。湖里每年都有客人留守沙洲，第二年桃花水上涨溢满时，其他货物还没运到，船里的货物就可以卖出大价钱。因此，慕老头一点儿也不担忧，只是考虑到还要筹措部分资金，他便留下儿子看守货物，自己回北方去了。慕生暗暗高兴，又后悔没问白家住在什么地方。

天黑以后，白老太太扶着女儿来了，让女儿躺到床上盖上外衣，对慕生说："人已经病成这样了，你不要像没事人似的！"说完，就走了。慕生听到这话吃了惊，拿灯一照，只见秋练娇弱妩媚，眼波流转。慕生问她话，她只是嫣然含笑。慕生要她说话，她说："'为郎憔悴却羞郎'，说的就是我。"如前所说，这句诗出自唐代元稹《莺莺传》：张生与崔莺莺相爱，最后却将莺莺抛弃。各自婚嫁后，张生求见莺莺。莺莺不见，留诗一首："自从消瘦减容光，万转千回懒下床。不为旁人羞不起，为郎憔悴却羞郎。"白秋练只是取最后一句诗的直接语意，与整首诗及写诗者的遭遇无关。秋练居然会巧妙引用《莺莺传》里的诗！慕生喜欢至极，想马上跟她亲热，又可怜她太纤弱，就跟她接吻，逗她玩儿。秋练高兴起来，说："你为我吟诵三遍王建的'罗衣叶叶'，我的病就会好了。"慕生马上高声吟诵："罗衣叶叶绣重重，金凤银鹅各一丛。每遍舞时分两向，太平万岁字当中。"吟过两遍，秋练就揽着身上的外衣坐了起来，说："我好啦！"并用娇颤的声音跟慕生一起念。白秋练相思而病，病增娇态，

《白秋练》

更添妩媚。慕生所吟的并非爱情诗,而是《宫词》,借景写情,以大自然美景引起青年男女共鸣,将大自然的美化为青年男女相爱的成分。春莺、芳草、杨柳,像年轻人浪漫的青春。

慕生给迷得像丢了魂儿。两人熄灯上床,睡到一起。天还没亮,秋练就起来了,说:"我母亲马上就来了。"不一会儿,白老太太果然来了。她看到女儿精神焕发,很是欣慰,便要女儿跟自己回去,秋练低下头不说话。白老太太说:"你乐意跟郎君玩儿,随你的便。"说完便走了。

白秋练跟《聊斋》故事中动不动就敲开男士门扉的勇敢女性不同,她是因喜欢诗歌而听慕生吟诗,对慕生生情,得了相思病,气息奄奄。她自己不敢也不肯迈出求爱的步伐。幸运的是,秋练有位疼爱她、庇护她的母亲。白老太太尊重女儿的爱情,视女儿的幸福高于自己的生命。白老太太跟传统的、破坏女儿爱情的崔莺莺之母唱了出对台戏:她竟然放下架子,以长辈之尊为女儿做了红娘;求婚不成,就施法术阻碍船走。白氏母女的水族神灵身份隐隐显露。白老太太沙碛阻舟起到了调虎离山的作用,为一对青年男女的爱情提供了便利,之后她又亲自把女儿送到慕生的船上。这样的母亲,在中国古代小说里独一无二。

慕生问秋练家住哪里,秋练说:"我跟你不过偶然相遇,能不能结婚还不一定,何必知道我家在什么地方?"不过两人十分恩爱,发誓白头相守。一天夜里,秋练起来点上灯,翻开书,忽然神情凄惨,掉下眼泪。慕生忙问:"怎么回事?"秋练说:"你父亲要到了。我们两人的事,我刚才用书占卜,一打开就是李益的《江南曲》,不是好兆头。"《江南曲》诗句是:"嫁得瞿塘贾,朝朝误妾期。早知潮有信,嫁与弄潮儿。"白秋练因为诗中有"朝朝误妾期"之句,认为不吉利。慕生安慰她说:"这首诗头一句就是'嫁得瞿塘贾',岂不是大吉大利?"秋练高兴了一点儿,起身跟慕生告别,说:"咱们暂时分手吧,天亮给人看见,会被指指点点了。"

慕生拉住秋练的胳膊,哽咽着问:"如果我父亲能同意,我到什么地方给你报信?"

秋练说:"我会派人探听。令尊是否同意,我马上就会知道。"说完就走了。

没多久,慕老头回来了。慕生把跟秋练的事告诉父亲,慕老头怀疑他招妓女上门,臭骂了他一顿。慕老头随后细细检查船上货物,一点儿没少,于是随意训斥了慕生几句就算了。慕老头考虑问题的立足点不是"情",更不可能是"诗",而是"利",这是一个只认蝇头小利、缺乏人情味儿的角色。慕小寰有着精明的商人哲学,有没有感情无所谓,只要钱不受损就成。白秋练的母亲,把女儿的爱情放到首位;慕蟾宫的父亲,把金钱放到首位:两个家长的对比太鲜明了。

一天晚上,慕老头不在船上,秋练忽然来了,临别时两人约定以吟诗作为暗号。从此,只要慕老头外出,慕生一吟诗,秋练就到了。端午节后,船通航了,慕生随父亲回北方家中,因为想念秋练,生起病来。慕老头很担心,请医生,请巫师,什么办法都用了,慕生就是好不了。慕生私下告诉母亲:"我的病不是求医问药、下神念咒能治好的,只有秋练来了才会好。"慕老头刚听到这话时十分震怒,时间长了,儿子越来越瘦弱,疲倦无力,他才害怕起来,带着儿子来到湖北。到了原来停船的地方,打听白老太太。恰好有个老太太在撑船,听说有人找姓白的,便说自己就是。慕老头登上白家的船,瞧见秋练,心里暗暗高兴,问起白家家世,原来这条船就是母女二人的家。慕老头把儿子生病的事告诉白老太太,希望她让女儿到慕家船上去,治好慕生的病。白老太太说:"我们没有订婚约,不能去。"白老太太看来是想趁机敲定女儿的婚约,但慕老头却装聋作哑,只求白秋练登舟,不提婚约之事。秋练从船窗露出半张脸听着他们的对话,眼泪在眼眶里打转。白老太太看看女儿的可怜相,又加上慕老头苦苦哀求,也就同意了。慕小寰精于算计,想一箭双雕,既希望儿子病好,又希望和富人联姻。小说原文有这样两句话:"冀女登舟,姑以解其沉痼。""姑"字用得太妙了。姑,姑且、暂且,不做长远打算。慕小寰本不理解也不在乎儿子的相思,直到儿子病重才着了急,他一方面默许儿子与秋练苟合,另一方面又不想承担任何责任。这样以自我需要为中心,真是一个恶劣的奸商。白老太太却将女儿的终身大事放在首位,心疼女儿。这是两位完全不同的家长。

晚上慕老头故意躲出去,秋练来了。她走到床前呜咽着说:"当年我相思成疾的样子,如今轮到你啦?病成这样,哪能很快就好?我给你吟诗吧。"慕生说:"听到你的声音,我就神清气爽。你过去吟诵过《采莲子》,我一直念念不忘,请再吟诵一遍吧。"秋练于是曼声长吟起唐代诗人皇甫松的《采莲子》:"菡萏香连十顷陂,小姑贪戏采莲迟。晚来弄水船头湿,更脱红裙裹鸭儿。"

刚吟完,慕生就一跃而起,说:"小生什么时候生病了?"

两人热烈拥抱,慕生的病一下子全部消失了。以诗歌治病,天下奇闻。

慕生问:"我父亲见你母亲,说了些什么?咱们的事成了吗?"

秋练已觉察到慕老头对她的看法,便告诉慕生"没成"。

秋练离去,慕老头回来,看到儿子已起床,高兴极了,说:"那女子倒是不错,然而从小就撑船唱歌,不管出身是否微贱,总是个不守贞节的人。"浪漫的恋人在势利的慕父面前再次碰了钉子,"不贞"是借口,"微贱"是关键。

慕生无话可说。慕老头出去,秋练又来了。慕生转述父亲的话,秋练说:"我已经把这事看清楚了。天下事,你越急,它就离你越远;你越奉迎它,它就越抗拒你。我应当让你父亲主动回心转意,反过来求我。"

白秋练母女是白鱀豚,姑且称她们为"大鱼"和"小鱼"。小鱼在大鱼的呵护下得到了爱情,但还没得到婚姻。因为还要依靠"父母之命",特别是得过慕蟾宫父亲这道坎儿。这回,小美人鱼的智慧起作用了。

慕蟾宫的父亲有着鲜明的商人哲学,只认蝇头小利,不认感情。浪漫的恋人一再在慕老头的冷酷算盘前碰钉子。在白秋练登船治好了慕蟾宫的病之后,慕老头又说白秋练"女子良佳,然自总角时,把柁棹歌,无论微贱,抑亦不贞";他拒绝秋练进门,要害是"微贱",即她们家是撑船的,门第不高,无钱无势,"把柁棹歌"只是借口。慕生一筹莫展,柔弱的秋练却从蹉跌中领悟人生,找到了反败为胜的秘诀。什么秘诀?对症下药,就像现代京剧《智取威虎山》里的"天王盖地虎,宝塔镇河妖"。商人无非想赚钱,那就从"钱"字上下手。

秋练说:"商人无非想赚钱,我有办法知道货物价格。现在看你们船里的货物,都赚不到钱。你替我告诉你爹,囤积某种货物,可获利三倍;囤积某种货物,可获利十倍。你们回家后,如果我的话应验了,我就是你们慕家最理想的媳妇。你再来时,咱们都不到二十岁,相聚的日子长得很,担心什么?"

慕生把秋练说的物价告诉父亲，慕老头不相信，只用余钱的一半买了秋练说的货物。他们回到北方后，慕老头置办的货物大亏，秋练说的货物大赚。从此，慕老头十分佩服秋练的神奇。慕生越发夸耀，说秋练能让慕家发家致富。慕老头于是急于把秋练娶进门。一切颠倒过来，一直对白秋练鸡蛋里挑骨头的慕老头，一直装腔作势地说白家是"浮家泛宅"的慕老头，再也不提门第，再也不提撑船。金钱说话，一路绿灯。慕老头哪是娶美丽、聪慧的儿媳妇进门，分明是迎招财进宝的财神进宅！

慕老头对白秋练态度的转变，生动地表现了封建社会末期商品经济是怎样改变人们的观念的。

慕老头回到湖边，看到白老太太的船停在柳树下，马上去送彩礼订婚。白老太太对彩礼一概不收，只是挑了黄道吉日亲自把女儿送过船来。慕老头另外租了一条船，为儿子举行婚礼。

秋练让慕老头往南走，给他开出购货清单。

慕老头带船走了，白老太太便将女婿请到自家船上来住。

三个月后，慕老头贩运的货物价格已翻番。

他们回北方时，秋练要求装上一些湖水带回去，吃饭时加一点儿，像加酱油、醋一样。从此慕老头每次南来，都替她带几坛湖水回去。

秋练和慕生终成眷属，故事非但没有结束，反而又敷衍出更精彩的波澜。或者说，蒲松龄写的美人鱼故事之所以比波兰的美人鱼故事还要好看，就是因为他其实写了两代美人鱼的风骨，具有华夏文化的特殊意蕴。第一件事，是老一代美人鱼白老太太以死反抗龙王的旨意，保护女儿的爱情。

几年后，秋练生了个儿子。一天，她突然哭起来要求回家。慕老头就跟儿子、媳妇一起回到湖北。到了湖中,却不知道白老太太到哪里去了。秋练敲打着自家船舷呼喊母亲,却听不到回答,不由得失魂落魄。慕生沿湖打听白母消息,恰好有人钓到一条白鱀豚,身量巨大,体形像人。慕生回去告诉秋练。秋练大惊失色,说她有放生愿望,嘱咐慕生一定要把白鱀豚买下来。慕生去找钓鱼的人商量,钓鱼的人要价很高。秋练说:"我帮你们家赚到的钱不下巨万,这么一点儿钱,吝惜什么?你如果不肯,我马上投湖自杀!"慕生害怕了,不敢告诉父亲,偷了些钱,把白鱀豚买下来放生了。他回来后,却到处找不到秋练,天快亮时,秋练才回来。慕生问:"你到什么地方去了?"秋练说:"去母亲那儿了。"慕生问:"母亲现在住在什么地方?"秋练面红耳赤地说:"现在不得不如实相告,你刚才买下来放生的就是我母亲。近来龙宫选妃子,一些造谣生事的人称赞了我的相貌,龙君便下令,要我母亲把我送到宫里。我母亲如实上奏,说我已经嫁人。龙君不听,把我母亲流放到南滨,她才遭受了那番苦难。现在灾难虽已解脱,但龙君对我母亲的惩罚还没解除。你如果真心爱我,就请向真君祈祷,免除对我母亲的惩罚。如果你因为我是异类而嫌弃我,我就把儿子还给你,自己去龙宫,那里的享受未必不超过你家百倍。"温文尔雅的白秋练居然说出如此"要挟"爱人的话来!柔弱的秋练在母亲危难时做刚直之语,绝妙无比。白老太太坚决抗婚,宁死不屈,多么可爱!龙君的富贵,她不放在心上;皇亲国戚的显贵,她不放在眼里;死的威胁,也动摇不了她的心!女儿的幸福对她来说是最重要的,是什么也不能交换的。既然母亲是白鱀豚,秋练自然也非人类。秋练异类的身份暴露,丝毫未影响慕生的真挚感情,他要不遗余力地求得真君的帮助,赦免白老太太,只是担心不容易见到真君。

秋练说:"明天未时,真君必定来。你看到一个跛道士,就朝他跪拜。他跑进水里,你也跟上。真君喜欢文士,必定会怜悯你,答应你的请求。"接着,她拿出一块鱼腹绫,说,"如果真君问你求什么,你就拿出这个东西,请求他在上面写个'免'字。"

慕生按照秋练所说,在路上等候,果然有位道士一瘸一拐地走过来。慕生立即跪到地上向道士磕头。道士不理睬,疾步快走,慕生就紧跟在他身后。道士把拐杖扔到水里,跳上去,慕生也跟着跳了上去。再一看,脚下的不是拐杖,而是一条船。他又跪下给道士磕头。

道士问:"你求我什么事?"慕生拿出鱼腹绫,求他写个"免"字。

道士接过一看,说:"这是白鱀豚的鳍,你是怎么跟它相遇的?"

慕生不敢隐瞒,详细地对道士说了他跟秋练结合的经过。道士笑了,说:"这东西倒很风雅,那老龙怎么可以如此荒淫!"于是拿出笔草书一个"免"字,像画符似的,然后将船划回岸边,让慕生下去。道士踏着拐杖在水波上浮行,转眼间无影无踪。

真君说:"此物殊风雅,老龙何得荒淫!"真君所赞的"风雅"之物,既指以诗为命的白秋练,也指爱女如命的白老太太。白老太太宁死也要维护女儿的幸福,为自己的生命画上了亮丽的一笔。

慕生回到船上,秋练看到鱼腹绫后高兴得很,嘱咐慕生千万不要告诉父母这件事。

第二件事,是新一代美人鱼靠诗歌起死回生。在这之前,随慕蟾宫回家的秋练每餐必须添加故乡的湖水。在她的异类身份暴露前,这种举止就显得很奇怪;身份暴露后,这事就很好理解了:鱼儿离不了水。

救出白秋练的母亲之后,他们回到了北方。两三年后,慕老头又到南方做买卖，几个月没回家。原来的湖水吃尽，秋练病倒了，日夜急促地喘息。她嘱咐慕生："如果我死了，不要埋我，在每天的卯、午、酉三个时辰，吟诵杜甫《梦李白》的诗句，那样我的尸体就不会腐烂。等湖水来到，你倒在盆里，关上门，脱掉我的衣服，把我浸在湖水里，我就复活了。"秋练喘息了几天后，就死了。

半个月后，慕老头回来了。慕生按照秋练的说法，把她放在湖水里浸了一个多时辰，秋练渐渐醒过来。秋练总是想回到南方，后来慕老头死了，慕生就顺从秋练的心愿，把家搬到了湖北。

美人鱼离水而死，得水而生，纵然有些夸张，但毕竟可以理解，最不可思议的是诗歌竟可以令已死者不朽。实际上，杜甫《梦李白》中的"魂来枫林青，魂返关塞黑"一句，表达的是朋友之间至死不忘的真情，借朋友酒杯，浇恋人块垒，慕生一日三吟，白秋练虽死犹生。

跟《连琐》《宦娘》一样，喜欢吟诗的白秋练明显地有蒲松龄的梦中情人顾青霞的影子，聊斋先生跟他年轻时情人的感情至死不衰。小说篇末用《梦李白》来保存遗体，这首诗的头两句是"死别已吞声，生别常恻恻"，蒲松龄悼念顾青霞的诗中则有这样两句："吟声仿佛耳中存，无复笙歌望墓门。"他再次用诗歌把生死相恋的恋人联系了起来。

《白秋练》充满了诗情画意，把诗歌强调到无以复加的地步：诗可以为媒，促使慕蟾宫和白秋练结合；诗可以为医，先治好白秋练，后治好慕蟾宫；诗可以占卜，白秋练以诗为卜，探测二人婚姻的前景；诗可以为约会的信号，情人暂时分手时，以吟诗为幽会的暗号；诗可以令遗体不朽并起死回生。小说太能体现真善美了，读这个故事时，我们忍不住惊呼：

真哉，新一代美人鱼的浪漫之爱！

善哉，老一代美人鱼的舐犊之情！

美哉，中国古代纯情诗意的美人鱼！

读《白秋练》，总觉得中国美人鱼的故事一点儿不比西方美人鱼的故事差。我一直纳闷儿，这么一个绝佳的爱情故事，电影界的"武林高手"为何注意不到？

《书痴》：
书中真有颜如玉

如果问大家：文学作品里哪个书呆子最有趣、最可笑、最可爱？恐怕很多读者会说：《聊斋》书痴郎玉柱。确实，中国其他文学作品甚至外国文学作品里的书呆子，都没有呆傻到郎玉柱这种登峰造极的地步。这个书呆子太典型、太有趣、太好玩了。他三十岁却不会"为人"，不懂得夫妇性爱，这是《书痴》中最有名的情节。蒲松龄写书痴故事并不是给大家提供诙谐的谈资，用耸人听闻的趣事吸引眼球，书呆子郎玉柱脱胎换骨的过程，反映了深刻的社会问题。郎玉柱本是苦读书、死读书的书呆子，不会跟人打交道，后来在现实生活的磨砺下，却懂得了读书做官的道理，懂得了官场斗争的秘密，变成了在官场纵横捭阖、克敌制胜的能人，这是多大的变化！郎玉柱是怎么实现这种变化的？其中又蕴藏着什么样的哲理？

先看郎玉柱是怎么读书成痴的。郎玉柱是江苏彭城人，祖上曾做过太守，为官清廉，拿到俸禄后不置办田地房产，反而买下满屋子书。郎玉柱的父亲酷爱读书，所以郎玉柱身上是有读书基因的。父亲死后，他对书更加痴迷，家里穷，什么值钱东西都卖掉了，但父亲的藏书，却一本都舍不得卖。郎玉柱父亲在世时，曾抄录《劝学篇》，贴在郎玉柱书桌右边，郎玉柱每天大声朗读，又用白纱把《劝学篇》盖起来，怕时间长了上面的字会磨掉。《劝学篇》是什么？是宋真宗写的一首诗，又称《劝学诗》或《劝学文》：

> 富家不用买良田，书中自有千钟粟；
> 安居不用架高堂，书中自有黄金屋；
> 娶妻莫恨无良媒，书中自有颜如玉；
> 出门莫恨无人随，书中车马多如簇。
> 男儿欲遂平生志，五经勤向窗前读。

《劝学篇》宣扬读书万能：读书是人生最重要的事，你不用花钱买田产，只要好好读书，书里就有堆积如山的粮食；你不用盖高楼大厦，只要好好读书，书里自然有黄金屋；你不要担心娶不到好妻子，只要好好读书，书里自然有如花似玉的女人；你不要埋怨出门没人前呼后拥，只要好好读书，书里有一大堆骏马良车。男子汉大丈夫要想实现平生志向，赶快到窗前勤读五经。

后人把《劝学篇》精练成三句话：

> 书中自有黄金屋，
> 书中自有千钟粟，
> 书中自有颜如玉。

《劝学篇》是从"万般皆下品，唯有读书高"派生而来的。它是封建社会读书人的座右铭，表面上看是劝学格言，其实是中国源远流长的"官本位"教育的权威性表述。读书才能做官，做官才能得到金钱、权力、美女。千百年来读书人对"书中自有黄金屋，书中自有千钟粟，书中自有颜如玉"坚信不移，遵守着读书做官这个游戏规则，为了金榜题名，十年寒窗，头悬梁、锥刺股，这非但不能算"痴"，简直应当算"精"。那么，为什么别人读书是"精"，而郎玉柱就成了"痴"呢？因为郎玉柱对"书中自有黄金屋，书中自有千钟粟，书中自有颜如玉"只会做字面理解。他相信书中真的有"黄金屋""千钟粟""颜如玉"，却不知道这其实指的是好好读书就能做官，做了官，"黄金屋""千钟粟""颜如玉"才能相应而来。郎玉柱已经二十多岁，却不求婚配，就是希望书本上真能走下个美人。郎玉柱不知道从读书到"黄金屋""千钟粟""颜如玉"，有个最重要的过程，就是用圣贤书做敲门砖，敲开仕途大门。读书是手段，求官是目的。读书求功名，功夫又常常在书本之外。郎玉柱对读书的另一个误解是，他读书不是默默地看书，而是大声朗读，不分白天黑夜、不分场合地大声朗读。来了宾客和亲戚，他也不懂得嘘寒问暖，还没说上三两句话，就旁若无人、摇头晃脑地大声朗读起来。这不成了神经病吗？郎玉柱尽管用功，读书读到近乎痴呆，却就是考不中举人。而过不了"举人"这个坎儿，"黄金屋""千钟粟""颜如玉"，一概都是妄想。可是妙就妙在，郎玉柱竟然真的通过读书，读出"千钟粟"和"黄金屋"来了，这又是怎么回事呢？

一天，大风把郎玉柱的书刮走了，他急忙去追，却一脚踩空，踩到了古人窖藏的粮食，立即大喜，认为自己果然读出"千钟粟"来了。对"读书求官"不开窍的郎玉柱自我感觉良好，什么事都往好处想。他踩到的是什么呢？是一大堆朽败得牲口都不能吃的粮食。若干年前这里是储粮的官仓、经营粮食的店铺，还是两军对垒的粮草集散地？都有可能。但有一点可以肯定：这个地方绝对不是尚书府、宰相府旧址。所谓"千钟粟"并不是一仓仓的粮食，而是按官位发放的俸禄，是真金白银。真正拥有"千钟粟"的人，家里满箱满柜都是金银财宝、文玩字画，不会是不值钱的粮食。而郎玉柱却认为他读出了"千钟粟"，越发带劲儿地读书，这是蒲松龄对"书痴"的第一次反讽，说明郎玉柱的"痴"，是痴迷，是愚笨，是呆傻，甚至有点儿魔怔。

接着，郎玉柱在家里书架上发现一驾"金辇"，又认为"黄金屋"也实现了，拿出去炫耀。别人告诉他那是镀金的，郎玉柱有点儿失望。难道古人的话不对？无巧不成书，郎玉柱父亲的同年[1]来这个地方做观察使，观察使信佛，有人便劝郎玉柱把金辇送给他做佛龛。郎玉柱就去送了，观察使很高兴，送给他三百两银子、两匹马。郎玉柱更加坚信"书中自有黄金屋""书中车马多如簇"，而这都是他苦读的结果。这个"金辇事件"是对郎玉柱这个"书痴"的第二次反讽。镀金的金辇换来白花花的银子，真是郎玉柱苦读感动了上苍吗？当然不是，只是贵官的施舍。看来郎玉柱父亲的朋友很讲旧情，给了世侄不少银子，有情有义，但这必须有个前提——有钱。"十年清知府，十万雪花银"，这恐怕不是郎玉柱能想到的。

蒲松龄如果一直这样调侃下去，《书痴》将会成为一部有趣的幽默小品，而他要表达的，其实是对读书人的人生关怀，所以他要写一篇别开生面的小说。他给郎玉柱画上"痴"的底色，之后，一位鲜活可爱的仙女果然从书上走下来了。

郎玉柱看到《汉书》第八卷中夹着一个眉目如画的纱剪美人，震惊地说："书中颜如玉，其以此应之耶？"仔细观察，郎玉柱发现

---

[1] 同年：科举时代同榜录取的人互称"同年"。——编者注

美人背后隐隐写有"织女"两字。在这之前民间讹传"天上织女私逃",朋友们便戏弄他:"天孙(织女)窃奔,盖为君也。"郎玉柱此时想,难道纱剪美人果然是专为我而来的织女?一天,他正目不转睛地看那美人,美人忽然弯腰起身,坐在书本上朝他微笑。郎玉柱惊奇极了,立即跪到书案下面,朝美人磕头,等他磕完头,美人已长到一尺多高。他又赶紧跪下磕头,美人儿从书案上飘然而下,亭亭玉立,宛然一个绝代佳人。郎玉柱又向美人磕头,问:"请问你是什么神仙?"美人说:"我姓颜,字如玉。你很早就知道我啦。承蒙你天天喜爱我,高看我一眼,如果我不来一次,恐怕千年之后,再也没人相信古人的话了。"

颜如玉出现,一段"书痴"独有的爱情开始了。其实郎玉柱的爱情故事,不完全是爱情,或者说主要不是爱情故事,而是让我们见识了书呆子的天真、单纯、善良,见证了社会的黑暗。颜如玉、郎玉柱,一女一男,一仙一俗,一个聪明过人,一个呆头呆脑,这么两个完全不同的人在一起,成就了一段充满谐趣和哲理、富有生活气息、带有几分诗情画意的故事。这就是颜如玉教郎玉柱"为人",包括广义的在社会上"为人"和狭义的在床上"为人"。这是最好看、最好玩,也最耐人寻味的。

先看让人笑掉牙的床上"为人":郎玉柱三十岁,却根本不懂男女性爱的具体内涵,真是痴到难以想象。他非常喜欢颜如玉,读书时都让颜如玉坐在一旁,而到了床上,他虽对颜如玉"亲爱倍至",却是"不知为人",不知道夫妻生活是怎么回事。更好笑的是,两人同住一段时间后,郎玉柱向颜如玉请教:"凡人男女同居则生子;今与卿居久,何不然也?"颜如玉笑了,说:"君日读书,妾固谓无益。今即夫妇一章,尚未了悟,'枕席'二字有工夫。"郎玉柱惊奇地问:

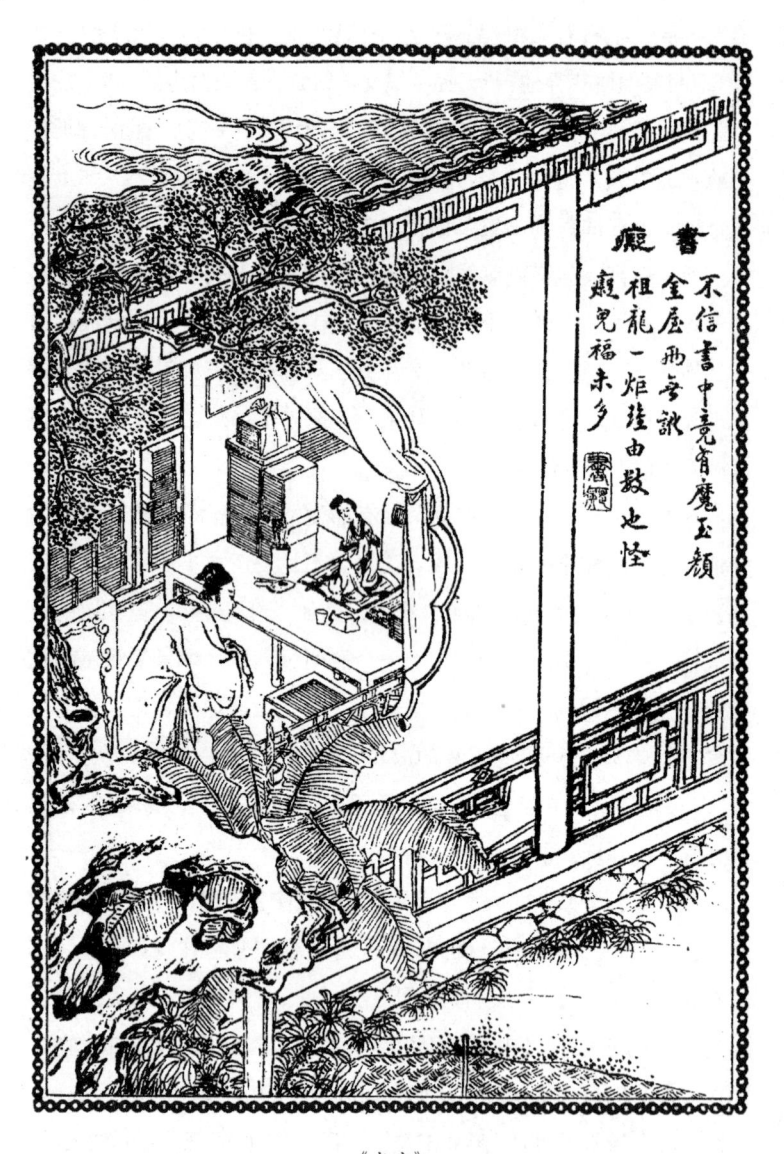

書不信書中竟有魔玉顏
癡祖龍一炬珪由數也怪
癡兒福來多金屋刑多誅

《书痴》

"何工夫？"颜如玉只是笑，并不回答。过了一会儿，她巧妙引导郎玉柱享受鱼水之欢。郎玉柱快乐极了，说："我没想到夫妇之间的乐事，是无法用语言表达的。"然后，他见人就说。听到他这番话的人没有不捂着嘴笑的。颜如玉责备他，郎玉柱说："那些钻洞爬墙的男女私会，才不可告人；我们是天伦之乐，有什么可避讳的？"贾宝玉说，圣贤书把好人变成禄蠹；郎玉柱却告诉我们，死读圣贤书，越读越傻。

颜如玉教郎玉柱如何"为人"是《聊斋》中最好玩、最搞笑的情节。当然这个情节绝对不仅是好玩和搞笑。颜如玉还要教郎玉柱如何在社会上"为人"，首先是如何读书。颜如玉告诫他：你默默读就是，不要大声朗诵。他不听。颜如玉说："你之所以不能飞黄腾达，就是因为大声诵读。你看进士榜、举人榜上，有几个人像你这样读书的？你再不听，我就走了。"郎玉柱暂时听从了，但是过了一小会儿，吟诵声又起。他去找颜如玉，却不知她到哪里去了。郎玉柱失魂落魄，一个劲儿祝祷，颜如玉却一点儿踪影也没有。他忽然想到颜如玉是从《汉书》出来的，便取出《汉书》仔细检查，翻到第八卷将半的地方，果然找到了纱剪美人。郎玉柱喊她，她一动不动；跪下哀求、祝祷，颜如玉才从书上走下来，说："你如果再不听我的话，我就永远跟你分手了。"

颜如玉让郎玉柱置办围棋、赌具，天天跟他下棋，玩赌输赢的游戏。但是郎主柱的心不在这些游戏上，瞅着颜如玉不在，就偷偷看书。他担心自己读书的事被颜如玉发现，就把《汉书》第八卷从原处取出来，混到其他书里，想迷惑颜如玉。一天，他正在入迷地高声朗读，颜如玉来了，他竟然没发现，等看到她时，急忙合上书本，但是颜如玉已经不见了。他翻天覆地搜查所有书本，最终还是在《汉书》第八卷中找到了，再次叩拜祈祷，发誓再不读书了，颜如玉这才下来。

颜如玉跟郎玉柱下棋，说："三天学不好，我就走。"到第三天，郎玉柱竟赢了颜如玉两个子。颜如玉又把琴交给郎玉柱，限他五天学会一支曲子。郎玉柱手弹弦，眼看谱，根本没工夫读书，时间长了，弹琴的技巧居然提高了不少。颜如玉每天跟郎玉柱喝酒、下棋、玩游戏、弹琴，郎玉柱乐此不疲，把读书的事都给忘了。颜如玉又怂恿他出门跟朋友交往，从此，郎玉柱风流倜傥的名声传扬开来。颜如玉说："你现在可以去参加考试了。"

颜如玉从书里来，却偏偏不同意郎玉柱一门心思地读书，她让郎玉柱学习的，是那些似乎与"读书"和"功名"毫不相干的东西。颜如玉让郎玉柱回归正常人的生活，享受音乐，享受游戏，不要死读书、读死书，也让他获得了与人交往的能力。郎玉柱用弹琴、下棋、赌博的本领交朋友，人们到处传说：郎玉柱很潇洒，很风流。郎玉柱人气大增，社会上、官场里、考场里的人，都知道有郎玉柱这么一个出色人物。这比他关起门死读书有用多了。所以颜如玉说："子可以出而试矣。"

颜如玉教郎玉柱在社会上"为人"耐人寻味。郎玉柱在这之前并不明白，人生在世，一要生存，二要温饱，三要发展，这些都不是关在书斋啃书本就可解决的，都得跟世人打交道。即使是读书人和读书人之间，也不可能每天每时的话题都是书。琴棋书画乃至赌博，这些跟书本毫不相干的东西，才是读书人互相交往的主要手段。郎玉柱缺少的不是书本中的学问，而是为人处世的学问。颜如玉让郎玉柱学习和掌握这一学问，歪打正着，使他走出封闭状态，到社会中与人交流，得到人们的尊重乃至敬仰，可以更顺利地走向功名之门。颜如玉对郎玉柱的这番改造,颇像现今社会特别强调的"情商"教育,是对"高分低能"者的正确引导。当然对这个情节也不妨换个角度理解:蒲松龄可能是借这个故事讽刺那些做了大官的人,讽刺那些所谓在科举考试中蟾宫折桂的人,其实并没有萤窗苦读,没有头悬梁、锥刺股,只不过是靠这类邪门歪道才青云直上的。

郎玉柱在颜如玉的引导下,渐渐通晓人情,一年多后,颜如玉生了个儿子,找奶妈抚养。一天,颜如玉对郎玉柱说:"妾从君二年,业生子,可以别矣。久恐为君祸,悔之已晚。"郎玉柱听到就哭了,伏在地上不起来,说:"卿不念呱呱者耶?"颜如玉清醒地知道如果她再长久待在人世,肯定会遭受灾祸,她想离开郎玉柱。郎玉柱居然无师自通,巧妙地用母子情打动她:"你就不顾及这个哇哇大哭的儿子吗?"但郎玉柱毕竟是缺乏社会经验的书生,亲族有人看到过颜如玉,又没听到郎玉柱和谁家订过亲,便问他怎么回事。郎玉柱不会撒谎,便沉默不语。这件事很快就传到了知县史公的耳朵里。史知县是少年得志的进士,听说颜如玉艳名,动了心,想把她占为己有。他以"妖孽"罪名拘捕郎玉柱和颜如玉。颜如玉藏得无影无踪。知县便把郎玉柱抓起来,革去秀才功名,严刑拷打,务必要颜如玉亲自到县衙。郎玉柱几乎被知县整死,也没有说出一个字。知县从丫鬟嘴里知道颜如玉是从书本上下来的,便亲自到郎玉柱家找。看到屋里书多得不得了,搜不胜搜,于是下令放火烧书。庭院浓烟密布,久久不散。

美丽的颜如玉永远消失了。经过这次惨变,"书痴"郎玉柱却变成了官场能手。郎玉柱本是老老实实的读书人,跟官场没有任何关系,但是他闭门书斋坐,祸从官场来。残酷的现实,使得郎玉柱最终跳出故纸堆,大开眼界。毁掉郎玉柱一切的史知县,他不也是个读书人吗？他为什么就能掌握郎玉柱及其他读书人的生杀大权？因为他是做了官的读书人！"黄金屋""千钟粟""颜如玉"，三个多么美好、多么有诱惑力的字眼，但是想要得到它们，首先就要不择手段地往上爬。爬上去可以作威作福，爬不上去就会被人欺凌，连自己的书本和妻子都保不住！这就是以血铸就的事实，这就是"人生"这部大书给郎玉柱的深刻教训。郎玉柱"成熟"了，他要复仇。他学会了把仇敌置于死地的一系列政治斗争手段：

第一，郎玉柱被释放后，"远求父门人书"，大老远地去求父亲过去的学生为他写信说情，恢复秀才身份。只有恢复秀才身份，他才有可能一步步地考上去。这年秋天，他中了举人；第二年，又中了进士，进入官场。当年郎玉柱在家里苦读，明明有父亲的同年在家门口做官，他都不懂得利用；现在，他却知道大老远地去找个当官的帮忙。对他来说，这是脱胎换骨的改变，是黑暗社会把羊逼成了狼。

第二，他巧妙地找到报仇捷径。郎玉柱对史知县的仇恨深入骨髓，他给颜如玉设了个灵位，早晚祈祷："你如果有灵，就保佑我到史某的家乡做官。"做官的目的就是报仇，报仇最好的办法就是查找史知县的劣迹，哪儿能查到？当然是他的家乡。于是，郎玉柱谋到一个巡察御史的职位，专门到史知县的家乡巡察，查到他的种种罪证，抄了他的家。当年，史知县抄了穷书生郎玉柱的家；现在，郎御史抄了史知县的家。

第三，郎玉柱本不想做官，他做官的目的就是复仇，那么复仇后怎样全身而退，离开黑暗的官场呢？郎玉柱竟然知道安排好退路。他在报仇过程中，被一位地位显赫的亲戚"逼纳爱妾"，便将计就计，收下了这个女子，假称丫鬟。史知县的家被抄后，他立即给皇帝上书请罪、辞官，然后带着爱妾回家去了。过去不知道夫妇情爱为何物的书呆子，现在竟然知道纳妾，还知道将纳妾作为御史查案过程中的失职行为，自我弹劾，离开他本来就不想待的官场，多聪明啊！

一个人可以发生多么大的变化？郎玉柱完全"成熟"了，可怕地"成熟"了。从一个书痴、书呆子，成长为官场斗争的能手；从只知道死读书，到在官场熟练地走门子；从软弱无助、如待宰羔羊的受害者，到纵横捭阖、如狐狸般狡猾的复仇者；从"不知为人"到"取妾而归"：前后判若两人。腥风血雨的社会使一个心思单纯的书痴"成长"为一个心思缜密的官员。

倘若曾给郎玉柱做过人生启蒙的"天上织女"此时能看到他，她还认识他吗？人啊人，你们在人间可以发生多大的变化？两滴晶莹的泪珠大概会从织女美丽的脸上流下……变成这样，织女大概会觉得既感动又心酸吧。

《书痴》写的是"痴"，写的是人的某一癖性。其实描写"癖性"是世界文学的重要现象。文艺复兴时期英国作家本·琼生以"癖性喜剧"在文学史上留名，他描写了人物的突出气质和痴性，如热情、冷淡、阴险、贪婪。巴尔扎克的小说也擅长描写人的癖性，比如葛朗台的吝啬，于洛男爵的酷爱女色，邦斯舅舅的口腹之欲。早在公元5世纪初，中国小说就自觉突出人物的某种癖性。《世说新语》按"德行"等三十六类品质写人，许多精彩片段被罗贯中纳入了《三国演义》。《聊斋》写"痴"写得最好的，是"情痴"孙子楚和"书痴"郎玉柱。郎玉柱这个"书痴"真是走火入魔，痴得怪诞，痴得可笑，痴得令人啼笑皆非，有点儿像堂吉诃德，令人忍俊不禁又觉得有几分可爱。书呆子经过人生启蒙产生深刻变化，更是令人深思。

《阿纤》：
高密老鼠精故事

"獐头鼠目"一词，主要用来形容某些形象猥琐、不讨人喜欢的人物。蒲松龄擅长做翻案文章，他已在《花姑子》里塑造了一对香獐父女形象，唱了一曲感天动地的真情曲，又把《阿纤》写成人鼠相恋的有趣故事。小说用大量笔墨描写两个家境相当的家长如何为青年男女的幸福着想，以及老鼠精一家的不幸遭遇。阿纤经大伯撮合和三郎结合，又因大伯干涉与三郎分手，最后两人复合。阿纤既是老鼠精，又是窈窕秀美的小家碧玉，她和丈夫三郎虽然经父母之命结合，却举案齐眉，十分相爱。在分分合合的过程中，阿纤的勤劳、聪慧、善良、诚实，以及识大体、顾大局的性格充分表现了出来。

山东高密的奚山以做买卖为生，常客居蒙阴、沂水之间。一天，他途中遇雨，等他到达每次投宿的地方时，夜已深了，他一家一家敲旅店的门，却没有人开门，只好在房檐下来回走动。忽然，有两扇门打开，一个老头出来，请他到自己家里。奚山高兴地跟老头进了门，把毛驴拴好，走进堂屋。屋子里既没桌子，也没床铺。老头说："我是可怜客人无处住宿，所以才请你进来。我并不是开旅店的。家里也没有多少人,只有老妻小女,都已经睡熟了。家里虽然有原先做下的饭食,但是没法热了,不嫌弃的话就吃凉的吧。"说完,进里屋拿出一个矮凳放在地上,让客人坐下,又进去端出一个短脚桌来。老头匆匆忙忙,迈着细小的步子来回跑,很是辛苦。奚山过意不去,便拉住老头,让他休息一会儿。

这段描写表面上是写奚山进入一户家境比较清苦的普通人家,实际上是在暗点这家人是老鼠,居处是鼠穴。蒲松龄设立了寓意双关的三个细节:第一个细节是这户人家"堂上迄无几榻"。你见过老鼠洞里有桌子、板凳、床铺、茶几的吗?当然没有。第二个细节是老头介绍"虽有宿肴,苦少烹䴕,勿嫌冷啜也"。虽然有隔夜的饭菜,但却没有锅热。你见过老鼠吃的东西是热的吗?自然都是早就储备好了,冷的。第三个细节是写老头"拔来报往,蹀躞甚劳"。"拔来报往"的"报"要念"fù",通"赴",出自《礼记·少仪》:"毋拔来,毋报往",不要往来频繁。"拔来报往",似乎是形容一个不太讲究礼仪的人匆忙地跑来跑去,实际是暗指老鼠来回穿梭。"蹀躞",是小步行走,"蹀躞甚劳"说明小步走个不停。你见过老鼠大步行走的吗?老鼠自然只能小步行走。这些细节既是写辛劳的主人,也暗示了主人是老鼠。没有几榻、饭菜陈冷、老头小步奔忙,表面上看是一户清贫人家,细琢磨则是老鼠洞和老鼠。这段描写太好玩、太有趣了。

不一会儿,一位少女出来给奚山倒酒。老头说:"我家阿纤起来了。"奚山看那少女,十六七岁的样子,"窈窕秀弱,风致嫣然",苗条娇弱,秀丽异常。实际上这是一只可爱的小老鼠。奚山的三弟还没结婚,他便暗自琢磨起来,询问老头的籍贯和门第。老头说:"我叫古士虚。子孙都夭折了,只留下这个小女儿。刚才我不忍心打扰

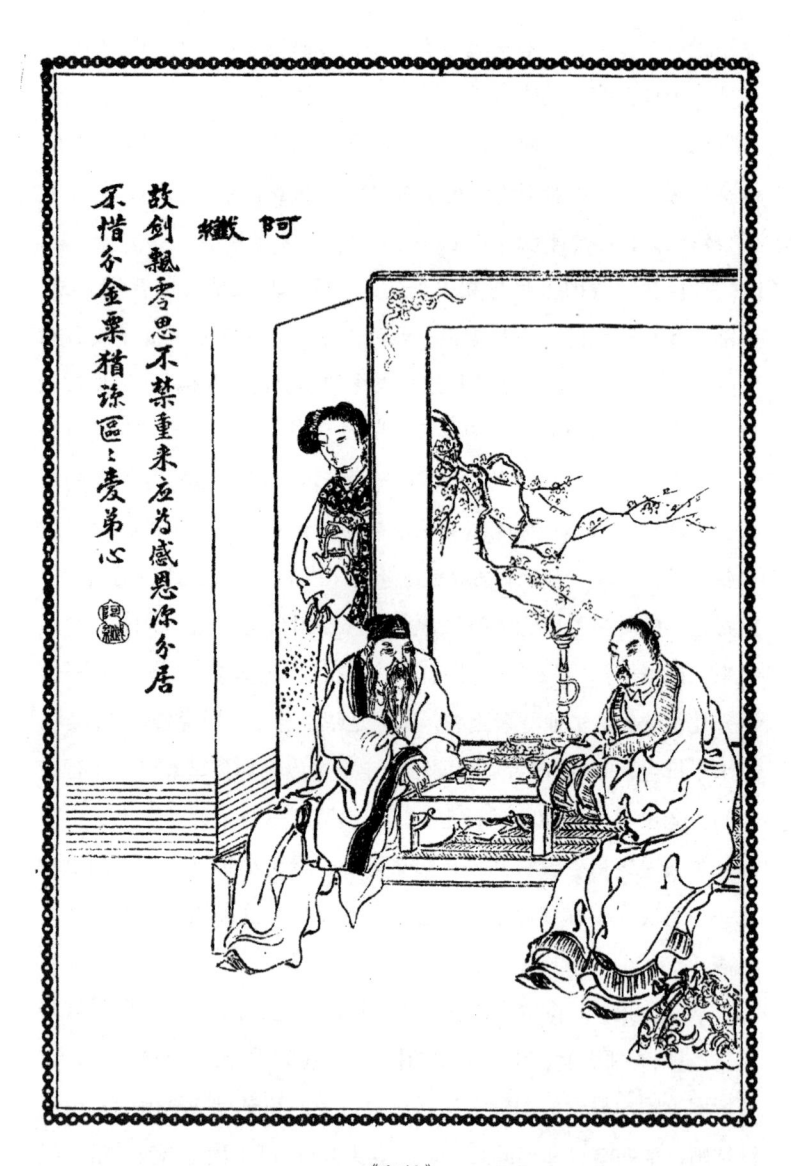

阿纤

故剑飘零思不禁重来应为感恩深分居
不惜分金粟犹谅区上爱弟心

《阿纤》

她酣睡，想来是老妻把她喊起来了。"奚山问："姑娘婆家是哪里？"古老头说："还没有许配人家。"奚山心中暗喜。过了一会儿，古老头摆饭待客，"品味杂陈，似所宿具"，饭菜乱七八糟地摆了一桌，好像早就准备好了似的。这越发有趣了。老鼠洞里怎么可能有新粮新菜？当然都是原来收藏的。吃完饭，奚山对古老头表示感谢，说："萍水相逢，受到您这么周到的接待，永远不会忘记。因为老先生高尚的品德，我才敢贸然提出一个请求：我有一个小弟三郎，十七岁了，正在读书，人还不笨。我想跟您家联姻，您不会嫌弃我们家寒微吧？"古老头欢喜地说："老夫在这个地方，也是侨居。如果能把小女托付到你家，就请借给我一间屋子，我把全家搬过去，也免得互相挂念。"古老头殷勤地安排奚山住下后便离去了。第二天鸡叫时，古老头喊客人梳洗。奚山整理完行装后，要给古老头饭钱。古老头坚决谢绝："留客人吃顿饭，哪有接受金钱的道理？何况我们还荣幸地跟你攀亲了呢。"

这段描写表面上看有怪异色彩吗？丝毫没有。古家家境贫寒，只有一个待嫁姑娘和老夫妻相依为命；奚山自称"寒贱"之家，弟弟还没娶媳妇。两家家境相近，两个青年男女年龄相当，结亲合情合理。古老头待客热情，为人诚恳；阿纤苗条文弱，懂事明理。他们接待奚山完全是纯朴下层人民的生活画面，是蒲松龄非常熟悉的生活，暗中有异类的寓意。

奚山跟古家人分别后，在外逗留了一个月，才返回来。离村子一里多路时，他遇到一个老太太领着一个少女，两人都穿着孝服。奚山觉得那少女很像阿纤。少女也频频回头看他，拉住老太太衣袖，附到耳边不知说了些什么。老太太停住脚步，问："你是奚先生吧？"奚山说："正是。"老太太神色凄惨地说："我家老头不幸被倒塌的墙

《阿纤》：高密老鼠精故事 | 123

压死了,现在我们要去给他上坟,家里一个人也没有。请你稍等一会儿,我们马上就回来。"说完进入树林。

古老太太说的"不幸老翁压于败堵"是最要害的一笔,后面奚山听到这个地方有巨鼠"压于败堵",互相对应,就把这家人的老鼠身份猜出来了。这是蒲松龄通过人物对话给故事情节埋下的伏笔。

研究者喜欢说《阿纤》是写人妖之恋,其实,这篇小说的恋情描写实在很少。阿纤和三郎婚后恩爱,无"恋"可言,他们是经父母之命结合的。阿纤是奚山替弟弟订下的,所以她的美丽可爱、机敏懂事都是通过奚山的眼睛观察到的。第一次是奚山借宿古家,看到阿纤"窈窕秀弱,风致嫣然",阿纤一句话也没说,神态就出来了。第二次是他们路上相遇,阿纤仍然一句话也没说,性情却显露出来了。在奚山眼中,穿孝服的姑娘是阿纤。阿纤认出了他,却不直接跟他打招呼,而是对他仔细地看了一遍又一遍,谨慎地怕认错人,太唐突。等她确定偶然相遇的确实是未来的大伯哥时,也不直接出面打招呼,而是拉住母亲的衣袖,对母亲附耳低言,估计是说:"那位就是跟我定亲的奚先生啊,妈妈您跟他打个招呼吧。"阿纤既机敏聪慧,又遵守三从四德,绝对不贸然跟男子说话,这一点蒲松龄写得极为准确而有分寸。

阿纤母亲让奚山等一会儿,她们进树林上坟去了。这很有趣,一只老鼠,死就死了,还有坟,这当然是人的特点。蒲松龄在似人非人、亦人亦妖上巧做文章,云山雾罩。过了一会儿,母女回来了。天色已晚,路都看不清,奚山便跟母女结伴而行。老太太说到老头死后自己和女儿孤苦伶仃、无依无靠,情不自禁地哭了起来,说:"这地方的人情很不平和善良,我们孤儿寡母的很难过日子。阿纤既是你家媳妇,不如今天晚上就跟你回家去吧。"奚山同意了。到了古家，老太太点上灯招待奚山吃过饭后，说："估计你要来，我们储存的粮食都已经卖掉了，还有二十几石，因为路远还没有送去。从这里往北四五里，村里第一个门，有个叫谈二泉的，是买我粮食的人。你不要怕辛苦，先用你的牲口送一口袋过去，敲开门，就说村里古老太太有几石粮食，要卖了做路费，请他派牲口来搬运。"古老太太说完，便把一口袋粮食交给奚山。奚山赶着毛驴前去，到谈二泉家敲了敲门，一个大肚汉子出来。奚山告诉他古老太太卖粮的话，把粮食倒出来后，回到了古家。不一会儿，有两个仆人赶着五头骡子来到，古老太太领着奚山到储存粮食的地方，原来是个地窖。奚山走下地窖，拿大斗过秤，古老太太装粮食，阿纤扎口袋，一会儿工夫，粮食就全部装完，交给谈家的人运走了，一共运了四次，才把粮食运完。然后，大肚汉子把钱交给古老太太。古老太太留下一个仆人、两头骡子，整理好行李，就跟奚山往东走。走了二十里路，天才亮。到了一个集市，租下牲口，谈家的仆人才回去。

阿纤家准备卖掉积攒的粮食跟奚山回家，这段描写意味深长。老鼠最擅长什么？积蓄。古家竟然积蓄了那么多粮食，五头骡子运了四次，这还只是他们卖粮的一部分。粮食卖给一个"硕腹男子"，自然是只胖老鼠。蒲松龄的用词真是随处成趣，信笔点染，妙趣横生。奚山帮助阿纤母女装粮食的描写非常简练："山下为操量执概。母放女收，顷刻盈装"。奚山是做买卖的，熟悉操作方法，他"操量执概"，用斗称量粮食。"概"是称量粮食时用来刮平斗、斛的用具。"母放女收"，女儿撑开口袋，母亲往里面倒粮食，流水化作业，写得多么细致。蒲松龄对这类中下层人民生活的描写驾轻就熟、真实可信。

奚山回到家把情况报告父母，父母看到阿纤后很喜欢，让古老太太住到奚家另一所房子里,挑选良辰吉日为三郎和阿纤完婚。古老太太准备的嫁妆十分丰厚。

到阿纤跟三郎成亲为止,小说女主角没说过一句话。也就是蒲松龄这样艺高人胆大的小说家敢这么写,能这么写。如果是一般作家,阿纤还不知说了多少话了。但在"世界短篇小说之王"的笔下,小说进展到一半,女主角虽然没说一句话,却胜过千言万语,形象已跃然纸上。阿纤跟三郎结婚之后,蒲松龄这样写道:"阿纤寡言少怒;或与语,但有微笑;昼夜绩织无停晷。"阿纤为人沉默寡言,很少发脾气,有人跟她说话,她也只是微微一笑,从不多嘴多舌。她白天黑夜地纺线织布,一会儿也不肯休息。家里上上下下都很喜欢她。蒲松龄完全用白描手法,写阿纤的善良勤劳、低调持重、自尊自爱,这完全是一个封建家庭中守礼守法、敬老爱夫的贤惠媳妇。这样过了三四年,奚家越来越富裕,三郎也做了秀才。

一切都太顺利、太平静、太美好,可是奚山对阿纤起疑心了。

阿纤终于开口说话了,她嘱咐三郎:"寄语大伯:再过西道,勿言吾母子也。"阿纤为什么不让大伯哥跟她原来的邻居讲她们母子的事?因为这里面埋藏了一个惊天秘密。清代点评家但明伦评:"寄语大伯数语,先为下文漏泄消息,若有意、若无意,若用力、若不用力。此等处闲中着笔,淡处安根,遂使遍体骨节灵通,血脉贯注。所谓闲着即是要着,淡语皆非泛语也。"

有一天,奚山住到古家的旧邻居家,偶然说到前些年他半路遇雨,找不到住的地方,到古家投宿的事。主人说:"你弄错了吧,我家东邻是我伯父的别墅,三年前,住在那里的人说,总是看到一些怪事,所以已经空废了很久,怎么会有什么老头老太太把你留下住宿呢?"奚山对主人的话半信半疑。主人又说:"这座宅子空了十年,没人敢进去。有一天，宅子后面的墙倒了，伯父过去查看，发现大石头下面压着一只像猫那样大的老鼠，尾巴还在摇动。伯父跑回来喊了好多人一同去看，那老鼠已经不见了。大家都说，原来是老鼠精作怪。"

这样一来，"石压巨鼠如猫"和"老翁压于败堵"对应上了，阿纤的老鼠精身份暴露了。但是，旧邻居家的主人只说是老鼠精作怪，却没说到底是什么怪事，老鼠精有没有伤害过人。看来蒲松龄对老鼠精相当友好，它们一点儿也没有损人利己的劣迹，只是有不同于人类的怪异行为，而奚山受不了了。这也非常正常，凡人怎么可能想跟老鼠成亲？奚山主要是担心弟弟受到伤害。回到家里，奚山把这话悄悄告诉家人，怀疑三郎媳妇是妖怪，替三郎担忧。但三郎对阿纤仍十分喜爱。时间长了，家人总是猜疑、议论。阿纤有点儿觉察到了，半夜对三郎说："我嫁给你已经好几年了，从没有不守妇德，现在你家的人竟然不把我当人看。请给我一纸休书，我走就是了，随你选择更好的妻子。"说着流下泪来。三郎说："我对你的一片真心，你都知道。自从你进门，我家一天天富起来，都说是你带来的福气，怎么会有人说你坏话呢？"阿纤说："你当然对我没有二心，只是众说纷纭，恐怕我终究会像秋天的扇子一样被你抛弃。"三郎再三安慰，阿纤稍稍平静下来。

奚山总是不放心，便天天寻访善于捕老鼠的猫，以观察阿纤的反应。阿纤虽然不怕猫，却总是皱着眉头，闷闷不乐。有天晚上，阿纤说母亲生病了，得回家侍奉，就告辞走了。第二天，三郎到岳母家看望，家里空无一人。三郎到处打听阿纤母女的下落，却一点儿消息都没有。你们怀疑我，不尊重我，我就坚决离开你们！文弱的阿纤掉头而去，坚定地维护自己的尊严，表现出弱女子的刚强和志气。三郎为阿纤揪心不已,饭吃不下,觉睡不着。父母哥哥却庆幸阿纤走了,走马灯一样来安慰三郎,要替他续娶,但是三郎很不乐意。自从阿纤离开,奚家的日子一天比一天穷,家人又回忆起她给奚家带来的好日子。人就是这么势利,只要能给家里带来好日子,哪怕你是老鼠精也没关系。

三郎对爱情的坚守和奚家人对阿纤的怀念,构成了阿纤回归的前提。

奚山的叔伯弟弟奚岚有事到胶州,途中绕道住在表亲陆家,夜里听到隔壁有人哭得很伤心,便问陆家人怎么回事。陆家人回答:"几年前,有一对寡母孤女租住隔壁房子,一个月前老太太死了,只剩下孤女一个人,什么亲戚也没有,所以经常哭泣。"奚岚问:"这孤女姓什么?"陆家人说:"姓古。她总是关着门不跟邻居往来,所以不知道她的家世。"奚岚惊奇地说:"她是我嫂子呀!"便到隔壁去敲门。有人边哭边从里边出来,隔着门板说:"客人是什么人?我家没有男人。"奚岚从门缝看清确实是嫂子阿纤,便说:"嫂子请开门,我是你的小叔子阿遂呀!"阿纤听了,开门请奚岚进来,告诉他自己的孤苦无依。奚岚说:"三哥想嫂嫂想得很苦。夫妻之间即使有点儿小矛盾,嫂子为什么要跑这么远呢?"说完就要赁车把嫂子接回去。阿纤说:"我被你家里的人看不起,就跟母亲一起找了个地方藏起来。现在我又主动跑回去,谁不拿白眼看我?如果一定要我回去,就叫你三哥跟大哥分家,不然的话,我吃毒药死了算啦。"

奚岚回家后,把遇到阿纤的事告诉了三郎。三郎连夜赶去,夫妻相见,伤心落泪。第二天,他们告诉了阿纤的房东。房东谢监生,因为看到阿纤长得漂亮,想把她弄到手做妾,所以几年来一直不肯收房租,一次次暗示古老太太,都被古老太太断然拒绝。这自然因为阿纤对爱情的坚守。虽然奚家对她不好,但她心里埋藏着对三郎的深情,即便对监生也不动心。古老太太死了,谢监生暗自庆幸娶阿纤做妾的事有希望了。谁知三郎忽然来了,谢监生便故意把几年房租合起来计算,为难阿纤,试图留住她。三郎家本不富裕,听说租金很多,有些为难。阿纤说:"不妨。"然后领三郎去看仓库存粮,竟有三十多石,交房租绰绰有余。三郎告诉谢监生。谢监生却故意不收粮食,一定要现钱。阿纤叹息道:"这是我命中的孽障!"遂把其中原委告诉三郎。三郎想到县衙告状,陆家人劝阻了他,帮助他把粮食卖掉,收齐钱交了房租,然后,又派车送夫妻二人回家。

三郎回家如实禀告父母,然后跟哥哥分了家。阿纤拿出私房钱,建起粮仓。奚家人都笑道:"家里没有一石粮食,建什么粮仓!"一年多后去查看,粮仓已经满了。古家人擅长积蓄粮食的情节已出现三次:第一次,古家翁媪积存粮食供阿纤出嫁;第二次,阿纤积蓄粮食帮自己脱身;第三次,阿纤建仓廪很快即满。这三处情节隐隐约约写出了老鼠善于积蓄的特点。真是趣笔!

没几年工夫,三郎家成了大富人家,奚山却十分贫穷。阿纤便把公婆接到自己家供养,还总是拿钱粮接济奚山。三郎喜悦地说:"你可真是人们常说的不念旧恶啊!"阿纤说:"他也是因为爱弟弟才那样做的。何况不是他,我哪有机会跟三郎认识呢?"阿纤不仅以德报怨,还能从好的方面体谅奚山的行为,多么善解人意、与人为善啊!

后来,他家再也没有发生过什么怪异的事。这一点很重要。蒲松龄钟爱的妖精,除非像绿衣女被救后用小爪子写个"谢"字那样优美有趣的情节,以及阿英变成鹦鹉翩翩飞走那样诗意化的情节,其他如扬子鳄、老鼠等,都是绝对不会露出原形的,因为那样太煞风景了。

表面上看，《阿纤》像日常生活中小门小户人家的联姻，有矛盾，也有夫妻聚合。一位长兄替幼弟定了门亲事，女方娘家发生变故，影响到夫妻之情，经过分分合合，最后皆大欢喜。不同的是，这个普通的爱情故事却有一位异类女主角。蒲松龄天才地把通常人们不齿的动物，幻化成可爱的艺术形象——阿纤很像一个娘家地位不高，在婆家忍辱负重，勤劳善良、为人低调的贤妻良媳。小说开始写奚山与古老头交往就隐伏其异类身份。古老头忠厚、老实、善良，但家居简陋，暗示鼠穴特点；吃的东西不少，却是冷的，暗示鼠粮特点；招待客人时古老头"拔来报往"，暗示鼠类多动特点。当古老太太要带阿纤走时，竟然需要五头骡子搬运粮食。这家"人"多么擅长积蓄！蒲松龄对爱情女主角异类特点的处理，特别细微、讲究、隐晦、善意，同时又惟妙惟肖。但明伦评："文贵肖题，各从其类。风人咏物，比、兴、赋体遂为词翰滥觞。"蒲松龄描写哪一类生灵，总会从它的生物性特点入手，既写物，又写人，既有暗喻，又有明写，赋、比、兴的手法全用上，文采飞扬，很有韵味。阿纤的怪异成分非常少，"鼠"的特性几乎已经消失了，她连猫都不怕，谁还能从她身上找到一丝一毫老鼠的痕迹？因此，我们完全可以将阿纤看成小家碧玉式的美丽女性，窈窕秀美，聪明机智，勤劳善良，为人低调，是个贤妻良媳。对于大伯哥的怀疑，她先是据理力争，然后毅然离开，返回后又通情达理，以德报怨。中国年画有"老鼠结亲"，蒲松龄是不是受其启发创作了《阿纤》呢？至于《西游记》里地涌夫人那样神通广大，一心想和唐僧成亲求得长生不老的老鼠精，与阿纤就完全是两类人了。阿纤的故事，既像一个平实的底层人民的现实生活故事，又像一个凡人和老鼠结亲的温馨有趣的童话，写出了人情，写出了世态，也写出了真情。

莫言喜欢说高密老鼠精的故事是"我爷爷的爷爷讲给摆茶摊的蒲松龄听的"。我曾告诉莫言：你爷爷的爷爷可能到过淄川，但他不可能把老鼠精的故事讲给蒲松龄听，因为蒲松龄摆茶摊请人讲故事纯属误传，鲁迅先生已经指出此事乃"委巷之谈"。蒲松龄为了糊口，在外教书几十年，哪有闲心摆茶摊收集故事？

《素秋》：
书中蠹虫和结义兄长

蠹虫是什么？是书虫，又叫衣鱼，古名"蟫"，是种非常小的蛀蚀书籍和衣服的虫子，身有银色细鳞，尾巴分二歧，形状有点儿像鱼。书中蠹虫化成美女，是蒲松龄又一发明创造。《聊斋》中出现过各种精灵化成的美女，专门描写皮肤的，素秋独一无二。为什么？蒲松龄把蠹虫的皮肤特点化到人物身上了。素秋"肌肤莹澈，粉玉无其白也"，"肌肤莹澈"是美女的特点，也是书中蠹虫的特点。《聊斋》中许多神鬼狐妖女性形象都如鲁迅先生所说"偶见鹘突，知复非人"，一直以正常女性出现，关键时刻才露出神异身份，素秋却一直带有明显的异类感。她刚露面就善于"弄怪"，小说结束时她偕夫泛海隐居，跟随她的仆人返老还童。寻常丝绸可以被素秋派作各种用场：家中来了客人，她剪出婢媪奔走上菜；她被纨绔子弟丈夫所卖时，剪出"巨蟒"，将众人吓退；她将剪帛术教给长嫂，等"村舍为墟"的灾祸来临时，小小帛片剪出护法神韦驮，变作一丈多高、云环雾绕的天神，保护其家。素秋温婉秀雅，聪明机智，明睿达观，有神秘、淡泊、谐趣的魅力，颇具神采，给神鬼狐妖的《聊斋》女性增加了富有诗情画意的特殊品类，被誉为经典形象当之无愧。但

《素秋》给人印象更深刻也更有思想意蕴的，是素秋现实世界中的结义兄长俞慎。而素秋的亲哥哥，蠹虫化成的俞忱，也是塑造得很成功的人物。如果说素秋表现的是对人生的达观、淡泊、智慧，那么俞忱就是对功名的痴迷、病态、迷茫，而他身上又有着鲜明的蒲松龄标志。

人物命名带有强烈的性格暗示和导向性，是蒲松龄常用的手段。《素秋》的男主角俞慎，字谨庵，谨慎、端方是他的性格基调。俞慎为人襟怀坦荡、光明磊落，常替他人着想，不存求私利的心眼儿；说话直来直去，绝不转弯抹角、旁敲侧击；办事干净利落，绝不敷衍了事、拖泥带水。按圣人之教行事，是他的处事原则；待人以诚，待友以义，是他的为人准则；耿直而不免主观倔强，是他的鲜明个性。俞慎是洁身自好的读书人，他跟素秋兄妹的交往，笃于情谊，信守道德准则，金钱不能引，权势不能移，活画出封建时代血肉丰满的正人君子的生动形象。

顺天府世家子弟俞慎进京赶考，住在郊外，时常看到对面人家一位面如冠玉的书生，很是喜欢。俞慎与其交谈之后，发现书生风雅至极。他拉住书生的胳膊，请他到自己的住处，摆宴招待。问起姓名，书生说："金陵俞士忱，字恂九。"俞慎听见是同姓，更觉亲切，便与其结拜为兄弟。俞士忱于是把名字减去一字，单名"俞忱"。第二天，俞慎来到俞忱家，只见书房整洁，门庭冷清。俞忱喊妹妹出来拜见兄长。妹妹肌肤晶莹，粉玉都比不了她的白嫩。过了一会儿妹妹亲自捧着茶盘向俞慎敬茶，好像家里没有用人。从此，俞慎跟俞忱像亲兄弟一样友爱。俞慎说："弟弟于千里之外安家，竟然连应门小童都没有，弟弟妹妹都这么纤弱，怎么生活？不如跟哥哥回家。"俞忱听了很高兴，约定考试后跟俞慎回家。

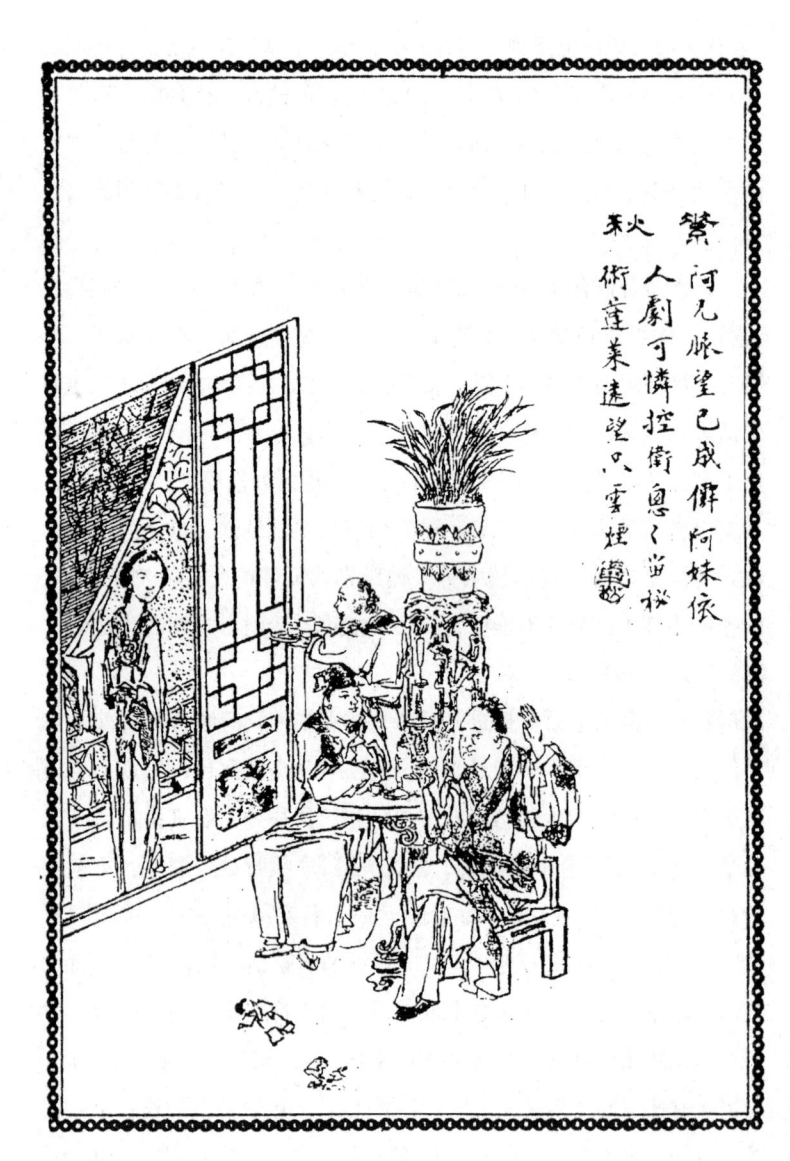

繁河凡脈望已成倚俙阿妹依
人劇可憐控衞息尒岫
秋火術蓬萊遠望凡雲煙

《素秋》

一切都像是普通的气味相投的书生之间的交往，接着，怪事出现了。考完后，俞忱说了句"妹子素秋准备了一些酒菜"，便拉着俞慎去了自己家里。素秋出来跟俞慎寒暄了几句，便放下门帘，到后边准备酒菜。过了一会儿，她亲自把菜端到桌子上。俞慎过意不去，说："让妹妹奔波，怎么过得去呢！"素秋笑了笑，进去了。不一会儿，帘子又掀开，却见一个丫鬟捧着酒壶，一个老妈子端着鱼盘走了出来。俞慎惊讶地说："这些人从哪里来的？怎么不早点儿干活儿，倒劳烦妹妹？"俞忱笑着说："素秋妹子又作怪了。"只听到帘子里传来"吃吃"的笑声，俞慎弄不明白怎么回事。酒宴结束，丫鬟、老妈子撤酒席时，俞慎咳嗽了一声，不小心将唾沫溅到丫鬟的衣服上，丫鬟应声倒下，手上盘也摔了，碗也碎了，汤也洒了。再看，哪是丫鬟？原来是用帛剪的四寸来高的小人！俞忱哈哈大笑。素秋笑着从帘子后边走出来，捡起小人走了。过了一会儿，丫鬟又出来了，像刚才一样奔走忙碌。俞慎大为惊讶。俞忱说："这不过是妹子小时候向紫姑神学的小把戏罢了。"素秋能驱使布帛小人，显然有怪异身份，俞忱的解释很难说得过去，俞慎却深信不疑，可见其为人之憨直，容易相信他人，不好猜疑。

俞慎问："弟弟妹妹都长大了，怎么还没婚嫁？"俞忱说："父母去世之后，是留在家乡还是去外地，还没想好，婚姻大事就拖了下来。"俞忱和俞慎商量后，把住宅卖掉，随俞慎回家。俞慎安排一座院子让兄妹居住，又派丫鬟服侍他们。俞慎妻是韩侍郎的侄女，特别怜爱素秋，让她跟自己一起吃饭，俞慎跟俞忱也一样。俞忱特别聪明，读书一目十行。他为什么这么聪明？人家本来就是书虫，当然聪明啦。他试着写了一篇八股文，连老学究也比不上。俞慎劝他去参加科举考试，俞忱说："我练习八股文，只是为了替你分担一些辛苦。我福分薄，不能做官，而且一旦走上求仕之路，就会整天忧心忡忡，考虑得失，所以我不想去考。"过了三年，俞慎又落榜了。俞忱替他不平，激动地说："在榜上占一个名额，怎么会艰难到这个地步？起初我甘于寂寞，现在看到大哥不能顺心如意，不由得内心发热，老童生也要学小马驹上场跑一下子。"俞慎把俞忱送进考场，结果俞忱在县、郡、道三场都考了第一名。

蒲松龄一生科举的伟大战绩就是十九岁考了县、郡、道第一名，成为山东省头名秀才，这是他可以炫耀的资本。但头名秀才，也仅仅是秀才。这段经历他又直接放到俞忱身上了。

俞慎和俞忱两兄弟越发刻苦攻读。第二年选拔秀才的考试，俞忱又考中县、郡头名，声名大振。远近的许多人家争先恐后地向他提亲，他都拒绝了。俞慎劝他接受一桩婚事，他说考完乡试再商量。没多久，乡试结束，倾慕俞忱的人争相抄袭他的文章，都说写得好。俞忱自己也觉得考第二名都不能接受。没想到发榜时，二人都名落孙山。消息传来时，两人正在喝酒。俞慎强颜欢笑，俞忱却大惊失色，酒杯掉到地上，身子也扑到桌子下面。众人把他扶到床上，没几天他就病入膏肓。俞忱把素秋叫来，对俞慎说："我二人虽然情同手足，实际并非一族。弟已登上鬼簿，受哥哥的恩惠没法回报。素秋已长大，既然嫂嫂喜爱她，就让她给哥哥做个小妾吧。"这里说"吾两人情虽如胞，实非同族"有两层意思：表面上说我们不是亲兄弟，实际上暗示了自己并不是人类。俞忱怕自己死后妹妹无依无靠，想让她给俞慎做妾，似乎也顺理成章，但俞慎严词拒绝了。俞慎满脸怒容地说："弟弟病得太厉害，开始说胡话啦！你想让人骂我是衣冠禽兽吗？"俞忱潸然泪下。俞慎花重金给俞忱买了口好棺材。俞忱让家人把棺材抬来，竭力支撑着，爬到棺材里躺好，嘱咐素秋："我死后,赶快把棺材盖上,不要让任何人看到我。"俞慎还想再跟俞忱说话,俞忱已闭上了眼睛。俞慎悲伤得像死了亲兄弟一样,心里又对俞忱那奇怪的遗嘱很纳闷儿。素秋出去时,他便悄悄打开棺材来看,里边哪有结义兄弟俞忱?只有俞忱入殓时穿的衣服像蜕下来的皮似的堆在那里,掀开一看,只见一条一尺左右、粉白如玉的书虫直挺挺地躺在里面。原来弟弟是书虫啊!俞慎又惊又怕。素秋匆忙进门,神色惨然地说:"兄弟之间有什么可隐瞒的?哥哥之所以再三嘱咐不让人看到他死后的样子,不是避忌你,而是怕他死后变形的事传出去,我也不能长久住在这里了。"俞慎说:"礼法是根据人的感情制定的,只要有真情,即使不是同类,又有什么区别?妹妹难道不知道我的心吗?就是对妻子,我也不会泄露半点儿的。请妹妹不要担心。"俞慎迅速挑了个良辰吉日,将俞忱厚葬了。

最初,俞慎想让素秋同官宦人家定亲,俞忱不乐意。俞忱死后,俞慎又跟素秋商量婚事,素秋也不答应。俞慎说:"妹妹已经二十岁了,却不出嫁,人们会怎么说我呢?"素秋说:"既然如此,就听哥哥的。只是我知道自己没有福相,不愿意嫁入侯门,找个清贫的读书人就可以了。"没几天,说媒的一个个地来了,但素秋都不中意。俞慎的妻弟韩荃来吊唁俞忱,瞅见素秋,非常喜欢,打算买回去做小妾。他跟姐姐商量此事,姐姐忙嘱咐:"千万别提这话,姐夫知道会生气的!"韩荃始终放不下素秋,便托媒人来说合,还暗示俞慎:可以替他打通乡试关节。俞慎将捎信人轰出门外,从此再也不跟韩荃来往。

已故尚书的孙子某甲有华丽高大的住宅,也派媒人来提亲。俞慎想让素秋亲自见见,便和媒人约好,让某甲到俞家来。到了约定的日子,内室垂下珠帘,素秋坐在里面相看。某甲来了,俊秀风雅,

《素秋》:书中蠹虫和结义兄长 | 137

文质彬彬，骑着高头大马，穿着貂皮袍子，随从一大群，满街满巷的人都来围观，赞不绝口。俞慎很喜欢他，素秋却一点儿也不高兴。俞慎认为某甲是理想对象，硬是将素秋许配给他，并且准备了丰厚的嫁妆，花了不少钱。素秋坚决制止，只要一个老女仆跟自己嫁过去。俞慎不听，到底还是送了许多嫁妆。

在素秋的婚事上，俞慎颇有点儿家长作风，尽管素秋表示她只想跟寒士结合，愈慎仍从世家子弟中选婿，并以甲第、裘马、容貌为主要标准，还一意孤行，不听当事人的意见就同意了。他相中尚书家公子某甲，"素秋殊不乐，公子不听，竟许之"。素秋后来为丈夫所卖，其实就源于处处关怀她、照顾她、替她着想的兄长乱点鸳鸯谱。

素秋嫁过去后，夫妻感情似乎很好。所谓夫妻感情好，其实是假象，也是素秋用法术实现的，后面真相会揭晓。素秋怕兄嫂挂念，每月都要回一次娘家，来的时候，都要带回几件珠宝首饰，交给嫂子收藏。嫂子不知道素秋是何用意，便暂且替她收起来。这也是一个伏笔，素秋早就把兄嫂送的首饰带回了娘家，准备有朝一日跟名义上的丈夫分手。素秋的警惕性为什么这样高？因为她有识人之明。某甲从小死了父亲，母亲溺爱，渐渐被坏人引诱吃喝嫖赌，祖上传下来的金石玉器，都被他卖掉还赌债了。曾想纳素秋为妾的韩荃，跟某甲是远房亲戚，招呼某甲到他家喝酒，表示愿意用两个美妾外加五百两银子交换素秋。某甲开始不同意，韩荃再三要求，某甲有点儿动摇，只是怕俞慎知道后不会善罢甘休。韩荃说："俞慎跟我是至亲，素秋又不是他亲妹子，等到事情办成，他也就无可奈何了。出了事我承担！有我父亲在，还怕俞慎不成！"接着，他让两个小妾出来给某甲敬酒："如果按我说的办，两个美人就是你的啦。"某甲受到迷惑，跟韩荃约定交换日期后就离开了。到了那一天，某甲怕韩荃骗他，晚上就先等在路边，钱和人都到手后，他便跑到内室，骗素秋说："你大哥得了急病，派人叫你马上回去呢。"素秋很着急，便急匆匆地出了门。马车走起来，往韩荃家驶去。天黑，不久众人就迷了路，不知到了什么地方，越走越远，怎么也走不到韩家。忽然，前面有对巨大的灯烛移过来，大家暗暗庆幸可以问路了。不一会儿，灯烛移到跟前，原来是大蟒蛇的眼睛！众人怕极了，四散而逃，马也跑没了影儿，马车被丢在路边。天快亮时，他们又回来，马车已经空了。大家猜测素秋一定是被蟒蛇吃了，便回去告诉主人。韩荃垂头丧气，无法可想。

几天后，俞慎派人到某甲家看妹妹，才知道妹妹被坏人骗走了，起初他还没怀疑某甲，等把丫鬟领回家，问明情况才知道。俞慎一气之下跑到县里告状，告完县里告府里。某甲害怕了，向韩荃求救。韩荃正因为丢了银子，没了小妾，懊丧异常，便不肯帮他。某甲什么办法也想不出，抓他的传票来了，他就送钱贿赂，暂时逃过了审讯。过了一个多月，他家里的金银珠宝、贵重衣物已经典当一空。

俞慎又到巡抚衙门告状，巡抚催办很急，知县接到必须严办的命令，不敢懈怠。某甲知道再也躲藏不下去了，这才在公堂上如实供述跟韩荃私下交换的经过。审案官传韩荃对质，韩荃只好把实情告诉父亲。韩侍郎当时退休在家，对儿子犯法十分恼火，把儿子捆起来交给了衙役。韩荃对审案官说到遇蟒蛇的事，审案官说他造谣，逼他把素秋交出来。韩家的仆人都被严刑拷问，某甲也多次受到拷打，幸好他母亲卖了田地家产，上下打点营救，所受的刑才不太重，没死在公堂上，而韩荃的仆人已死在监狱里了。韩荃被困在狱中很长时间，托人送信，愿意拿出一千两银子给俞慎，求他罢讼，俞慎不肯。某甲母亲又请求俞慎让官府将此案作为疑案暂时挂起来，让

《素秋》：书中蠹虫和结义兄长

人去寻访素秋的下落。俞妻也受婶母所托,哀求俞慎暂时饶了弟弟,俞慎这才答应。

过了几天,俞慎正坐在书斋中,素秋突然领着一个老妇人走进来。俞慎惊奇地问:"妹妹一直没事吗?"素秋笑着说:"那条大蟒蛇只不过是我的小伎俩。那天夜里我逃到一个秀才家,一直跟他的母亲住在一起。秀才说他认识哥哥,现在就在门外等候,请让他进来吧。"俞慎慌忙迎出去,原来是宛平名士周生,两人平时就意气相投。俞慎立即拉着周生的手臂把他请进书斋,谈了很久,这才知道素秋失踪一事的来龙去脉。原来,素秋一大早去敲周生的家门,周母请她进门,问她怎么回事,知道她是俞慎之妹。周生想马上跑去通知俞慎,素秋阻止了他,跟周母住在了一起。素秋聪明懂事,周母十分喜欢她,因儿子还没娶媳妇,便透出点儿意思给素秋,素秋以没得到长兄允许推辞了。周生也不肯跟素秋做无媒之合,便频频探听俞慎告状的事。在知道双方已调解后,素秋禀报周母,想回娘家。周母便派周生跟一位老太太送她回家,并且嘱咐老太太向俞公子提亲。俞慎因为素秋在周生家住了很久,有心成全他们,又不好意思说,听到老太太来为周生说媒,大为高兴,立即跟周生当面订立婚约。

素秋想让俞慎拿到那一千两银子后,再宣布自己回来了。俞慎不肯,说:"我丢了妹妹无处泄恨,才故意索要许多银子好让他家败落。现在见到妹妹,万两银子岂能换!"于是马上派人告诉那两家,这场官司就立即结束了。俞慎又想到周生家本来就不富裕,离这儿又远,便干脆把周母接来,让周家住俞忱的院子,给周生和素秋举行婚礼。

一天,嫂子对素秋开玩笑地说:"妹妹现在有了新夫婿,当年的枕席之爱，还记得吗？"素秋微微一笑，对当年陪嫁的丫鬟说："你还记得吗？"嫂子不理解，好奇地追问。原来，素秋跟某甲做了三年夫妻，晚上夫妻同床，都是丫鬟代替的。每到晚上，素秋就用眉笔画一画丫鬟的双眉，让她去某甲的房间。丫鬟对着烛光坐着，某甲竟然看不出她不是素秋。嫂子听了，越发觉得神奇，就向素秋请教这个法术。素秋只是笑，不说话。

第二年是乡试之年，俞慎要和周生一起去考试。素秋说周生没必要去。俞慎不听，硬拉着周生一起去了，结果俞慎考中了举人，周生则名落孙山。周生遂生归隐之志。再过一年，周母去世，周生于是再也不提参加科举考试的事了。

一天，素秋对嫂子说："你以前问过我的法术，我本来不肯拿这些哗众取宠。现在我就要远离此地，跟兄嫂分开了，所以想悄悄地将法术传授给你，将来也可以帮助全家避开兵灾。"嫂子惊讶地问："你要到哪里去？"素秋回答："三年后，这个地方就没人烟了。我身体虚弱，不能忍受惊吓，打算到海滨隐居。大哥是富贵中人，不可能跟我们一起去，所以，我要跟嫂子告别了。"接着，便把自己的法术传授给了嫂子。

过了几天，素秋又把要走的事告诉俞慎。俞慎极力挽留，素秋还是坚持要走。俞慎哭了，问："妹妹要到哪里去？"素秋不肯说。第二天鸡叫时，素秋跟周生起来，带着一个白胡子老仆，骑着两头驴子走了。俞慎暗地里派人跟着他们，走到胶州地界，起了一阵大雾，遮住了整个天空，大雾消散后，素秋二人就已不见了。

三年后，李自成的队伍进攻顺天府，村舍变成了废墟。嫂子用布帛剪成神像放到自家门内，李自成的队伍来时，只见云雾环绕着一丈多高的韦驮，就都吓跑了。俞家安然躲过了兵灾。

《素秋》：书中蠹虫和结义兄长 | 141

后来，村里有个商人来到海上，遇到俞家原来的老仆，发现他的白发和胡须都变黑了。人怎么可能越活越年轻呢？商人一时不敢相认。老仆停住脚，对商人说："我家公子身体还好吗？麻烦您回去带个信：素秋姑娘也很安乐。"商人问："你们住在什么地方？"老仆说："远着呢。"说完就匆忙走了。俞慎听说这件事后，派人到那个地方到处探访，竟然没有发现一点儿素秋一家的踪迹。

素秋在大变故中结识知己周生，俞慎却因为素秋失踪跟某甲打起官司。某甲"赂公子千金，哀求罢讼，公子不许"，后经妻子说情，才接受对方的条件以待寻访。此时素秋夜归，并狡黠地提出"得金而后宣之"，想要大哥发个小财，并惩罚恶人。俞慎却坦荡地表示："向愤无所泄，故索金以败之耳。今复见妹，万金何能易哉！"立即通知某甲，放弃千金。但明伦评曰："不俟得金而后宣，心中所存者真，目中所见者大。"与绝不贪财的品格相比，俞慎对待素秋与周生亲事的态度尤其令人感动：周家之媪向俞慎求亲，俞慎私下认为素秋在周生家住了那么久，二人可能已有私情，如果他主动提出将素秋嫁给周生，可能会使妹妹难堪。周家提亲，正中下怀。俞慎尊重既非同胞也非同族的妹妹，小心翼翼地不伤害妹妹的自尊心。这个细节为憨直书生增添了一份温柔和细腻。至于他考虑到周生家贫穷，将周家举家迁来，住在俞忱旧第，更表现了处处为妹妹着想的兄长的细致、周到，以及在金钱方面的大方、豪爽。

蒲松龄创作俞慎这个人物时，让他经受了各种各样的考验：面对结义兄弟变为"妖异"的考验；面对美色的考验；面对金钱和功名的考验。经过各种人格试炼后，俞慎这一人物的性格发出了璀璨的光辉。这个人物特征性的动作和个性化的语言对刻画人物很关键。用《聊斋》点评家的话来说，小说就是在表现俞慎的德言懿行，"子臣弟友之经，忠孝廉节之则""正我修为，求慊戒欺"，他的举手投足、一言一笑，都有正人君子的特点。俞慎偶遇俞忱，相谈后大悦，立即"捉臂"邀至寓；素秋藏周生家，周生到俞家，俞慎立即"把臂入斋"。"捉臂""把臂"是蒲松龄为俞慎设计的特有动作，对俞忱如此，对周生亦如此。这是胸无城府、待人热情者特有的动作，为人矜持、故作高深之人绝不会这样做。当俞忱建议俞慎纳素秋为妾时，俞慎"作色"，即变脸色，这是因听到降低自己人格的建议而生气，因情同手足的弟弟竟没将自己看成亲哥哥而失望。他说的"人头畜鸣"，十分文雅，既符合名士的身份，又表现出了极度的气愤。

　　俞慎兄弟共同参加科举考试，俞忱落榜而死化为蠹虫的描写，真实而又荒唐，富有深意。《聊斋》中"异史氏曰"部分总是对小说正文所描写的主角或主要事件发表评论或加以引申，而《素秋》中的"异史氏曰"部分既不评论男女主角，也不评论小说主要事件，而专议俞忱化为蠹虫的情节，并且指出，耍笔杆子的没有当官的命，因为考官是瞎子："管城子无食肉相，其来旧矣。……宁知糊眼主司，固衡命不衡文耶？"就像孙悟空跳不出如来佛的手心一样，蒲松龄总是离不开"科举"情结。"蠹虫化人"是《素秋》的重要情节，是《聊斋》"主题氛围"的重要组成部分，所以不管是写爱情、写官场还是写世态，蒲松龄总是会身不由己地回到对"考不上举人"一事的感叹上，甚至有点儿喧宾夺主。作家的身世遭遇总会影响到他的作品，这是一点儿办法也没有的。

《鸽异》：
中华美鸽博览会

《鸽异》描写奇异珍贵的鸽子，描写鸽神，虽然也描写人物如张公子、贵官等，但一点儿不涉及他们的人生际遇，只围绕他们和鸽子的关系做文章，所以这是一篇立意新颖的《聊斋》佳作，是文字版的"中华美鸽博览会"，也是镂金错彩的名物志、韵致优美的哲理文。这样的小说岂不比悲欢离合的小说更让我们耳目一新？

小说开头大肆渲染，一一列举中国各地的著名鸽子："鸽类甚繁，晋有坤星，鲁有鹤秀，黔有腋蝶，梁有翻跳，越有诸尖：皆异种也。又有靴头、点子、大白、黑石、夫妇雀、花狗眼之类，名不可屈以指，惟好事者能辨之也。"接着，引出爱鸽人山东邹平张幼量，他按照《鸽经》记载的各种异鸽，到处寻访，力求把各种异鸽找全。他养鸽子像照料婴儿一样，冷了用甘草治疗，热了放些盐粒。鸽子喜欢睡觉，但是睡的时间太长，就容易产生麻痹病甚至死亡。张公子在扬州用十两银子买来一只鸽子，身子特别小，善于走路，放到地上，它就不停地转来转去，不到累死不停止，所以需要有人用手握住它，以免它转个不停；夜晚，把它放到鸽群里，让它惊醒那些贪睡的鸽子，避免得麻痹病。这种鸽子名叫"夜游"。山东养鸽人家，没有比得上张公子的，张公子也以此自豪。

《鸽经》于康熙三十六年（1697）公开发行，是总结千百年来养鸽经验的重要专著。这本书提出鸽子"种类最繁，总分花色、飞放、翻跳三品"。《鸽异》开头提到的各个省的著名鸽子，《鸽经》都做过介绍，如：山西名鸽坤星，凤头、金眼，背上有七颗银色的星星；山东名鸽鹤秀，凤头、银嘴、鸭掌，头和尾巴是白色的；贵州名鸽腋蝶，白色的羽毛上有紫色花纹，两腋有两团锦羽，状如蝴蝶；河南名鸽翻跳，可以飞到空中，像轮子一样转动；浙江名鸽诸尖非常小，嘴像大米粒，脚像麻雀爪。《鸽经》在介绍各种异鸽之后，对如何养鸽也有详细说明。从《鸽异》的描写推测，蒲松龄认真地研究过《鸽经》，再用浪漫的想象把《鸽经》中的几种鸽子铺排到小说里。

一天夜里，张公子坐在书斋中，忽然有位白衣青年敲门进来。张公子问他姓名，回答说："我是到处漂泊的人，姓名不值一提。我听说您善于养鸽子，这也是我平生所好，我想看看您养的鸽子。"

张公子就把自己所有的鸽子放出来让青年看，五颜六色，像天上的彩云。青年笑着说："人们说的果然不错，公子真是养鸽养到家啦。我也有几只鸽子，您愿意看看吗？"张公子高兴地跟着青年往外走，月色昏黄，野外景色荒凉萧条，张公子暗暗怀疑、害怕。青年指着前面说："请再走一段路，我的住处不远了。"又走几步，看到一个道院，只有两间房。青年拉着张公子的手让他进去，里边黑黑的，没有点灯。

白衣青年站在院子里学鸽子叫，忽然，两只鸽子飞出来，毛色纯白，它们飞到跟屋檐一般高时，边飞边斗，每次相斗，都要翻个筋斗。青年挥挥手臂，两只鸽子就翅膀相连，一起飞走了。《鸽经》

中提到，河南名鸽翻跳飞到空中会像轮子一样转动，蒲松龄这里把它们写成边飞边斗，同时还翻筋斗。

白衣青年又撮起嘴唇发出奇特的叫声，又有两只鸽子飞出来，大的像野鸭子那么大，小的只有拳头大小。两只鸽子落到台阶上，像仙鹤似的跳舞。大的伸长脖子，张开的两只翅膀像屏风一样，边叫边跳，边转边舞，像是在逗引小的；小的上上下下地飞着、叫着，有时飞到大的头顶，扇动翅膀，像燕子落到蒲叶上，声音细碎，好像小娃娃摇响的拨浪鼓；大的伸着脖子不敢动，叫声更急，声音变得像敲磬一般。两只鸽子配合默契，间歇错落都合乎节拍。过了一会儿，小的飞起来，大的又转来转去地引小的回来……这两只鸽子，小的像浙江名鸽诸尖，大的则像贵州名鸽腋蝶的放大版，尤其是那两只翅膀，就像蝴蝶翅膀一样，是有些夸张的写法。蒲松龄巧妙地用《鸽经》中两个地区的名鸽组合成一组鸽子舞，写得太妙了，太美了！而欣赏《聊斋》文字之美，还是得读原文："少年立庭中，口中作鸽鸣。忽有两鸽出：状类常鸽，而毛纯白；飞与檐齐，且鸣且斗，每一扑，必作筋斗；少年挥之以肱，连翼而去。复撮口作异声，又有两鸽出：大者如鹜，小者裁如拳，集阶上，学鹤舞。大者延颈立，张翼作屏，宛转鸣跳，若引之；小者上下飞鸣，时集其顶，翼翩翩如燕子落蒲叶上，声细碎，类鼗鼓；大者伸颈不敢动，鸣愈急，声变如磬。两两相和，间杂中节。既而小者飞起，大者又颠倒引呼之。"古代作家有关鸽子的诗歌不多，也没出现多少名句，南宋太学生为讽刺皇帝宋高宗养鸽子写下的"万鸽盘旋绕帝都，暮收朝放费工夫"算是比较有名的，而在小说里把鸽子写得这样真切、这样细致、这样优美生动的，只有蒲松龄。

青年向张公子展示的鸽子达到了美鸽的极致。先出来的两只白

鸽异

撮口行人作
异彀
连翻双鸽斗
飞鸣
雁门贪雁真
堪叹
不惜珠禽付
昇篁

《鸽异》

鸽虽然"状类常鸽",却仅仅是"类",实际上它们善于表演,还会在空中翻筋斗。这两只鸽子似乎是美鸽表演的序幕,接下来,两只体型完全不同又互相映衬的鸽子出来,才是重头戏。一只极大,一只极小,大有深意,因为大鸽子要协助小鸽子表演,两只鸽子先做鹤舞。为什么要做鹤舞?因为传说中鹤是最会跳舞的鸟儿,而今鸽舞也绝不逊色,说明鸽舞之优异。接着,是它们自己精心编排的鸽舞,舞出了神韵,舞出了灵气,舞出了特点,舞出了水平。像野鸭子那么大的大鸽子张开宽大的翅膀,伸长脖子,形成屏风,像风帆一样飘动、回旋,又叫又跳;像拳头那么小的小鸽子绕着这架屏风边飞边舞边叫。这段鸽舞,妙在鸽子边舞边鸣,鸣声又变幻不定,有时像独唱,有时像二重唱,抑扬顿挫,合乎节拍。这样的描写,真是动静结合,灵婉轻快,跳脱佳妙。《聊斋》真是达到了"志异"之最。

张公子连声夸赞:"您的鸽子太好了!"自己感觉望尘莫及。接着,他向白衣青年作揖,请求割爱。青年不同意。张公子再三请求,青年就把那一大一小两只鸽子呵斥走了,又撮起嘴唇发出叫声,招呼两只白鸽出来,放在手上,对张公子说:"如果不嫌弃,就把这两只送给您吧。"张公子忙接过来赏玩,只见鸽子的眼睛映着月光,呈现出琥珀似的颜色,而且两眼清澈透明,中间就好像没有隔阂,黑眼珠圆圆的像胡椒粒。掀开翅膀,只见胸前腹部的肉像水晶一样,晶莹透亮,五脏六腑清晰可见。张公子知道这鸽子非常珍贵,可仍不知足,继续苦苦索求其他鸽子。青年说:"还有两种没献出来,现在我也不敢再请您看了。"两人正在争论不休,张公子的家人举着火把来寻找主人。张公子回头看白衣青年,发现青年突然变成一只白鸽,冲上夜空飞走了。再看看眼前,哪有什么院墙、房屋,只有一座小小的坟墓，旁边种了两棵柏树。

白衣青年原来是鸽神。其实他一出现，蒲松龄就做了暗示。他身着白衣，暗示这是一只大白鸽。张公子问他是谁，他自称到处漂泊，更是妙语！整天在天上飞翔，岂能不算"漂泊"？

张公子跟家人抱着那两只白鸽，惊讶着，叹息着，回了家。张公子让两只鸽子试飞，两只鸽子的驯服和奇异都像他最初看到的那样，虽然不是鸽神那些鸽子里最好的，但在人世间也绝无仅有。张公子对两只鸽子爱护备至，过了两年，繁育了雄、雌白鸽各三只，最要好的亲戚朋友来求，张公子也不给。

张公子有位父执（父亲的朋友）似乎对他的鸽子产生了兴趣，其实是可怜的张公子想多了。他为什么会想多？因为作为世家公子，他得遵守对待父执的礼仪。《礼记·曲礼》对晚辈见到父执的礼数有明确规定："见父之执，不谓之进，不敢进；不谓之退，不敢退；不问，不敢对。"这就要求晚辈对待父亲的朋友要非常恭顺才行。张公子的父执某公是贵官。他见到张公子，信口问了句："养了多少鸽子呀？"其实这不过是长辈跟后辈没话找话。一个身居高位的老人跟无所事事在家玩鸽子的侄子能有多少共同语言？他这样说，并无讨鸽子来养的雅兴，而张公子却为这句淡话展开了激烈的思想斗争。他先是以自己之心度父执之腹地想：父亲的朋友是不是也喜爱鸽子？既然他问了，我就得送鸽子给他呀，可又舍不得。又想：长辈的要求怎么可以拒绝？张公子这时想的是"长者之求"，我觉得可能还包含一层"贵官之求"，因为他养的鸽子"虽戚好求之，不得也"。难道在求他送鸽子的"戚好"里面就没有长辈？估计是没有贵官吧。"长者之求，不可重拂，且不敢以常鸽应"，这几句话有点儿皮里阳秋，对张公子的心理写得很委婉，但多少暗含点儿对他趋炎附势的贬义。张公子选了两只异种白鸽，装到笼子里，给某公送去。他自己认为，就是送一千两银子，也比不了这两只白鸽。蒲松龄想揶揄或挖苦的主要还不是张公子，而是那位一点儿风雅细胞也没有的贵官。张公子诚惶诚恐地送鸽子，且连鸽子笼一起送，某公即使过去不曾养过鸽子，看到这么美丽的鸽子，这么精美的笼子，也可以养一养鸽，怡一怡情了吧？然而真是"肉食者鄙"，这位贵官竟是焚琴煮鹤之徒。张公子以极爱之物送给不爱之人，结果就出现了令人尴尬的场面。张公子再见到某公，不由自主地流露出有恩于他的表情，某公却一句感谢的话也没有。张公子忍不住问道："上次送给您的鸽子还好吧？"某公回答："也还算肥美。"张公子大吃一惊，问："您把它们煮着吃了？"某公说："是啊！"张公子大惊失色，说："这不是一般的鸽子，是人们常说的'靼鞑'呀！"某公回想了一会儿，然后说："味道倒也没有什么特别之处。"张公子悔恨不已，灰溜溜地回了家。这段对话实在妙趣横生："前禽佳否？""亦肥美。"张公子心目中千金不啻的名鸽，贵官却说："味亦殊无异处。"太妙了。

蒲松龄看来仔细研究过张万钟的《鸽经》，才把"靼鞑"作为被贵官下汤锅的美鸽。"靼鞑"也作"鞑靼"，是一种什么样的鸽子呢？《鸽经·花色》载："鞑靼，夜分即鸣，声可达旦，因以名之。雄声高，雌声低，高者如挝鼓，低者如沸汤，千百方止。"靼鞑是半夜就叫，一直叫到早上。雄鸽叫声高，雌鸽叫声低；雄鸽叫声像敲鼓，雌鸽叫声像水沸。它们能叫上千百声。靼鞑的飞翔高度不超过墙头，是鸽子中个头比较大的一种，再加上它脏腑透明，很容易让贵官把它当成应该吃掉的美食，并得出"亦肥美"的结论。蒲松龄在这些地方非常细心，他不会让张公子养那只跳舞的小鸽子再送给贵官，那肯定引不起贵官的口腹之欲。天才小说家即使在这些最微小的地方也颇动脑筋。

张公子灰心丧气地从父执那儿回来,夜里,梦到白衣青年来了,责备他说:"我以为您能爱护鸽子,才把子孙托付给您,您怎么能让它们明珠暗投,葬身汤锅呢?现在我要带孩子们走啦。"说完,变成一只白鸽,张公子所养的那些白鸽全都跟着他,边飞边叫地离去了。天亮后,张公子去看鸽子,那些奇异的白鸽果然一只也不见了。他懊恨不已,就把自己所养的鸽子分送朋友,几天之内就送完了。张公子的举动,说明他是真伤心、真灰心了。

张公子爱鸽,鸽神向他托以子孙,异鸽却在俗世遭遇悲剧,被贵官丢到汤锅煮了,还说味道没什么异常。小说前段写异鸽之美,皎洁如月;后段写世情之恶,暗黑如磐。悲剧就是将美好的事物毁灭给人看。异鸽的悲剧,发人深思,令人联想到一切美好事物在恶势力面前的不幸。我觉得蒲松龄写《鸽异》,一方面是展示自己的博物知识,另一方面是调侃世情,而且主要不是讽刺出于对父执的尊重而使明珠暗投的张公子,而是调侃焚琴煮鹤的贵官。

根据考古和历史文献记载,中国人驯养鸽子已经有上千年历史,或为观赏,或用作信鸽。《开元天宝遗事》有"传书鸽"的记载,说宰相张九龄年轻时,家里养了很多鸽子,他和朋友书信往来,把信系在鸽子腿上,鸽子就能按照他要求的地点送去。张九龄把鸽子叫作"飞奴"。至于将飞鸽传书用作军事目的,更是早就有的事。而蒲松龄认为养鸽是文人雅事,拿鸽子当食物是焚琴煮鹤。

这个奇异的故事,写的是真人假事。真人是谁?小说男主角张幼量。有研究者考证,《鸽经》作者张万钟的弟弟张万斛,字幼量,他就是一个按照《鸽经》养鸽子的人。张万钟是王士禛(又名王士禛)的岳父，张幼量是王士禛的叔岳父。王士禛于康熙五十年（1711）去世，他曾四次阅读《聊斋》，写下三十几条评语。王士禛向蒲松龄要《聊斋》看，蒲松龄经过选择给他抄送了一部分，王士禛有没有看到《聊斋》中关于他叔岳父的故事呢？如果看到了，他又如何看待蒲松龄描写他叔岳父把美丽的异鸽送给父执却被吃掉的惨剧呢？这是一个值得研究的话题。遗憾的是，目前还没找到相关记载。

《石清虚》：
神奇太空石

　　《红楼梦》和《聊斋》到底有没有传承关系，是我四十年来一直关注、研究的话题。20世纪90年代一次国际红学研讨会上，我做过《从〈聊斋志异〉到〈红楼梦〉》的报告，提出几条《聊斋》影响《红楼梦》的论点，其中一条是《葬花吟》明显受到了《聊斋》中《绛妃》一篇的影响。《绛妃》是写蒲松龄梦中被花神请去写一篇讨伐风神的檄文，鲜花在风的摧残下"朝荣夕悴"，对《葬花吟》中"花谢花飞花满天""风刀霜剑严相逼"之句的影响，超过了唐寅的《落花诗》对《葬花吟》的影响。2004年我出版《从〈聊斋志异〉到〈红楼梦〉》，又从八个方面论述《聊斋》对《红楼梦》的影响。遗憾的是，不管是那篇论文还是专著，都没有提到《真生》和《石清虚》，从这两个有趣的《聊斋》故事中，同样能看出《红楼梦》和《聊斋》的传承关系。

　　《石清虚》是一部小型《石头记》。石头成了特殊的《聊斋》精灵。《聊斋》精灵千奇百怪，大自然有什么生灵，《聊斋》就根据这种生灵的生物特点创造精灵，即所谓《聊斋》妖精。比如水妖，《西湖主》是凶恶的扬子鳄不可思议地变成国色天姿的美女，《白秋练》

是国家一级保护动物白鱀豚变爱诗美女；比如飞鸟变贤妻，《阿英》是鹦鹉变贤妻，《竹青》是乌鸦变外室；比如植物里花的故事，牡丹有《葛巾》中爱错郎的葛巾、《香玉》中生死相恋的香玉，荷花有《荷花三娘子》中性情通达的荷花三娘子，菊花有《黄英》中全国连锁鲜花企业CEO黄英。这些生灵的生物特点突出，比如花仙子身上带着自然香气。奇异的是，通常被认为没有生命的石头也进入《聊斋》演出了一段故事，《石清虚》就是如此。

顺天人邢云飞，喜欢各种奇异石头，看到好的石头，就会不惜重金买下。然而，真正有价值的东西不是用钱就能买到的，所以，他之后发现的这块石头是他偶然得到的，或者说是石头自己让他得到的。有一天，他到河里打鱼，渔网沉重异常，捞上来一看，是一块石头，四面玲珑剔透，像峰峦叠秀的微型山峰。他如获至宝，回到家里，雕了个紫檀底座，把石头供在桌子上。特别奇异的是，每当天要下雨的时候，石头上的很多小孔都有云气飘出，远远看去，好像塞了洁白的新棉花。这段原文精练而优美："石径尺，四面玲珑，峰峦叠秀。……每值天欲雨，则孔孔生云，遥望如塞新絮。"石头在天将下雨的时候云气蒸腾，这一点非常重要，跟爱石人的名字联系到一起了。蒲松龄小说人物的命名特别有深意。爱石人叫"邢云飞"，谐音"形云飞"，形状像云彩在飞；他得到的石头，天将下雨时孔窍里有"如塞新絮"的云气，也是"形云飞"，暗示爱石人要和石头生死与共。

有个恶霸听说邢云飞有块奇石，到邢家要求参观，一看到石头，二话不说，便拿起来交给随他而来的健壮仆人，然后骑马飞奔而去。邢云飞无可奈何，只能顿足悲愤。这是石头遭遇的第一次波折。恶霸没有任何理由或借口，说抢就抢。

石头能在下雨时生成云絮，已经够奇异的了，它还能自择主人，就更加奇怪了。这块灵性之石虽然被恶霸抢走，却坚决不到恶霸家。恶霸的仆人抱着石头经过一条河，想在桥上歇一下，忽然失手将石头掉到了河里。真的是仆人失手吗？当然不是，这是石头神奇择主的结果。恶霸气坏了，鞭打仆人，出钱找会游泳的人下水搜寻。石头明明当时就掉到了这条河里，不会被冲走，可是一大群人在河里搜了个遍，它也不见踪迹。神奇的石头来了个隐身法，就是不跟恶霸走，藏起来了。恶霸贴出告示悬赏：谁能找到石头，赏重金！从此，每天在河里寻找石头的人摩肩接踵，但谁也找不到。人们总是说石头是没有感觉的，更没有什么感情，但是这块石头，就是有感情、有判断、有爱憎，聪不聪明，神不神奇？

过了一阵子，邢云飞来到石头掉下的地方，望着河水伤心。只见河水清澈，石头就在桥下浅水里。邢云飞大喜，脱衣下水，把石头抱出来带回家，仍然放到檀木座上。不过有了这次教训，他不敢再把石头摆在客厅，而是专门打扫了一间内室供奉石头。他认为这样石头就安全了。

这是石头经历的第一次波折，这个波折说明了一个社会现象：匹夫无罪，怀璧其罪。善良的人，平凡的人，没有权势的人，虽然本身没有罪过，但有了珍宝就有了罪过，连一块石头都保不住。石头的主人不能保护石头，石头却能自己保护自己，它在恶霸面前，在利欲熏心想借其发财的人面前，躲藏得无影无踪，而爱它的人一来，它就现身了。石头能择主。

接着，第二个波折来了，进一步说明了石头的神奇。

一天，有位老翁登门请求看石头。邢云飞谎称道："石头被人抢走很长时间了。"老翁笑道："不就在你房间里吗？"邢云飞说："您

《石清虚》：神奇太空石 | 155

《石清虚》

说在我房间里,请进来看看有没有。"二人进屋,石头居然摆在客厅桌子上!邢云飞惊呆了,一句话都说不出。老翁抚摸着石头说:"这是我家的旧物,丢了很长时间了,现在才知道它在你这里。我既然见到了,就请还给我吧。"

邢云飞尴尬极了,跟老翁争论到底谁是石头的主人。老翁笑道:"既然你说是你家的东西,有什么证据?"邢云飞回答不出来。老翁说:"我可早就了解它了。这块石头前后共有九十二个孔窍,其中最大的小孔里刻着五个字:'清虚天石供'。"

邢云飞检查石头,果然看到最大的小孔中有字,比粟米还要细小,用尽目力才可辨认;又数石头上的小孔,果然共有九十二个。邢云飞无话可说,但坚持不还石头。

老翁笑道:"谁家的东西,非得由你做主吗!"说完,拱手告别。邢云飞送他出门,再回到家里,却发现石头不见了。他大惊,飞奔出门,却见老翁正慢腾腾地走着,好像在等待邢云飞追来。

邢云飞一把拉住老翁的袖子,说:"请您把石头还给我!"

老翁说:"奇怪!我拿石头了吗?一尺多长的石头,岂能握在手心、藏在袖子里?"

邢云飞知道老翁是神人,便强行把他拉回家,跪倒在地,苦苦哀求。

老翁说:"石头到底是你家的还是我家的?"

邢云飞回答:"确实是您的,只是求您割爱。"

老翁说:"既然如此,石头还在原来的地方。"

邢云飞进内室一看,石头确实还待在原来的地方。他回到客厅感谢老翁。老翁说:"天下之宝,应当给爱它之人。这块石头能自择主人,我也很高兴。不过它出现得太早,命中的劫难还没消除,我本来想带走它，三年后再送给你。既然你一定要把它留下，得减三年寿命，这块石头才能永远陪伴着你。你愿意吗？"

邢云飞说："我愿意！"

老翁于是用两指捏石头上的小孔，坚硬的石头居然软如泥，小孔随手而闭。老翁说："现在石头上小孔的数目，就是你的寿命。"说完就向他告辞。邢云飞苦苦挽留，老翁坚决要走。邢云飞问："您老人家高姓大名？"老翁什么也不说，就走了。

"清虚天石供"是什么意思？研究者有不同解释，有的说"清虚天"即月宫，"清虚天石供"是月宫中的石制供品。有的说"清虚天"是道教的清虚洞府，不过这个记载有点儿玄乎，《太平御览·名山记》记载："王屋山之洞，周回万里，名曰小有清虚之天。"离河南王屋山一万里，那得在哪儿？非洲？大洋洲？还有的说清虚王君的洞府在太行山南边。我们不妨浪漫一点儿，把它看作太空灵石。

老翁既是来鉴定邢云飞是否爱石如命的，也是来挑明清虚石和邢云飞生死与共的关系的。石清虚是石头的守护神，也可以说是石头的灵魂。老翁是石清虚的"上级领导"。"邢云飞"，其实就是石孔中"如塞新絮"的云气，所以邢云飞才会与石头生死与共。石能生絮，奇；石能择主，更奇。

过了一年多，邢云飞因事外出，夜有小偷入室，其他东西都没丢，只有石头被偷走了。邢云飞回到家，懊丧欲死。他到处查访，想出钱买回来，但石头毫无踪影。又过了几年，他偶然来到报国寺，看到一个人正在卖石头，走近一看，竟然是自家那块丢失的石头！他向卖石头的人认取。卖石头的人不服，背着石头跟邢云飞到县衙打官司。县令问："你们俩都说石头是自己的，有什么凭证？"卖石头的人说："我这块石头上有八十九个小孔。"看来，卖石头的人数过。邢云飞问卖石头的人:"你还有其他证据吗?"卖石头的人说:"没有。"邢云飞说:"这块石头最大的小孔里刻着'清虚天石供'字样,还有三个似乎闭合的小孔,上面有手指印。"县令让吏员检查,邢云飞说的完全符合。县令要杖责卖石的人,但卖石的人声称:"我是用二十两银子买的,不是偷的。"于是县令把他放了。邢云飞重新得到了石头,把石头包上锦缎,藏在匣子里,时不时拿出来欣赏一番。每次赏石,他都要先焚异香,然后再把石头请出来。邢云飞以为这样珍藏密敛,石头就丢不了了。没想到,更有势力的人眼红这块石头了。某尚书知道了这块奇石,让人带信给邢云飞,要用一百两银子购买。邢云飞说:"石头比我的命还重要,一万两银子也不卖!"尚书很生气,一个小小老百姓,用这么多银子买你一块破石头还不卖?真是给脸不要脸!就用其他事诬陷邢云飞。邢云飞被收监,家人为了救他,只得典质田产。尚书托人给邢云飞的儿子带信:如果交出石头,可以摆脱官司。邢云飞说:"我宁可以死殉石,也绝对不跟石头分离!"但邢妻悄悄和儿子商量,把石头送到了尚书家。邢云飞出狱后,知道石头被送走了,于是打老婆、骂儿子,还几次自杀,都被家人救了下来。比起盗贼、恶霸,尚书大人抢夺财物的手段更"高明"。在贪官污吏那里,真是有多大的权力,就有多大的负能量。邢云飞,一个小小老百姓,怎么能跟这种官员抗衡呢?

一天夜里,邢云飞梦到一个男子来到自己跟前,说:"我就是石清虚。您不要悲伤,我现在只不过跟您分离一年而已。明年八月二十日天亮时,您到海岱门,用两贯钱就能把我赎回来。"邢云飞高兴极了,认真地记下石清虚说的日子。海岱门是哪儿?就是现在的崇文门。更有趣的是,那块石头在尚书家,下雨时从来不冒云絮,时间一长,尚书也就不珍视它了。这块石头妙不妙?你尚书大人有钱有势，略施小技就能抢夺老百姓的东西，可是想看石头美景，我偏不给你看！估计这位达官贵人也没有琢磨石头为什么到自己这里就不神奇了。第二年，尚书获罪削职，不久就死了。活该！为了区区一块石头便费尽心思害人，其他罪行可想而知。被罢官之后很快死去，是他应有的下场。邢云飞如期来到海岱门，恰好尚书的仆人把石头偷出来卖，邢云飞用两贯钱就把石头买回家了。

石头屡次被抢夺、盗窃，屡次重回邢云飞手中，说明石头有感情、有爱憎，对不喜欢的人，绝对不给好脸色看！

邢云飞八十九岁时，自己准备好棺材，嘱咐儿子一定要把石头跟他埋在一起。不久，邢云飞果然去世了。儿子按照他的嘱咐，把石头埋在父亲墓中。半年后，有盗墓贼把石头偷走了。邢云飞的儿子知道了，却无处追究查问。过了两天，邢云飞的儿子跟仆人走在路上，忽然看到两人跑得气喘吁吁、汗流浃背，然后跪到地上，向着空中磕头说："邢先生，不要再逼我们了！我俩偷了石头，只不过卖了四两银子。"邢云飞的儿子便把那两人捆起来送到县衙，一审讯，他们就招供了。问："石头到哪儿去了？"回答："在一个姓宫的人家里。"石头被取回来，按说案件已经查清，应该物归原主，没想到，县官却喜欢上了石头，爱不释手，说："先放到官衙仓库保存吧！"唉，又来了一个觊觎神奇石头的。县官公然以存到官库为名要把石头纳入私囊。小吏刚举起石头，石头便一下子掉到地上，碎成数十片。众人无不失色。县官于是把两个盗墓贼施以重刑，处以死罪。这是为什么？我们常说悲剧是把美好的事物毁灭给人看。石头有"宁为玉碎，不为瓦全"的精神，它宁可粉身碎骨，也不愿跟随县官。

邢云飞的儿子拾起石头碎片，仍然埋到父亲的墓中。

蒲松龄构思这个故事想说明什么？我们看看"异史氏曰"："异常好的东西往往是灾祸的源头。至于邢云飞打算以身殉石，也真是太痴迷了。而最终石头和人同命运、共始终，谁又能说石头没有情呢？古人说：'士为知己者死。'这句话并不过分。石头尚且能这样，何况人呢？"原文如下：

> 异史氏曰：物之尤者祸之府。至欲以身殉石，亦痴甚矣！而卒之石与人相终始，谁谓石无情哉？古人云："士为知己者死。"非过也。石犹如此，而况人乎！

爱石、赏石，进而在石头身上做文章，其实早就是中国文学的传统。"石能言"是中国文学史上的常见主题。《左传·昭公八年》记载，晋国有块石头会说话，晋侯问师旷："为什么石头能说话？"师旷回答："石头本身不能说话，恐怕是有人借石头来说话。当权者昏庸无道，老百姓活不下去，石头说话有什么奇怪的？"

米芾是北宋四大书法家之一，酷爱奇石，称其为"兄"，膜拜不已，被人称为"米颠"，还有人把他拜石头的事告到了皇帝那里。蒲松龄崇拜米芾，曾写过"若遇米南宫，仆仆不胜拜"。蒲松龄也非常爱石，现在蒲松龄故居还保留着当年他在绰然堂教书时摆的三星石、蛙鸣石，这些我都写到了《幻由人生：蒲松龄传》里。他坐馆三十年的尚书府有许多太湖石，我曾几次到西铺尚书府花园考察，还在文章里面写过"昔日尚书花园，今日社员猪圈"，那时还有人民公社。我看到蒲松龄喜欢的丈人石，是一块一丈多高的石头。《聊斋诗集》中的《逃暑石隐园》一诗中有这样的诗句："石丈犹堪文字友，薇花定结欢喜缘。"说明蒲松龄会拿石头做文章，正如他会拿鲜花做文章。之后，他果然写出了《石清虚》这篇与众不同的作品。

《石清虚》其实是一部短篇的《石头记》。"清虚天石"以奇石面目出现，又总是表现出超乎常人的灵性和智慧。恶霸、盗贼、尚书、县官都想将奇石据为己有，他们本质上都是贼，只是表现方式不同：恶霸强取豪夺，盗贼入室偷窃，尚书和县官以权谋私。小说围绕着这块奇石，展开了一幅幅弱肉强食的社会现实图景。弱小子民邢云飞对黑恶势力一筹莫展，只能束手待毙，是石头保护了自己，也保护了邢云飞。石头屡次被抢夺，屡次重回邢云飞手中，就像人间生死之交的好友历经磨难总能重聚。对恶霸，石头钻到水里，藏得无影无踪，直到邢云飞到来才蓦然出现；对尚书，石头就自掩光芒，不冒云絮；对县官，石头宁可粉身碎骨也不"入库"。就像仙境美女到人间寻找知音男子，石头到人间也是为了寻找知音。邢云飞爱石如命，宁可减掉寿数也要与石相伴；尚书索石，他就以命相殉。人和石之间上演了一幕幕相知相悦、相守终生的动人悲剧。石有情，石有义，石有骨气，石有灵性。这块有灵性的石头无愧堂堂正正的伟丈夫，就是蒲松龄经常赏玩的那块丈人石啊！

《聊斋》的"石头记"和《红楼梦》有什么关系？我们知道，《红楼梦》里象征着曹雪芹的那块无材补天的石头，变成通灵宝玉随贾宝玉来到人间，记录下贾宝玉的所见所闻，故《红楼梦》又叫《石头记》。曹雪芹为什么以石头自命、借石头说话呢？这跟他的身世有关。"无材补天"是曹雪芹一生最惭恨的事。以"无材补天"之石自比，是《石头记》一书的主旨，而《聊斋》早就用石头本身创作出一个动人心弦的故事，给曹雪芹提供了参考。天才的作家总是会从前辈的只言片语中获得灵感，何况是一个有关石头的悲欢离合的完整故事呢？

《聊斋》对《红楼梦》的影响，再简单说几句：

1.《红楼梦》原名《石头记》，和《石清虚》有逻辑上的联系。

2.《红楼梦》中的甄士隐/贾雨村、贾宝玉/甄宝玉，真真假假，和《聊斋》的《真生》中的真生/贾生有联系。

3.《红楼梦》中的一僧一道和《聊斋》中的疯僧、癫道、脏乞丐有必然联系。

4. 宝黛的三世情、贾宝玉前身对林黛玉前身的甘露浇灌，和《香玉》中的六世情、黄生浇灌中药让香玉复活有必然联系。

5.《红楼梦》的诗化爱情和《聊斋》中的《连城》《宦娘》有联系。

6. 王熙凤的杀伐决断和《聊斋》人物仇大娘、细柳、辛十四娘有联系，尤其是王熙凤借官府的停妻再娶案整治丈夫贾琏，跟细柳用伪金案教育儿子有密切联系。

7. 细节描写上，贾宝玉挨打喊姐妹不疼，跟《聊斋》的《娇娜》中美女开刀孔生不疼有联系；《王桂庵》中王桂庵与芸娘金钏定情被贾琏和尤二姐模仿。

《红楼梦》和《聊斋》，是中国古代小说的两个高峰。《聊斋》在前，蒲松龄继承前人的文化精华，曹雪芹继承包括蒲松龄在内的前人的文化精华，这说明中国文化源远流长，奔腾汹涌，不断有高峰出现，哪个天才也不可能是从天上掉下来的，总得站到前人肩膀上，站在巨人肩膀上。说曹雪芹传承蒲松龄，一点儿也不会贬低曹雪芹，反而证明了他的高明。

《八大王》:
鳖王仗义，亲王龌龊

　　山东人管鳖叫"王八"，而蒲松龄跟读者玩文字游戏，所谓"八大王"，其实就是"大王八"。《八大王》讲的是巨鳖报恩的故事，初看似乎是讲冯生因放生之德而得到厚报，实际是以寓言形式、春秋笔法，巧妙而有力地讽世刺时。巨鳖因为冯生的放生之恩，送给冯生鳖宝，使他成为巨富。王爷逼迫冯生休掉结发妻子，娶公主的时候，冯生坚持"糟糠之妻不下堂"。高贵的王爷不仅不如冯生，还不如一只巨鳖。

　　《八大王》的背景是甘肃临洮，现属定西市。冯生是富贵人家后裔，家境败落。有人借了他的钱，无力偿还，捕到一只巨鳖送给他。鳖的额头上有白点，模样有些奇异，冯生便把它放生了。这是《聊斋》报恩故事的开篇模式，后面发生的事情都跟这件善行有关。

　　有一天，冯生从女婿家回来，天近黄昏，走到了恒河[1]边上，这

1　恒河：即恒水，古水名。《书·禹贡》冀州："恒、卫既从。"《汉书·地理志》上曲阳："《禹贡》恒水所出，东入滱。"即今河北曲阳北横河。此处恐是蒲松龄误书。——编者注

时有个醉汉带着两个家童,跌跌撞撞地走过来,远远望见冯生,问:"你是什么人?"冯生漫不经心地说:"走路的。"醉汉生气地说:"难道你没姓名,怎么胡乱说自己是走路的?"冯生急着回家,不理醉汉,径直走过去。醉汉更生气,抓住他的衣服不让他走,酒气熏人。冯生竭力挣脱,却挣不开,只好问:"那你叫什么名字?"醉汉梦呓似的回答:"我是南都旧令尹。你要干什么?"

令尹是战国时的官职,相当于相国。蒲松龄创作《聊斋》时哪里还有什么令尹?或许他是南都哪个地方的退休县官?可是"南都"是中唐对四川成都的叫法。安史之乱后,唐肃宗收复两京,还都长安,便把蜀郡改为成都府,建号南京,也叫南都。不管是时间还是地点,都跟甘肃不搭界。有研究者解释,"南都旧令尹"是借用《蜀王本纪》中望帝杜宇用鳖灵为相的典故,暗示这个人是只鳖。

冯生气愤地说:"有你这等令尹,真辱没这个世界!幸亏你是旧令尹,假如是新令尹,就要杀尽所有走路人啦!"醉汉气极了,要动手打冯生。冯生口出大话:"我冯某不是挨打之辈!"醉汉闻言,马上住手,一脸怒容瞬间变成欢喜,跌跌撞撞地下拜,说:"是我恩主,唐突勿罪!"醉汉爬起来,吩咐家童:"快走,回去准备酒菜!"然后拉着冯生的手,一定要冯生跟自己走。冯生推辞不过,只好跟他走。走了一段路,看到一座华丽的房子,好像达官贵人的家。走进去,房内摆设更加贵重。醉汉稍微清醒了一点儿,冯生客气地问:"请问,您到底是哪一位?"

醉汉说:"我说了,您别害怕,我是洮水八大王。刚才西山青童请我喝酒,不觉喝醉,冒犯尊颜,实在惭愧不安。"西山青童是何方神圣?他是中国古代神话传说中的仙童,住在洞庭西山上。洮水八大王到西山青童那里喝酒,自然能腾云驾雾。冯生知道自己遇到了

《八大王》:鳖王仗义,亲王醒醍 | 165

《八大王》

水中妖精，但看到八大王言辞恳切，也就不害怕了。

一会儿，丰盛的筵席摆好了。八大王亲热地拉冯生坐下，自己极为豪放地连饮几大杯酒。冯生怕他再醉了继续纠缠自己，就假装喝醉了，站起来说要回家睡觉。八大王看透了他的心思，笑道："您是不是怕我发酒疯啊？请不要怕。大凡醉汉品行不端，并说隔了一夜就记不得，都是骗人，十个之中有九个都是故意犯错的。我虽然被我的同类看不起，但还不敢对尊长发酒疯。您为什么这么不肯赏脸？"这话说得很清楚，我不是您的同类，那当然是妖精了。

冯生重新入座，庄重地规劝八大王："你既然知道醉酒不好，为什么不改掉这个恶习呢？"八大王说："老夫做令尹时，酗酒比现在还厉害。自从触犯天帝，贬回岛屿，便尽力改掉陋习。现在快进棺材了，落魄潦倒不能飞黄腾达，老毛病就犯了。我自己也想不清楚，解决不了。现在，我一定听您的教导。"他们倾心交谈的工夫，远处钟声响起。八大王起身，抓住冯生的胳膊说："相聚太短暂，我存有一件东西，便用它来报答您的深恩厚德吧。这玩意儿不能总带着，满足了您的愿望后就还给我。"说完，从嘴里吐出个一寸长的小人儿。八大王用指甲掐冯生胳膊，冯生的胳膊痛得像要裂开一样。八大王赶紧把小人儿按在痛处，他一松手，小人儿就进到皮肤里面，而八大王的指甲痕迹还在，按进小人儿的地方慢慢凸起，像一个小肿块一样。冯生惊奇地问："怎么回事？"八大王笑而不答，只是说："您该回家啦。"送冯生出门，反身回去。

冯生回头想再看一眼八大王，却惊愕地发现：哪有什么华丽房屋？哪有什么村庄？原来自己正在河边站着，河里有只巨鳖慢慢爬动，渐入深水。冯生惊愕良久，知道自己是遇到当年放生的鳖王了，而鳖王赠送的小人儿，肯定是世上传说可以鉴宝的鳖宝。

鳖王报恩，报得豪爽，报得大方，送给冯生鳖宝，更见出鳖王的诚意。但蒲松龄并没有像《大力将军》那样花很多笔墨描写鳖王报恩的豪爽，而是用调侃之法，描写鳖王如何发酒疯。他的一言一行都令人忍俊不禁。他们一见面时，八大王问"何人"，冯生想赶快回家，就用"行道者"敷衍，八大王怒曰："宁无姓名，胡言行道者？"多像侯宝林相声里的醉鬼，没事找事，没话找话，纠缠不休。接着，他捉住冯生不让走，酒气熏人，把醉汉缺乏理智的行为和特有的气息勾画了出来。蒲松龄借八大王之口诙谐地挖苦醉汉们"醒则犹人，而醉则犹鳖"的蠢相，"凡醉人无行，谓隔夜不复记忆者，欺人耳。酒徒之不德，故犯者十九"，则把世间酒徒借酒装疯的行为点得透透的，真是"世事洞明皆学问"。

从此，冯生眼力超常，凡有珠宝的地方，不管在多深的地下，他都能看到。以前根本不认识的稀世珍宝，也能随口准确地说出名字。他先在自己家卧室地下挖出来几百两银子，家里马上有钱花了。后来有人卖宅子，他看到这家屋下藏有无数银子，便重金买来。从此，他富裕得能与王公媲美。像火齐石、木难珠这样的无价珍宝，他也都收藏了。

冯生买到一面镜子，背后有凤纽，环绕着水云湘妃图，光芒射出一里开外，人的胡须、眉毛都数得清。如果遇到美人，拿镜子一照，美人的影像就留在镜中，磨也磨不掉。如果美人换妆重照，或者换个美人，前面的影像就消失了。奇怪不？蒲松龄早在那个时候就造出"照相机"来了。

当时肃王府的三公主美丽绝伦，冯生仰慕她的美名，恰好公主到崆峒山游玩，他便埋伏在山中，待公主下车，把公主的影像照到了镜子里。美人在镜中拈巾微笑，美丽的眼睛好像能动，嘴似乎要说话。冯生喜悦地珍藏起来，把镜子摆到案头，邀请妻子一起欣赏美丽的公主。冯生仅仅是对女性的美有观赏之心，他对公主并没有动歪心思，因为他在欣赏美丽的公主时还邀请妻子一起看，但这件事却惹怒了高贵的王爷。肃王，即肃庄王，明太祖朱元璋第十四子，子孙世袭，王府在兰州。这位肃王是哪一代，不得而知。过了一年多冯妻把镜子的事泄露出去，传到了肃王府。王爷大怒，把冯生抓起来，把镜子收了去，要砍冯生的头。冯生暗地里让家人向王爷的管家送了一大笔银子。管家对王爷说："王爷如果赦免冯生，天下的珍宝，他都能给您弄来。否则，只不过是让他死了，对王爷您有什么实际的好处呢？"王爷说："那好办啊，咱们抄他的家，把他家的珍宝收进王府，再把他全家流放了。"三公主说："冯生已经偷看了我一年，就是杀他十次，我也摆脱不了这个污点，不如把我嫁给他。"王爷不同意，公主关上门绝食。王妃极力劝说王爷，王爷才释放冯生，命管家告诉冯生娶公主为妻。公主下嫁，需要冯生休妻。冯生说："糟糠之妻不下堂，我宁死也不敢从命。大王如果允许我赎罪，我愿意倾家荡产。"

"糟糠之妻不下堂"的典故出自《后汉书·宋弘传》。宋弘是东汉著名大臣，官居大司空。汉光武帝刘秀的姐姐湖阳公主刘黄死了丈夫，光武帝问姐姐对朝中哪个大臣感兴趣，他愿意成全姐姐。湖阳公主说："宋弘仪表堂堂，为人正派，朝中所有大臣都不如他。"光武帝说："我给姐姐弄来当驸马。"光武帝把宋弘叫来，让湖阳公主坐在屏风后面，对宋弘说："我听说'贵易交，富易妻'，这是人之常情吧！"宋弘坦然回答："臣闻'贫贱之知不可忘，糟糠之妻不下堂'。"光武帝对屏风后面的姐姐说："你的婚事办不成了。"冯生拿这话来堵王爷，王爷被气晕了。小小老百姓，竟然不肯娶我高贵美丽的公主！他再次把冯生抓起来。王妃召冯妻进宫，想用毒酒害死她，给公主让出嫡妻位置。冯妻进宫后，送给王妃一座珊瑚镜台。所谓珊瑚镜台，就是珊瑚上面装饰着镜子的梳妆台，价值连城。古代富豪喜欢拿珊瑚的大小炫耀财富，《世说新语》就写过这样的情节：石崇和王恺斗富，拿起锤子把王恺家里一株巨大的珊瑚树敲碎了。珊瑚镜台自然足够大，也足够贵重，王妃很喜欢。冯妻对王妃叙述事情经过，言辞温和恳切。王妃很喜欢她，让她参拜公主。公主也很喜欢她，两人结为姐妹。然后，王妃让冯妻到监狱里说服冯生。冯生对妻子说："王侯家的女儿，不能按照先来后到论定哪个是嫡妻，哪个是小妾。"旧俗王侯之女，不论先嫁后嫁，都是做嫡妻正室。冯生的意思很明确，我们是结发夫妻，你是嫡妻，如果接受郡主，她只能做妾，王侯规矩就要改。冯妻不听，回到家，准备了很多彩礼送到王府。送礼的队伍千人，珍宝玉石之类，王府的人都叫不出名字。王爷大喜，马上释放冯生，把公主嫁给他。公主出嫁，把镜子又带了过来。

这段描写说明，冯生的镜子不仅照到了公主的美丽，也照出了王爷、王妃，以及整个王府的丑恶嘴脸，他们贪婪、骄横、卑鄙、龌龊。冯生能活下来，取决于公主的传统道德观念，如果没有公主的迂腐劲儿，八个冯生也都没命了。有钱能使鬼推磨，有钱能使高贵的王爷把娇贵的公主嫁给冯生做妾。在冯生聘公主的情节里，普通书生冯生恪守道德理念，"糟糠之妻不下堂"，高贵的王爷、王妃却是一副见钱眼开的势利小人嘴脸。王爷不仅不如冯生，还不如鳖王，这是一篇多么深刻的讽世佳作啊！

一天晚上，冯生独寝，梦到八大王气宇轩昂地走进来，说："所赠之物应该还给我啦。带的时间长了，会损害身体，耗人精血，减人寿命。"冯生答应归还,留他喝酒。八大王说:"自从听了您的教诲,我已经戒酒三年了。"八大王用嘴咬冯生的胳膊,冯生痛极而醒,一看,胳膊上的肿块已经消失了,从此完全和正常人一样。

蒲松龄把酗酒的人讽刺到了骨髓里:

> 异史氏曰:醒则犹人,而醉则犹鳖,此酒人之大都也。顾鳖虽日习于酒狂乎,而不敢忘恩,不敢无礼于长者,鳖不过人远哉?若夫己氏则醒不如人,而醉不如鳖矣。古人有龟鉴,盍以为鳖鉴乎?

大意是:酒醒了还是个人,酒醉了就像个鳖,酒徒们大都是这个样子。不过,鳖虽然习惯于天天发酒疯,却不敢忘恩负义,不敢对长者无礼,鳖不是远远超过人了吗?至于有的人,醒着时不如人,醉酒时更不如鳖了。古人有"龟鉴",为什么不可以有"鳖鉴"?于是作了一篇《酒人赋》。

故事后面的《酒人赋》,对"酒人"做了精彩概括,曲尽"酒人"之态,是别致的酒典,集古代酒文化之大成。蒲松龄是学者型作家,他写某一种人、某一种事物,总会把古代已有的典故仔细研究一番,梳理一下。比如,他写怕老婆,会收集中国古代著名的怕老婆故事;他写悍妇撒泼,会收集中国古代著名的泼妇故事;他写赌博,会收集中国古代著名的赌徒故事。《聊斋》出现了好几篇篇末赋,都是某类事物的典故集成。如,《马介甫》附"悍妇典",《绛妃》附"风典",《赌符》附"赌典",《犬奸》附"男女淫乱典"等。这些似乎多余的篇末赋,形成了《聊斋》特有的典故宝库。《八大王》篇末所附的《酒人赋》就起到了这样的作用。酒能有什么作用?它可以交杯成礼，联姻配偶。苏东坡称酒是"钓诗钩"和"扫愁帚"；陶渊明取下头巾滤酒；张旭醉到把头发蘸进墨中，然后下笔如有神。《酒人赋》还罗列了大量文人墨客饮酒的狂态，以及酒徒酒后失德的丑态，都形容到家了。

据兰州大学中文系教授张崇琛《聊斋丛考》，洮水八大王的后代子孙已经没有了。甘肃研究生态的学者说洮水流域虽然没有鳖，但是在这一带出土的彩陶器皿上有龟鳖造型。1992年临洮县大王庄发现一块酷似龟鳖的巨石，当地人把它叫作"八大王化身石"，并在那里建了一座神龟园。

《汪士秀》：洞庭湖面踢足球

《聊斋》是中华文化经典，也像中华风俗的画卷，古代民俗在《聊斋》中得到了奇妙的体现。《汪士秀》写的不是普通的足球故事，我把它叫作"水族足球世界杯"。蹴鞠是中华民族的发明创造之一，发源地就在淄博。中国古代有种组织叫"圆社"，类似现在的足球俱乐部。《水浒传》里的高俅就是靠踢球做上高官的。在《聊斋》故事里，擅长踢足球的汪某遭遇翻船事故后得以不死，是因为他用足球技艺为水族服务。他跟儿子汪士秀偶然相遇并相认，也是因为汪士秀踢出了他们家族传统的足球技法"流星拐"。《汪士秀》是一篇绝美绝佳的小小说，它描写的"蹴鞠"，其实是鱼妖特有的踢球游戏，在月光下，在洞庭湖水面进行，踢的球是鱼鳔。这篇小说真是奇文妙语，如诗如画。

小说开头先介绍汪士秀："汪士秀，庐州人，刚勇有力，能举石舂。父子善蹴鞠。父四十余过钱塘，溺焉。"简单几句话，信息不少，概括为三个字，即"勇""球""水"。庐州（今安徽合肥）人汪士秀刚强、勇猛、力气大，能举起舂米的石臼。这一点相当重要，因为他"刚勇有力"，才有和鱼妖展开殊死搏斗的气概和能力。汪士秀和父亲都擅长踢足球，父亲过钱塘江时翻船失踪，其实是落水后成了鱼妖的奴隶。汪士秀正是凭借踢球绝技和父亲相认，又凭着自己的"刚勇有力"战胜鱼妖的。小说开头几句话，就将矛盾预伏好了。

汪士秀的父亲在钱塘江落水，八九年后，汪士秀有事来到湖南，夜晚把船停泊在洞庭湖边。他看到这样的景色："时望月东升，澄江如练。""望月"是农历十五的圆月，"澄江如练"是说明净的江水好像一匹白色绸绢。这句话是从谢朓《晚登三山还望京邑》中的"澄江静如练"借来的。汪士秀正在看着像一匹白练的湖面，忽然发现有五个人从湖心冒出来，拿着一张硕大的席子，铺在湖面上，差不多有半亩地大小。这些人纷纷把酒菜摆在席子上，杯盘碰撞，听声音又不像寻常人家使用的陶器、瓦器。摆设完毕，三个人坐在席上喝酒，两个人站在旁边伺候。坐着的三人中一位穿黄衣服，两位穿白衣服，都戴着黑色头巾，头巾上端高高耸立，下端披到肩胛和后背，样子十分古怪，不像当时人的装束。当然啦，他们不会像当时的人，也不会像更早时期的人，因为它们根本就不是人，而是鱼妖。蒲松龄实际上是把平时见到的鱼从头部到背部那种流线型的深色轮廓描绘成了一直披到后背的头巾，实在是妙。看来，从水里冒出来的三个人，或者说三条鱼，都有着黑色的背，而一条鱼的肚子是黄色的，另外两条鱼的肚子是白色的。这应该都是长江流域的珍稀鱼类，有的现在可能已经灭绝了。因为月光苍茫，他们的模样看不太清。伺候他们的人都穿着褐色衣服，一个少年，一个老头。汪士秀听到黄衣人说："今天夜里月色很好，可以开怀畅饮。"白衣人说："今晚的风景，很像天宝年间南海海神广利王在梨花岛举行宴会时的景象。"听听这话，喝酒的人居然参加过唐代的宴会，都上千年啦，看来他们不是神就是妖啊！

三人互相劝酒，举杯痛饮，但声音太小，他们说些什么，汪士秀听不太清。船家知道遇到妖怪了，都赶紧藏起来，一动也不敢动。汪士秀细看服侍他们的老头，感觉很像父亲，但说话声音又不太像。二更将尽，一人忽然说："趁着这么好的月光，应该踢球玩玩。"伺候他们的少年立即沉到水里，取出一个大圆球，有一抱大小，里面好像贮满了水银，里外通明。坐着的人都站了起来，黄衣人招呼侍酒老头一起踢球。老头抬脚把圆球踢起一丈多高，圆球光芒摇曳，照花人眼。一会儿，圆球"砰"的一声从远处向汪士秀的船飞来，转眼就掉到了船上。汪士秀不觉技痒，也不管有没有妖怪，使出浑身本领用力猛踢了一脚，只觉得这个球不像普通的足球，异常轻软。因为他太用力，好像把球踢破了。球飞起一丈多高，中间漏出一些光来，照到下面，像彩虹一样。最后，球"嗤"的一声飞快降落下来，像天空中划过的彗星一样掉到水中，波涛翻滚，热浪沸腾，接着，声音消失，球也不见了。这段文字写得太妙了，不能不欣赏一下："即见僮没水中，取一圆出，大可盈抱，中如水银满贮，表里通明。坐者尽起。黄衣人呼叟共蹴之。蹴起丈余，光摇摇射人眼。俄而礚然远起，飞堕舟中。汪技痒，极力踏去，觉异常轻软。踏猛似破，腾寻丈；中有漏光，下射如虹，蛍然疾落；又如经天之彗，直投水中，滚滚作沸泡声而灭。"

太美了，太妙了。蒲松龄是怎么想出来的？可是，宴席上的人发怒了，说："哪儿来的生人，胆敢败坏我们踢球的雅兴！"服侍他们的老头却笑了，说："不错不错，这是我家祖传绝技'流星拐'！"

"流星拐"是蹴鞠的高超技法：腾起左脚，用右脚从身后踢球。船上的生人怎么可能知道你这老奴的祖传绝技？这不是胡诌吗？白衣人怪老头乱开玩笑，气愤地说："球给踢破了，大家都很烦恼，

汪士秀

神勇能將石鼓投 喜擒阿父梓歸舟 蹋囚兒免江魚腹 莫怪人間麥擊球

《汪士秀》

你这老奴为什么反倒这么高兴？赶紧跟小乌皮一起去把踢破球的狂徒抓来，不然，你腿上又得挨棍子了！"小乌皮是谁呢？当然是条墨鱼。

汪士秀知道没法逃走，也不害怕，提刀站在船上。一会儿，看到小童和老头拿着兵器跳到船上。汪士秀定睛一看，那老头正是他父亲。连忙大声疾呼："老爹！孩儿在此！"老头闻声大惊，两人四目相对，悲痛欲绝。小童一看此种情形，回转身就走。老头说："儿子，快藏起来，不然咱们都得死了！"话没说完，那三人倏忽间都跳到船上来了，脸面漆黑，眼睛比石榴还大，一把揪住老头。汪士秀竭力跟他们争夺。船剧烈摇动，缆绳一下子被扯断了。汪士秀用刀砍向黄衣人，把他的臂膀砍了下来，黄衣者负伤逃走。一个白衣人朝汪士秀冲过来，汪士秀一刀剁在他的脑袋上。白衣人的脑袋掉到水里，"咕咚"一声不见了。

汪士秀正想带着父亲连夜坐船返回，突然看到一张巨大的嘴巴伸出湖面，像水井一样深阔，四面的湖水一个劲儿往巨嘴里灌注，"砰砰"作响。一会儿，水又喷涌出来，巨浪滔天，似乎能与天上星斗相接，湖面所有的船都在剧烈摇晃，眼看就要翻船，船上的人都害怕极了。汪士秀看到船上有压船的两个石鼓，都重达百斤，他便举起一个石鼓投向那个巨大的嘴巴，湖水激荡，发出雷鸣般的响声，随后浪渐渐平息。汪士秀接着又把另一个石鼓投向那个巨大的嘴巴，湖上风波完全平静下来。这段原文也有必要欣赏一下："方谋夜渡，旋见巨喙出水面，深阔若井。四面湖水奔注，砰砰作响。俄一喷涌，则浪接星斗。万舟簸荡，湖人大恐。舟上有石鼓二，皆重百斤。汪举一以投，激水雷鸣，浪渐消；又投其一，风波悉平。"

汪士秀怀疑父亲是鬼，父亲说："我本来就没死。当时落到江里的十九个人，都被鱼妖吃了，我因为会踢球，才保全了性命。后来鱼妖得罪了钱塘君，就搬到洞庭湖避难。那三人都是鱼妖，他们踢的球就是鱼鳔。"

汪家父子团聚，非常高兴，连夜划船离开洞庭湖。天亮后，他们发现船上有一只四五尺长的鱼翅，才恍然大悟：这就是汪士秀夜间砍断的黄衣人的臂膀。

汪士秀的父亲落水后因踢球绝技而得以不死，变成鱼妖的奴仆。汪士秀因家传绝技"流星拐"在夜月湖上和父亲相认。鱼妖踢足球的场面，好像一场酣畅淋漓的世界杯大赛，球如水银，如射虹，如经天之彗。踢球的背景是清澄的湖面，苍茫的月色。悠闲的饮酒、美妙的踢球之后，紧接着的是刀光剑影，紧张肉搏，殊死战斗，时而"望月东升，澄江如练"，时而"浪接星斗，万舟簸荡"，《聊斋》文字俊美雄奇，气象万千，好看至极。描写水族球赛，恐怕在中国古代文学中极其少见，大文学家王士禛评论说："此条亦恢诡。"

《橘树》：
树犹如此

《橘树》主要写人树之间的感应或者感情。小小孩童把树当成舍不得离开的朋友，树因为喜爱它的人到来而硕果累累，因为喜爱它的人离开而枯萎憔悴，树犹如此，何况是人？人和人之间能有这么纯真的感情吗？

陕西刘公担任扬州兴化县县令，有一位道士送给他一个小盆栽，是一棵细如手指的小橘树。这叫什么礼物？县令推辞不要。刘公有个小女儿，只有六七岁，恰好过生日，道士说："这个不配供大人欣赏，算是给女公子祝贺生日吧。"县令这才收下。小女孩儿一见小橘树，非常喜欢，把它放到闺房里，早晚精心照顾，唯恐小橘树受到伤害。刘公任职期满要离开兴化县时，橘树已长到一把粗，第一次结果。刘公整理行装准备离开，因橘树太重，打算丢下，小女孩儿抱着橘树悲伤地哭了起来。家人骗她说："我们只是暂时离开，不久还要回来。"小女孩儿相信了，不哭了，不过还是不放心，担心橘树放在盆里，会被力气大的人搬走，她亲自看着家人把橘树移栽到台阶下，才跟家人一起离开。

小女孩儿跟父亲回了家，父亲又担任了什么官职，到了什么地方?蒲松龄一个字也不写,似乎转眼之间,小女孩儿就长成了大姑娘,要谈婚论嫁了。她嫁给了姓庄的读书人。庄某是丙戌年进士,丙戌年是什么年?有研究者考证是康熙四十五年(1706),此时蒲松龄已六十七岁。而这一年的进士中确实有位姓庄的,扬州人庄令舆,不过他考中进士后进了翰林院,并没有担任地方官职。蒲松龄张冠李戴,把他派到《聊斋》故事里做地方官,而且恰好是当年岳父做过县令的兴化县。他的妻子一听说他到兴化县做县令,大喜,想到自己心爱的橘树,时间过去了十几年,会不会已不复存在?等他们到了兴化县,"橘已十围"。所谓"围",通常指两只手的拇指和食指合扒,有二十多厘米粗。如果是十围,这棵树树围二百多厘米,是不是太粗了?我们暂且不跟蒲松龄算这笔细账。这棵大橘树"实累累以千计",一直在县衙服役的人都说:"自从刘公离开,这棵橘树虽然长得繁茂,但总不结果,这还是它第一次结果。"夫人,也就是当年的小女孩儿惊奇得很。她的夫君在兴化县任职三年,橘树年年果实累累,到了第四年,橘树憔悴了,连花都没开几朵。夫人跟夫君说:"你在这个地方任职的时间不会太长啦。"到了秋天,庄县令果然卸任了。

人树感应,树人相依,人树情深。刘公女天真可爱,稚气十足,对橘树的深情,完全是孩子的爱护方式,恋树之情,宛如图画。橘树对刘公女的感情也完全是树的报答方式:以上千美果欢迎刘公女复回,以憔悴无花感叹刘公女离去。人和树可以如此,人和人之间如何?异史氏曰:"橘其有夙缘于女与?何遇之巧也!其实也似感恩,其不华也似伤离。物犹如此,而况于人乎!"橘树难道和刘公女有夙缘吗?事情为什么这样巧?橘树结果好像报恩,不开花好像伤别离。草木这样重情,何况人呢?

橘树

鱼轩重涖松
先知及屈永期戚
别姚橘萨俦好棠陵
比慶先冰玉紫人思

《橘树》

《世说新语》里有件事非常有名：大司马桓温北征经过金城，看到他过去种的柳树已长到十围，感慨道："木犹如此，人何以堪！"攀枝执条，泫然而泣。后来北周文学家庾信写了著名的《枯树赋》，里面有"树犹如此，人何以堪"一句，被后世经常引用。领兵打仗的大将军桓温，看到柳树长得这么大，感叹人生过得这么快，树是树，人是人，树和人之间并没有感情交流。蒲松龄写《橘树》，则对"树犹如此"有另外的感慨。

其实，树和人有思想感情的交流乃至同步，早就有人写过，那就是南朝著名文学家吴均《续齐谐记》的紫荆树逸闻：京兆田真兄弟三人商量分家，其他财产都分配好了，只剩下堂前的一株紫荆树，兄弟三人商量将其截为三段。没想到第二天早上，那株树就枯死了，好像被火烧了一样。田真看了，大惊，对两个弟弟说："树本同株，听说将要被分为三段，自己先枯萎了，这是人不如树啊！"于是悲伤哭泣，决定不再分树了。这时紫荆树应声复活，枝叶扶疏，十分繁茂。兄弟三人决定不分家了，不再闹矛盾，成了有名的和睦之家。

刘公的女儿爱护橘树，完全是小女孩儿的童稚之心、童稚之态，其娇痴写得活灵活现。正因为她太小了，似乎无知却一心护树的行动，才更加纯真可爱。橘树感受到小女孩儿的爱而回报她，也就可以理解了。有研究专家解读这篇短文，认为这原本是不可能发生的事，但是蒲松龄写得生动合理，读者才会相信它是真实的。而我，倒相信这件事可能是真的。为什么？因为有切身的体会。当年我祖父院里有棵杏树，每年都结很多非常甜美的杏子，但是1945年，这棵杏树没开几朵花，到了中秋节，祖父去世，这棵树也枯死了。所以，我相信被认为不会有知觉和感情的树，也会和人产生感应的。

《赵城虎》：
兽中王给人当孝子

　　《赵城虎》是带有童话色彩的《聊斋》故事。中国是崇拜老虎的国家，过去男孩儿要戴虎头帽，穿虎头鞋。古代文学拿虎做文章的很早就有。一般是写虎有人性，虎能赎罪，《搜神记·苏易》中苏易为难产的老虎接生，此后老虎常给她送肉。《太平广记》收集宋代之前的老虎故事七十多条：有的写老虎像侠客一样，不但不吃误入虎穴的人，还把人救出来送回家；有的写老虎用生鹿向人报恩；有的写害人老虎在官员那里低头认罪。从《搜神记》到《太平广记》，虎有人性的写法早就有了，《赵城虎》并没有在文学领地冒险开荒，却营造了优美而新颖的艺术天地，写出了"人畜相安，各无猜忌"的有趣状况。德国哲学家黑格尔说过："真正的创造就是艺术想象的活动。"蒲松龄想象出以纯粹虎的形象负荷优美的人性。老虎吃了赵城老太太的儿子之后，又像亲儿子一样对待老太太，生而能养，死而尽哀。曾经吃人的兽中王，变成了可爱的虎形义士。

　　赵城有个七十多岁的老太太，独子被老虎吃了。老太太悲痛万分，几乎不想活了，哭哭啼啼地到县衙告老虎的状。县令笑着说："老虎怎么可以用人间法律制裁？"老太太在公堂上放声大哭，谁也没法让她住声。县令斥责她,她也不怕。县令可怜她年老,不忍对她发火,就暂且答应给她抓老虎。老太太还是跪在地上不走,一定要县令发出捉老虎的文书才肯离开。县令无可奈何,只好问衙役:"谁能担任捉拿老虎的任务?"恰好衙役李能喝得酩酊大醉,走到案前说:"我能捉拿老虎。"看到李能拿着捉老虎的公文下堂,老太太才离开。

这段情节很离奇,但又有合理的内核。老太太失去儿子,不知道老虎不受人间法律约束,要求县令捉虎,是因为她年老昏聩;衙役李能明知虎不可捉而接受捉虎的任务,是因为他喝醉了。离离奇奇,却顺理成章。"义虎"的故事,从一开始就以一系列巧合,变荒诞为合情合理。

李能酒醒后就后悔了,他以为是县令玩的骗局,为了暂时摆脱老太太的纠缠,所以没太在意,到期便拿着公文向县令复命。县令生气地说:"你自己说能捉拿老虎,怎容反悔?"李能张口结舌,只好请县令下令征集猎人跟他一起去捉虎。县令集合了许多猎户,跟李能日夜埋伏在山谷里,希望捉到一只老虎,不管它是不是吃掉老太太儿子的那只,总可以向县令交差。可是等了一个多月,连老虎影子也没见到。李能因为完不成任务,被县令打了几百板子,冤屈没处说,跑到东郭岳庙,跪地祷告,失声痛哭。不一会儿,有只斑斓猛虎迈着四方步进了庙门。李能一见百兽之王,吓得魂不附体,怕被它吃了。老虎进门后,蹲在庙门正中,既不看李能,也不东张西望,老老实实,似乎在等候发落。

李能说:"如果吃掉老太太儿子的是你,就低头让我把你捆起来。"李能拿出捆罪犯的绳子拴到老虎脖子上。老虎似乎有自疚之心,俯首帖耳,听任李能把自己捆起来。李能牵着老虎穿街过市回到县

趙城虎

縣牒持來師既捐
居然反哺學慈
烏代供子
賊彌
前憾
祠宇東郊
今未
英

《趙城虎》

衙。县衙的一次特殊审案开场了。自古至今，拘捕老虎，闻所未闻，赵城县偏偏就把老虎像捆一只羊、一头猪一样捉拿归案了。审判老虎更难，老虎能听懂人话吗？它懂人间的法律吗？县令又懂"虎语"吗？偏偏，审案顺利进行了。县令问老虎："老太太的儿子是你吃掉的吗？"老虎点了点头。县令又说："杀人者死，这是从古到今的法令。老太太只有这一个儿子，却被你吃了。老太太那么大年纪，活不了多少日子了，你愿意给她做儿子，为她养老送终的话，我就赦免你。"老虎又点点头。

见到县令后，老虎两次点头：第一次是"好汉做事好汉当"，对罪责供认不讳；第二次是一诺千金，答应像儿子一样奉养老太太。《赵城虎》的虎形义士意味多么浓厚！它外表是不折不扣的猛虎，内心却像知错就改、勇于担当的侠客。县令下令："把老虎的绳子解开，把它放了！"

老太太回家，一个劲儿埋怨县令没有杀死老虎给她儿子偿命。第二天早上她起床，打开门，门口放着一只死鹿。老太太知道是老虎送来的，既意外又欣慰。她把鹿肉和鹿皮卖了，买来柴米油盐。从此以后，老虎常给老太太送来野味，老太太靠这些野味，日子过得还挺富足。有时，老虎还叼些金银、布帛丢到老太太院子里，也不知道老虎是从哪儿弄来的。

就像那句俗语：老太太从此过上了安逸的生活。读者朋友有没有像我一样，心里有点儿不太自在？老虎吃了儿子，是杀人凶手；杀人凶手再来奉养老太太，用山东话说，岂不是很"硌硬"（让人不舒服）？如果在今天，大概没人会接受，但赵城老太太接受了。她可能知道吃人是老虎的天性，无关道德，既然老虎知道改正错误，那就给它一次机会吧。老虎对老太太的奉养超过了她儿子活着的时候，老太太心里暗暗感激老虎。看来老虎还懂得一些心理学,它知道老太太失去儿子的悲痛,固然是因为没人能养活她,更重要的是,她非常寂寞。老虎除了送肉之外,有时还来到老太太家,趴在屋檐下,活像一只大猫,一趴一整天,好像儿子承欢膝下一样,"人畜相安,各无猜忌"。这一段写得格外有人情味儿。

这样过了几年,老太太死了。老虎来到老太太家中大声吼叫,像儿子哭母亲。老太太平日积累的钱财,用来办丧事绰绰有余。同族人把老太太风风光光地安葬了。老太太下葬,坟墓刚刚堆好,老虎突然旋风似的跑了进来,径直跑到老太太墓前,雷鸣似的悲哀嚎叫,过了很长时间才离去,简直像是孝子给母亲送葬,赵城人就在东郊立了个"义虎祠"。这很不简单,因为建祠祭祀,是人们对待先辈、神明的做法,这里居然用到了老虎身上。

中国古代作家对老虎报恩的题材很感兴趣。清代大诗人王士禛《池北偶谈》卷二十中的《义虎》一篇,也写得很生动。汾州孝义县狐岐山多虎。明代嘉靖年间,有个樵夫失足坠入虎穴。傍晚时分,老虎叼着一只麋鹿跳进穴内,用鹿肉喂完两只虎仔后,又把残余的鹿肉送给樵夫充饥。以后,日日这样。老虎管饭管了一个多月,樵夫渐渐与老虎熟悉、融洽。有一天,老虎背负两只虎仔出穴,然后又入穴,背着樵夫跃出,还把樵夫引到通往山外的大道。樵夫为感谢虎恩,约定某日城西邮亭下,献猪款待。没想到那回老虎去早了,被猎人生擒,送到县衙。樵夫闻知,急忙跑到公堂上,抱着老虎痛哭。老虎也泪如雨下。县令问明前因后果,便急忙给老虎松绑,来到邮亭下,投以小猪。老虎大口吃完了,向着樵夫再三回头,恋恋不舍地离开了。为褒扬老虎义举,县令把邮亭改名为"义虎亭"。王士禛评《赵城虎》时说道,蒲松龄写的老虎,跟他曾经写过的赣州良富里老虎、王于一所记的孝义之虎,可以鼎足而三。"何於菟之多贤哉!""於菟"是古代楚人对老虎的称呼。

自古到清代,写老虎的文字不少,而《赵城虎》致力于在"虎形义士"上做新文章,巧妙地把猛兽和人性相结合。赵城老虎从李能捉虎时"蹲立门中",到老太太死后,"直赴冢前,嗥鸣雷动",处处都是猛兽行为,却包含了优美的人性。

当然啦,老虎像儿子一样孝敬"失独"的老人,这是蒲松龄的美好理想,可不要当真。《聊斋》点评家冯镇峦认为,有好县令,才能有老虎儿子。如果傻乎乎地认为老虎真的可以做儿子,那天下的爹娘早就给吃光了!"若教山君可作子,食尽人间爷娘多。"

《鸮鸟》:
贪官就该剥皮楦草

鸮鸟是什么？猫头鹰。山东俗称"夜猫子"，经常在夜间叫，叫声令人毛骨悚然。山东俗话说："夜猫子进宅，无事不来。"只要来，就没好事，通常要死人。这么不得人心的鸟儿，蒲松龄居然也拿来写了个精彩的讽刺小品，让猫头鹰飞到官员酒席上说起符合百姓心理的话："贪官剥皮。"

《鸮鸟》有明确的时代背景，有真实的历史人物做根据。它写的是康熙三十四年（1695）的事。这一年，清军在西部边塞和噶尔丹交战，康熙皇帝下令，为应付战事需要，不出征的亲王、贝勒、大臣要捐助马驼（马匹和骆驼）；山东等省的巡抚和文武官员，如果愿意捐助马驼，可以得到好评，得到提升；罪犯也允许捐助马驼赎罪。圣旨一出，官员认为升官发财的机会来了，大肆搜刮民间牲口。有个担任长山县令的杨某，确实因骡马事件"罣误"被免官。但小说家不是历史学家，小说家要展开奇特的想象翅膀，将真实的历史蒙上一层美丽的艺术外衣，使其更集中、更凝重，也更富于诗意和寓意。于是，一向被视为不祥之物的猫头鹰出现了。

康熙皇帝要支持"西塞用兵"，贪官借国家有事谋取升官发财的机会，已成社会痼疾。长山县令杨某，据记载叫杨杰，他趁"西塞用兵"之机搜刮财物，本地头畜被他抢空。周村是商人所集之地，从全国各地到周村赶集的车马众多，杨县令亲自率健壮兵丁对商人明抢明夺，抢下几百头牲口。四面八方来的商人非常气愤，又没地方告他，因为他有冠冕堂皇的借口，即皇帝的命令。恰好几个县的县令都集中在济南府。益都董县令、莱芜范县令、新城孙县令，住在同一个旅馆。有两个山西商人到旅店门口哭诉："我们有四头健壮的骡子，都被长山杨县令抢走了，道路这么远，我们失去财产和脚力，家都回不了，请几位县令向长山县令给说说情，还给我们吧。"三个县令可怜他们，答应了，一起到长山县令杨某住的地方。杨县令看到同时来了好几个邻县官员，便设宴招待。喝了一会儿酒，三个县令替商人求情，让杨县令还回商人的骡子，杨县令不听。三人劝得更加恳切。杨县令举起酒杯说："我有一个酒令，各位按照我制定的规则对酒令，不能对上的要罚酒。这酒令要说出一个天上、一个地下、一个古人，左右两边要问拿着什么东西，说了什么话，随问随答。"接着他自己先开了头："天上有月轮，地下有昆仑，有一古人刘伯伦。左问所执何物，答云：'手执酒杯。'右问口道何词，答云：'道是酒杯之外不须提。'"这个酒令较通俗，刘伯伦就是著名的嗜酒文人刘伶。杨县令制定规则自然是早就想行酒令，而且不仅想好了酒令，还借酒令顾左右而言他，不提自己抢商人骡子的事，让几位同僚闭嘴，不要说喝酒之外的事。莱芜县令范公说："天上有广寒宫，地下有乾清宫，有一古人姜太公。手执钓鱼竿，道是'愿者上钩'。"广寒宫是月宫；乾清宫是皇帝居住和处理政务的地方；姜太公是吕尚，因辅佐武王伐纣有功，受封在营丘，后来建立了齐国。传说他在渭水钓鱼，用直钩，不用鱼饵，所以有"愿者上钩"

之语。范公看来比较温文尔雅，他的酒令是对杨县令的温和劝说，告诉他，我们已经给你提了建议，让你放了商人的牲口，至于放不放，还是你自己决定，愿者上钩。新城孙县令说："天上有天河，地下有黄河，有一古人是萧何。手执一本《大清律》，他道是'赃官赃吏'。"萧何是帮助刘邦建立汉朝的大功臣，制定了很多被后世广泛采用的法律。《大清律》是清朝顺治四年（1647）颁布的法律。萧何不可能手执《大清律》，这有点儿张冠李戴，但是孙县令的话渐渐切题，告诉杨县令，你得小心，做贪官污吏是有法律管着的。新城这位县令居然有些胆略。杨县令听了孙县令的酒令面露惭愧之色，想了好久，说："天上有灵山，地下有泰山，有一古人是寒山。手执一帚，道是'各人自扫门前雪'。"灵山是印度佛教圣地灵鹫山的简称，泰山是五岳之首，寒山是唐代著名高僧，擅长写诗。一帚，用的是前人"家有敝帚，享之千金"的典故。拿着扫帚干吗？关键是"各人自扫门前雪"，你们管好自己的事就行了，我的事不用你们管！杨县令一心想着升官发财，油盐不进。同僚向他求情放几头骡子，都求不下来，他想要升官发财迫切到了寡廉鲜耻的地步。听到杨县令第二个酒令，三人面面相觑，说不出话。益都董县令也没继续行酒令，这位县令似乎有点儿多余，他在整篇小说里一句话也没说。这时，忽然有个翩翩少年"傲岸而入，袍服华整，举手作礼"。几个县令客气地拉他入座，给他斟了一大杯酒。少年笑说："酒先不喝，听说诸公在行雅令，我也献献丑。"众人说："请吧。"少年说："天上有玉帝，地下有皇帝，有一古人洪武朱皇帝。手执三尺剑，道是'贪官剥皮'。"洪武朱皇帝，是明代开国皇帝朱元璋；手执三尺剑，用的是汉高祖"斩蛇起义"的典故，《史记》说刘邦"以布衣提三尺剑取天下"。而"贪官剥皮"确实是朱元璋颁布的法令。明太祖开国时规定，把贪官斩首之后，还要剥皮楦草，将人皮稻草人立于官衙门口，以警诫后来者。"贪官剥皮"，痛快淋漓。三个县令听到这个酒令，都大笑。杨县令恼羞成怒，骂道："何处狂生？敢尔！"让衙役们把少年抓起来。结果"少年跃登几上，化为鸮，冲帘飞出，集庭树间，回顾室中，作笑声。主人击之，且飞且笑而去"。杨县令抓起东西来打它，它一边飞一边笑，走了。

写这个故事时，《聊斋》初步成书已十六年，蒲松龄仍在不遗余力地收集、创作《聊斋》故事，而且特别关注现实生活和国计民生，目光越来越深沉犀利。这则有关真实历史人物的荒诞故事，即"真人假事"，就是他晚年对人生的深刻思考。他在"异史氏曰"部分进一步说明创作这个故事的用意：在征集买马的差役中，那些县令中十个有七个家里的庭院挤满了牲畜，但是像这样成百上千，能够做起骡子生意的人，除了长山县令，还真是不多呢。圣明的天子爱惜民力，拿百姓一件东西也会照价付钱，他哪里知道下面奉命行事的官吏流毒竟会如此大啊！猫头鹰所到之处，人们最讨厌听到它笑，连孩子们也一起唾弃它，认为不吉利，但这一次猫头鹰的笑声，和凤凰的鸣叫又有什么区别？原文如下：

> 异史氏曰：市马之役，诸大令健畜盈庭者十之七，而千百为群，作骡马贾者，长山外不数数见也。圣明天子爱惜民力，取一物必偿其值，焉知奉行者流毒若此哉！鸮所至，人最厌其笑，儿女共唾之，以为不祥。此一笑，则何异于凤鸣哉！

蒲松龄还是不敢直接把矛头对准当世所谓圣明的皇帝，而且天下乌鸦一般黑，向杨县令说情的衮衮诸公与杨县令实际不过是五十步笑百步。这篇小说让平时为老百姓所不齿的猫头鹰用精练的语句表达了人们惩罚贪官的愿望后,发出快意的笑声翩翩而去。"贪官剥皮",说出了老百姓的愿望,而猫头鹰的笑声无异于凤鸣。

从这篇小说能够看出,酒令能够操纵小说人物之间的关系。酒令有一个发展渐进的过程,《红楼梦》中大观园宴会上史太君的酒令、林黛玉的"纱窗也没有红娘报",跟《聊斋》中的酒令有没有传承关系呢?

《黎氏》：
后娘化狼

《黎氏》主要想说明"士则无行，报亦惨矣"。不负责任的父亲谢中条，随便把跟他野合的妇人领回家，这个所谓后娘随后现出大灰狼的原形，把三个子女吃掉了。蒲松龄写这么凄惨的故事到底想说明什么道理？说明择偶的重要性。离奇的故事具有一定的现实意义。

山西龙门谢中条为人轻薄放荡，品行不端。他三十几岁时死了妻子，留下两个男孩儿、一个女孩儿。孩子们早上哭，晚上叫，他被拖累得非常狼狈，很苦恼。他想再娶个妻子，但又高不成低不就，只得暂时雇了老妈子照顾孩子。

一天，谢中条慢慢走在山路上，忽然有个妇人出现在身后。他故意慢走接近那妇人，偷眼一看，是一个二十岁左右的漂亮女人。谢中条立即心生邪念，嬉皮笑脸地调戏道："娘子一个人走路，不害怕吗？"妇人只管走路，不回答他的话。谢中条又没话找话："娘子脚这么小，走山路真难哩。"妇人看都不看他一眼。谢中条四处看看，见没人，就靠近妇人，突然抓住她的手腕，把她拖到山沟，想强行与她欢爱。妇人愤怒地大喊："哪儿来的强盗？野蛮地欺负人！"谢中条拖拉着妇人，就是不松手。妇人跌跌撞撞，被他纠缠得没办法，于是说:"你想与我欢爱就这样对待我吗?你放了我,我就顺从你。"谢中条听了,就和妇人一起去了一个僻静的小山沟,躺到草坡上亲热起来。事后,两人互相欣赏,难分难舍。妇人问:"你叫什么名字?住在什么地方?"谢中条如实相告,又问妇人名字和住处。妇人说:"我姓黎,不幸早年死了丈夫。现在婆婆又死了,孤苦伶仃,无依无靠,所以常回娘家。"谢中条说:"我也死了老婆。你能跟我一起过日子吗?"妇人问:"你有子女没有?"谢中条说:"实不相瞒,跟我相好的女人也不少,只是儿子哭女儿叫,实在让人受不了。"妇人表示犹豫,说:"这倒是难事。看你衣服鞋袜的样式不过一般,我自信可以做得来。但是继母难做,恐怕受不了别人说三道四、指手画脚。"谢中条说:"请不要有顾虑。你跟我回家,我自己不说什么,别人怎么干涉?"妇人有些心动,又说:"我已经和你发生关系了,还有什么不能依从你的?但是我有个凶悍的大伯哥,认为我奇货可居,恐怕他不会答应,怎么办呢?"谢中条建议道:"你跟我偷偷地跑了不就成了?咱们保密,谁也不告诉。"妇人说:"我也想得烂熟了,就怕我到你家,人多嘴杂,消息泄露出去,两边都不合适。"谢中条说:"小事一桩。家里只有一个照顾孩子的孤老太太,把她打发走就是了。"黎氏立即高兴起来,答应跟谢中条回家。

这一段包含了什么信息?谢中条品行不端,把子女看成难以忍受的负担,以猎艳为乐。这是一个既寻花问柳又不负责任的父亲,还是一个拦路施暴的流氓。奇怪的是,那个被强暴的女人,居然来者不拒,欣然野合。两个败类还马上谈婚论嫁,女的狡猾地说,做后娘怕有人说闲话,谢中条马上许愿:"我自不言,人何干与?"明明白白地告诉这个女人,你怎么对待我的儿女,我都不管,只要你我过得自在就成,等于承诺妇人可以肆意而为,天下还有这么恶劣

《黎氏》:后娘化狼 | 195

黎氏

蕭瑟蘆花淚
眼枯世間詎少
黑心待可憐
膝下佳兒女
供得涑閨
一飽無斁

《黎氏》

的父亲吗？

蒲松龄在《荷花三娘子》中说，动不动就野合，是牧猪奴办的事，这种行为不会成就正当的婚姻，更不会花好月圆。谢中条即使把黎氏领回家，也不是正当的婚姻，不过把这对狗男女的放荡野合搬到了危害子女的地方。

黎氏跟谢中条回家，先藏在外边的房子里。谢中条把照顾孩子的老妈子打发走之后，便清扫床铺，迎接黎氏。两人如胶似漆。黎氏成了家庭主妇，操持家务，为儿女补旧缝新，辛勤得很。谢中条自从得到黎氏，异常宠爱。他每天关上门跟黎氏厮守，不跟朋友来往，也不请客人进门，谁都不知道他有了新宠。过了一个多月，谢中条因事外出，怕有人来家里看到黎氏，把家门反锁后才上路。等他回来，打开家门，中门严严实实地关着，怎么敲，也没人答应。他撞开门进去，一个人影都没有。他来到寝室门口，一只大灰狼从门里冲出来，几乎把他吓死。他进屋一看，儿子没了，女儿也没了，满屋子血腥扑鼻。他反身去追那只巨狼，早不知跑到哪儿去了。

在不负责任的父亲谢中条的纵容下，黎氏一步一步实现残害子女的计谋：老妈子被解雇，孩子没有了唯一的成年人保护，黎氏做出贤妻良母的样子，让谢中条心安理得地将三个子女交付于"她"——得志便猖狂的中山狼。谢中条一走，"娘"关上门立刻变成了狼，把三个子女吃掉了！

"异史氏曰：士则无行，报亦惨矣。再娶者，皆引狼入室耳，况将于野合逃窜中求贤妇哉！"这里有两层劝世的意思：第一，涉及中下层人民普遍的家庭问题：千万不要给子女娶后母；第二，择偶要慎之又慎，万不可从行为不检和不知底细的人中求妇。

这个故事给我们的启示主要有两点：

第一点，是数千年来宗法封建家庭尤其中下层家庭中相当触目惊心的问题——"后娶"。这是一个古老而传统的话题。古人似乎普遍认为，后母一定会虐待前妻所生的子女，已经形成了一种刻板印象。汉代小说《说苑》写道：孔子弟子闵子骞母亲死后，父亲娶了后妻，后妻又生了两个儿子。父亲发现，冬天闵子骞的衣服很单薄，后妻亲生的两个儿子却穿得很暖和，就把后妻叫来说："我娶你，是为了照顾我的儿子，你欺负我的儿子，也就是欺负我，你走吧。"闵子骞的父亲要休妻，闵子骞跪下劝止，说："母在一子单，母去四子寒。"[1]意思是说，后母在，我一个人受冷；赶走现在的后母，再娶个后母，我跟兄弟们都会挨冻。千百年来，中国人不断讲着"芦花絮衣""母在一子单，母去四子寒"的故事，唱着"小白菜，地里黄，三两岁，没了娘"的曲子，说明后母是重要的社会问题。《颜氏家训》用尹吉甫听后妻谗言放嫡子伯奇于野的故事，指出"假继惨虐孤遗，离间骨肉"最值得警惕。当然在今天看来，这种"后母皆恶人"的观点明显过于偏颇，并不能反映全部的社会现实；但在当时，这种结论却被视为一种"普遍真理"。

第二点，用时髦的文艺批评术语来说，《黎氏》写出了人的异化。但人异化为狼并非蒲松龄的创造发明，《太平广记》就有两则——

《广异记·冀州刺史子》：刺史之子路遇一美女，先与之野合，后邀回家同居，最后被美女化成的大灰狼吃掉。这一则有点儿道理。

《宣室志·王含》：太原人王含发现母亲行为奇怪，给她生麋鹿，"啖立尽"，最后母亲化成狼破户而出。这一则有点儿怪怪的，母亲是狼，儿子是什么？

---

[1] 因闵子骞还有一同母兄弟，故此处称"四子"。——编者注

蒲松龄写《黎氏》显然受到了这两个故事的影响。但《聊斋》写人异化为动物，总忘不了暗寓救世佛心。放荡的谢中条，靠野合弄回个女人给孩子做后娘，后娘变狼，把孩子吃了。这是寓言式写法，写出父亲只顾自己享受、对子女不负责任的行为给子女带来了毁灭性的伤害。

我读到《黎氏》时经常匆忙翻过，觉得三个孩子太可惜、太可怜，也太遗憾了——那只恶狼怎么不吃了那个引狼入室的家伙呢？

《向杲》:
变只猛虎吃恶人

孔子告诉弟子:"苛政猛于虎也!"《聊斋》提出著名论点:"官虎吏狼。"《向杲》描写良民受到欺压没地方申诉,想要得到公正,想要报仇,不得不变成老虎。人化虎的幻想,是善良民众惩治凶顽的幻想,是无辜良民与残民以逞的魑魅魍魉斗争的幻想。黑暗的社会把人逼成了虎,意义相当深刻。

向杲的哥哥向晟跟妓女波斯相好,割臂洒血发誓结为夫妇。因鸨母要价太高,婚约一直没法履行。恰好鸨母要从良,打算先遣散波斯。这时,有钱有势的庄公子想把波斯赎出来做妾。但波斯对鸨母说:"既然咱们愿意一起离开水深火热的妓院,如果让我去做妾,跟做妓女又有多大差别?您就好人做到底,请选择向生,让我跟他过日子吧。"鸨母同意了,向晟就倾尽家产把波斯娶了回来。庄公子认为向晟夺走了心爱的女人,怀恨在心,路遇向晟,破口大骂。向晟反唇相讥,庄公子就嗾使家人用短棍把他狠狠打了一顿。向晟奄奄一息,庄家人一哄而散。向杲听说哥哥被打,急忙赶去,哥哥已经死了。向杲到太原郡告状,庄公子花钱行贿,冤情得不到昭雪。向杲怒火中烧,既然杀兄之仇官府解决不了,那就自己解决!他每天怀里揣着利刃,埋伏在庄公子经常走的山路边的草丛里,想拦路刺杀庄公子。久而久之,庄公子知道了向杲的打算,出门时戒备森严,又请了神箭手焦桐做保镖。向杲没法施行计划,可他不甘心,仍然每天在庄公子常走的路上守候,等待时机下手。"一日,方伏,雨暴作,上下沾濡,寒战颇苦。既而烈风四起,冰雹继至,身忽忽然痛痒,不能复觉",山岭上原先有一座山神庙,向杲被暴雨、狂风、冰雹折磨得筋疲力尽,冻得直打哆嗦,就硬撑着爬起来,往山神庙跑去。他进了庙,发现一个平时熟识的道士正在那儿。先前,道士在村里乞求斋饭时,向杲常给他饭吃,所以道士也认识向杲。道士看到向杲的衣服湿透了,就拿了件布袍给他,说:"先换上这件吧。"向杲接过布袍,换到身上,他觉得很冷,情不自禁地像狗似的蹲到地上,看看身上,全身长出虎毛,自己竟然变成了一只老虎!一个七尺男儿,眨眼间变成了一只斑斓猛虎!向杲还没回过神来,这个惊天动地的变化就已经发生了。他想找道士问问怎么回事,道士却不见了。

这时向杲的心理是"惊恨"。他可能在想:我怎么变成一只大老虎了?我从此就成了啸傲山林的猛兽啦?我的人生就此结束了吗?我还有许多人生重任没完成呢,比如说找庄公子报仇。但转念一想:如果能够抓住仇人吃了他的肉,那也不错。向杲化虎后,这段人虎交替的心理,写得多么奇妙有趣,荒诞极了,却又似乎确有其事。向杲的心情和行为真切、细腻。道士赠布袍给向杲,是因为向杲的衣服湿了。向杲接过布袍披到身上,实际上是接过虎皮披到身上,他已经经历了从人到虎的变化,所以,"忍冻蹲若犬",这已不是人的动作,而是老虎的动作。他低头看到自己身上长出了虎毛时,知道自己变成了老虎,又惊又恨;接着想到,老虎可以吃人,这样

向布袍著體變於莞利
鏃驚魂返故吾南面
果寧官謊誕妄可曾知
有使君無

《向果》

他就可以吃掉仇人了,一步一步写来,多有逻辑性!蒲松龄写的向杲,不是纯粹的人,因为他有了猛虎外形,可也不是纯粹的虎,因为他仍按人的思维进行复杂周密的思考。这时的向杲是什么呢?是人还是虎?是非常别致的、非常特殊的"虎形人",老虎的外形,人的心理,实在太妙了!接着,蒲松龄对已经变成老虎的向杲进行了更深细的人物心理刻画:变成老虎的向杲下山来到刚才埋伏的地方,看见自己的尸体躺在草丛里,这才醒悟:我作为人的前身已经死了,现在是作为老虎存在。他怕乌鸦和老鹰吃掉自己的尸体,就守在旁边看护着。向杲现在还处于灵肉分离的状态。几千年来,从来没有小说家写过此类状态。这样的描写太有意思,也太有韵味了。其实,不管是人形的向杲,还是虎形的向杲,都是一回事,是壮士向杲两种不同的互相补充、互相接力的存在形式。虎形向杲看到的人形向杲的尸体,其实不是尸体,而是一个暂时失去生命力、失去灵魂的躯壳。那个一心报仇的灵魂已附着到老虎身上。附着到老虎身上的壮士灵魂害怕自己的壮士躯壳葬身于乌鸦、老鹰嘴里,便小心翼翼地守着。这真是一段灵肉分离的天才描写。蒲松龄写得奇妙而魔幻,细致周详,合情合理。古今中外,有哪位作家能把灵肉分离,把人的异化,把亦人亦虎,写得如此绝妙,如此有哲理,如此有层次?只有蒲松龄。

变成老虎的向杲在路边蹲守了一天,庄公子才经过这里。庄公子跟保镖非常警惕,他们知道向杲经常怀揣利刃埋伏在这儿准备报仇,但今天很好,让庄公子心惊肉跳的壮士向杲忽然不见了。庄公子感觉似乎没有生命危险了,但他和保镖做梦也想不到,草丛里还有一个不是向杲的"向杲"在蹲守着,比向杲更可怕、更有杀伤力,也更难提防。当庄公子走近时,老虎突然从草丛中跳出来,把庄公子从马上扑落在地,"咔嚓"一声,把他的脑袋咬了下来。真是"得仇人而食其肉,计亦良得"。庄公子的保镖、神箭手焦桐回马射出一箭,正好射中老虎的肚子!老虎跌倒在地,死了。

可爱的老虎完成了壮士向杲一直想完成却完不成的报仇重任,悲壮地死了,也可以说是合情合理地死了,不失时机地死了。老虎一死,向杲活了。草丛中毫无生气的向杲渐渐苏醒,眼睛慢慢睁开,恍恍惚惚似乎只是做了个变成老虎的梦,但这又是对他的躯体产生很大影响的变异。他虽然醒了,意识还停留在老虎阶段,身子也不能动,在草丛里躺了一夜,才能走路,疲惫不堪地回了家。《彭海秋》写丘生变成马,快捷利落,恢复成人,却要经过比较漫长的过程。《向杲》有点儿类似。不过从哲理意义上讲,向杲不是像丘生那样人变兽易,兽回归人难,而是需要经历从猛虎到壮士的心理调整,需要经历从猛虎的激烈行为向普通人转化的体质适应。蒲松龄写得很合理。

因为向杲好几个晚上都没回家,家人正在害怕、猜疑,见他回来,都高兴地过来慰问。向杲躺在床上,呆头呆脑,话都说不出来。这一点写得很巧妙,向杲虽然恢复成人了,但是老虎的思维还残留着一些,他虽然不再虎啸山林,但要开口说人话,还得适应一段时间。过了一会儿,家人听说庄公子被老虎咬死了,争先恐后地跑到床前告诉向杲。向杲这才开口说话:"那只老虎就是我啊。"他向家人叙述了自己变成老虎把庄公子脑袋咬下来的奇异经历。这下子,向杲化虎报仇的事就传开了。庄公子的儿子痛心父亲惨死,听说是向杲化虎把父亲吃了,对向杲恨之入骨,就到官府告状。官府因为人变老虎的事太离奇、太荒诞,没有证据,便对庄家的诉状不加理睬。

向杲如愿以偿地给哥哥报了仇。蒲松龄在"异史氏曰"部分说:

"壮士志酬，必不生返，此千古所悼恨也。借人之杀以为生，仙人之术何神哉！然天下事之指人发者多矣。使怨者常为人，恨不令暂作虎！"

从这个离奇的故事中，我们可以得到什么启示呢？

第一，《向杲》是深刻的刺贪刺虐佳作。和《续黄粱》《成仙》《红玉》《梦狼》一样，都是写黑心官吏和豪强对百姓的迫害。郭沫若说《聊斋》"写鬼写妖高人一等，刺贪刺虐入骨三分"，《向杲》勉强算虎妖报仇。

第二，人化虎是中国古代小说的传统题材，蒲松龄将其发展到了极致。蒲松龄是学者型作家，他的作品有的取自前人作品，而且另辟蹊径，写出别样风情，《向杲》就是典范。关于人化虎的小说，古已有之。六朝小说《述异记·封邵》《齐谐记·薛道询》《神仙传·栾巴》都是写人化虎故事。特别是《述异记·封邵》写父母官变成老虎吃老百姓，具有深刻的思想性。《向杲》跟这个故事有一定的关联，但它更直接传承的是唐代李复言的《续玄怪录·张逢》。张逢偶尔投身一片绿草地，变成"文彩烂然"的猛虎，因为不愿意吃猪狗牛羊，就把福州录事郑纠吃了。张逢恢复人形后把变虎吃人的奇遇告诉众人，被郑纠的儿子听到，"持刀将杀逢"，因为人化虎食人"非故杀"，而不了了之。向杲化虎跟张逢化虎情节几乎相同，但蒲松龄推陈出新，把一个简短的怪异故事，变成思想性很强、艺术性很高的古典小说名作。张逢化虎是奇特的，又是偶然的。张逢遇到过使他必须变成老虎的情势吗？没有。张逢假如没有走到那片草地，就化不了虎。他到那片草地，完全是无目的的行为。张逢和郑纠之间也没有必须食之而后快的仇恨，仅仅是因为变成老虎的张逢嫌猪狗牛羊脏，才把郑纠给吃了。他们之间并没有仇恨，被吃掉的郑纠也没有什么劣迹，简直是个冤鬼。向杲化虎则完全不一样。向呆化虎也是偶然，道士"以布袍授之"，向杲易袍后"身化为虎"。但向杲化虎又是必然和必需的：向杲的哥哥被恶霸庄公子所杀，官府受贿，"理不得伸"。庄公子知道向杲要伏击他，请了"勇而善射"的焦桐做护卫。向杲想报仇，却没办法，只有化成老虎才能把恶霸的脑袋咬下来。又因为人化虎的事荒诞而没有根据，即使向杲明确承认"老虎就是我"，庄公子家人也拿他没办法。本篇故事构思太妙了！向杲变虎，是因为道士的布袍，如果他再由道士变虎为人，那小说家就太缺少神思了。保镖射虎，合情合理。《向杲》是中国小说史上"人虎换位"最成功的作品。取材于古籍是小说家常做的事，只有理想主义和艺术天才互相碰撞，才能迸发出璀璨的光芒。

第三，人异化为动物，是不是中国文学独有的？不是。古希腊神话中，神、人和动物常常互相变换。如天神宙斯变成牛，变成天鹅；《奥德修纪》（即《奥德赛》）中的巫女把人变成猪等。用小说形式写人异化成动物，是20世纪以来非常流行的，蒲松龄真是世界小说的先驱。20世纪的小说主要是在荒诞、异化的主题下，将人异化为动物。比如，弗兰兹·卡夫卡的《变形记》中，推销员萨姆沙一觉醒来，发现自己变成了一只硕大的甲虫，背如坚甲，腹部胀大。甲虫仍有人的意识，也更表现出人与人之间的冷漠、隔阂。哥伦比亚作家马尔克斯的《百年孤独》，结尾写阿玛兰塔·乌苏拉和侄子小巴比洛尼亚乱伦，生下布恩迪亚家族的第七代，一个长着猪尾巴的孩子。乌苏拉死后，孩子被蚂蚁拖入蚁穴。在拉美作家看来，魔幻现实就是拉美的现实。所以在比较文学研究中，《聊斋》和欧美文学"变形"方面的对比是一个重要课题。而像《聊斋》中的向杲这样，在人异化为动物的描写中隐藏这么深刻的思想意蕴，归根到底，还是和中国文学"文以载道"的传统有关。

《聊斋》的前世今生

《聊斋》是一本什么样的书？蒲松龄在这本书里寄托了什么样的理想追求？他写这本书时经过了怎样的艰难困苦？这本三百多年前的书和现代社会又有什么联系？另外，什么叫"聊斋"？什么叫"志异"？

《聊斋》共有近五百篇故事，用文言写成，篇幅有长有短，长的四千多字，短的只有一句话。人们通常把《聊斋》当作短篇小说集，其实《聊斋》中有近百篇散文。

《聊斋》在康熙十八年（1679），蒲松龄四十岁时初步成书，此后不断修改增补，写到他将近七十岁。我考察了四十年，一直没找到第一手文献资料，说明康熙十八年时《聊斋》到底有哪些篇目。但根据蒲松龄"闻则命笔"的习惯，参照他的生活经历，可以推测初步成书时，《聊斋》只有百篇左右。除人间故事外，神、鬼、狐、妖、梦幻、离魂，这些志怪小说的构思模式都已具备，传世名作《画皮》《婴宁》《娇娜》《聂小倩》《劳山道士》也都有了。因为丰富多彩、天马行空的构思模式和瑰丽奇诡、文采斐然的故事，《聊斋》从一开始就给蒲松龄带来了巨大的声誉。淄川文坛领袖高珩、唐梦赀给《聊斋》写了序，蒲松龄自己写了《聊斋自志》。

《聊斋自志》写出了创作《聊斋》的动机、过程，以及创作中的苦闷。

《聊斋自志》表明，《聊斋》是蒲松龄抒发理想追求的书。蒲松龄愤世嫉俗，痛恨黑白颠倒、官虎吏狼，他写小说，不是消闲遣闷，而是抒怀言志。他是以屈原式的忧国忧民之心，韩非子式的"孤愤"之志，李贺诗中牛鬼蛇神的想象，苏轼"喜人谈鬼"的爱好，在《搜神记》《幽明录》的志怪传统上，用"鬼狐史"抒写"磊块愁"。

《聊斋自志》表明，《聊斋》的写作经历了长期艰苦的过程。从自己"喜人谈鬼"，到朋友把自己知道的故事告诉他，各种社会现象的传闻纷至沓来，积累越来越多。蒲松龄在描述这些万花筒般的奇闻逸事时，寄托了自己的志向、抱负、胸怀，还有他对人生的理解。

《聊斋自志》表明，创作《聊斋》，虽然受到社会冷落、朋友劝阻、世俗嘲笑，但蒲松龄一直坚持着，耗尽了毕生心血。

那么，什么叫"聊斋"？什么叫"志异"？

不少人把"聊斋"说成"聊天的书斋"，看似合理，还符合小说是"街谈巷议""道听途说"的观点。蒲松龄当然会在书斋跟朋友聊天，但说"聊斋就是聊天之斋"似乎有些表面化。蒲松龄从二十几岁就在外做家庭教师挣钱养家，哪有闲工夫整天在家聊天？我认为"聊斋"既包含"书斋"的意思，也包含"聊斋先生"的意思。苏联汉学奠基者阿列克谢耶夫院士曾把"聊斋"翻译成"聊以自慰的书斋"。2001年在第二届国际聊斋学讨论会上，俄罗斯汉学家、科学院院士李福清主持我的发言时，我们曾交换对"聊斋"一词的看法，他引用他的恩师阿列克谢耶夫院士的话说："'聊'的意思类似'姑且如此'吧。"

我赞同阿列克谢耶夫院士的观点。在追求功名的路上一再遭受挫折的蒲松龄只能聊寄情于读书,聊寄情于写作,聊寄情于世人最不看重的"小道"——小说。我还认为"聊斋"的"聊"和屈原的《离骚》有关系。《离骚》的写作缘起,如屈原自叙所说,是报国无门,想去天国而天门不开,只好"聊逍遥以相羊",写楚辞抒发胸怀。蒲松龄几十年来叩科举报国的天门而不开,只好聊鬼妖以自慰,他希望《聊斋》像《离骚》一样有价值,像《离骚》一样不朽。所以,《聊斋自志》开头就和屈原类比:"披萝带荔,三闾氏感而为骚。"屈原忧国忧民,为追求真理九死而不悔,是历代正直的知识分子的精神支柱,也是蒲松龄写《聊斋》的重要思想基础。

什么叫"志异"?"志"是动词,写;"异"是名词,新奇怪异的事。"志异"就是描写新奇怪异的事。蒲松龄喜欢记录世间千奇百怪的事,更喜欢虚构人世并不存在的事,用现代文艺理论来说,就是创造超现实的他界——神界、鬼界、妖界、梦幻、离魂,这是早期志怪小说家的构思模式,《聊斋》把它发挥到了极致。

郭沫若先生用一副对联概括了《聊斋》的内容:

写鬼写妖高人一等
刺贪刺虐入骨三分

其实《聊斋》不只写神鬼狐妖,还有相当一部分写现实生活。《聊斋》是把神奇幻想和残酷现实完美结合的艺术珍品。《聊斋》中那些典型的短篇小说,都有故事曲折、人物鲜活、语言生动的特点,既有趣又好看。鲁迅先生在《中国小说史略》中总结为"用传奇法,而以志怪"，就是说，蒲松龄把六朝志怪小说的传统和唐传奇的传统都继承和发扬了。

因为家境贫寒，蒲松龄生前无力印刷自己的书，《聊斋》以多种手抄本形式流传。蒲松龄去世半个世纪后，乾隆三十一年（1766），有了"青柯亭刻本"。青柯亭本对《聊斋》的文字做了多处窜改，但保留了《聊斋》的基本面貌。这个刻本很快流行。根据青柯亭本做的注本、选本、评点本、插图本不断出现，直到清代道光年间，《聊斋》风行天下。颐和园长廊有《聊斋》彩绘，清朝宫廷有精美的《聊斋》图册，这套图册曾被沙俄军队抢走，现在已经回归。

《聊斋》使中国短篇小说的艺术水平达到了空前高度。它不仅成为清代文学的奇葩，还和《诗经》、《楚辞》、《史记》、李白杜甫诗、苏东坡辛稼轩词、《红楼梦》等一起，构成了中国文学史绵延不断的艺术高峰。《聊斋》是最受戏剧界和影视界欢迎的古代小说集，早在道光年间就被搬上戏剧舞台。全国许多剧种不断改编《聊斋》故事，仅仅蒲松龄恩师施闰章断案的故事《胭脂》就有京剧、越剧、评剧、川剧、秦腔、河北梆子、山东梆子、五音戏等演出。1949年以前，京剧、昆曲、越剧、评剧、川剧、秦腔、吕剧等大约二十个剧种已改编了一百多出《聊斋》戏，其中京剧四十多出，川剧六十多出。梅兰芳演过《牢狱鸳鸯》（《胭脂》），程砚秋演过《罗刹海市》，荀慧生演过《西湖主》，周信芳和欧阳予倩演过《嫦娥》，新凤霞与赵丽蓉演过《花为媒》（《寄生》）。1922年商务印书馆影戏部把《珊瑚》改为《孝妇羹》拍成电影，这是第一部《聊斋》电影。到1947年，又有八部《聊斋》电影问世。从1949年到1992年，一共拍了十六部《聊斋》故事片，如谢铁骊导演的《古墓荒斋》。港台也拍过多部《聊斋》电影，如张国荣、王祖贤主演的《倩女幽魂》。20世纪

90年代，福建电视台录制《聊斋》电视系列四十八部。进入21世纪，《聊斋》再度大热，拍摄了多部《聊斋》影视作品，借"聊斋"金字招牌招揽市场，仅《画皮》系列就创造了十多亿元票房。

《聊斋》不仅是中国文学的骄傲，还是世界文库的东方瑰宝。到20世纪末，《聊斋》已有英国、法国、德国、日本、俄罗斯、西班牙、葡萄牙、意大利、挪威、瑞典、捷克、匈牙利、罗马尼亚、保加利亚、越南等二十多种外文译本，成为世界人民了解中国封建社会的"清明上河图"，被推崇为"汉语世界的《十日谈》《天方夜谭》"。《聊斋》还影响着其他国家的文学发展，日本近代著名小说家芥川龙之介曾创作过四篇取材于《聊斋》的小说；21世纪日本最有名的魔幻作家梦枕貘，其号称"日本《聊斋》"的《阴阳师》卖了四百万册，《妖猫传》也在中国走红。

最理解和最欣赏《聊斋》的，当然还是聊斋先生的同胞。《聊斋》虽然是文言文，却在中国家喻户晓、妇孺皆知。蒲松龄去世二百多年后，蒲家庄村民集资，邀请中国工程院院士张锦秋担任设计师，邀请我担任文学顾问，由上海美术电影厂承建，盖起一座按照《席方平》和《罗刹海市》构思的聊斋宫，每到节假日，游人摩肩接踵，热闹非常。二十多年前我陪刘白羽先生参观聊斋宫，这位走遍世界的散文家说，这座精美的中国"乡村建筑"可以跟美国迪士尼相媲美。

康熙十八年（1679），《聊斋》初步成书时，在子夜荧荧、寒斋瑟瑟中写《聊斋自志》的蒲松龄曾感叹他的写作像处于困境的吊月秋虫、经霜寒雀，没有多少人理解他。他引用杜甫《梦李白》中"魂来枫林青，魂返关塞黑"的诗句，说："知我者，其在青林黑塞间乎？"现在我们可以回答了：

《聊斋》的知音世代不绝,《聊斋》的知音在五湖四海。

封建时代读书人高官厚禄的理想追求,在穷秀才蒲松龄那里终成泡影;以灿烂的中华传统文化哺育,成为其中杰出代表的蒲松龄却光芒四射。历史毕竟是公正的。

1948年《聊斋》半部手稿在辽西发现,一直保存在辽宁省图书馆。2007年,在辽宁省人大常委会副主任、著名散文家王充闾先生的陪同下,我进入辽宁省图书馆戒备森严的地下书库,战战兢兢地翻阅这半部手稿。我小心翼翼地摸着蒲松龄用瘦骨伶仃的手写下的手稿,做梦也想不到,研究蒲松龄三十年还能跟三百多年前的研究对象有零距离的接触!我的眼泪差点儿掉到这半部泛黄的手稿上。我想,在贫困中,在不得志中,在世人的不理解乃至讽刺中,蒲松龄坚定不移地写《聊斋》,只是因为热爱中华传统文化,只是因为热爱并且想要发扬中国小说传统,只是为了实现文学理想,只是为了实现人生价值。再苦,再累,再心焦,再心酸,蒲松龄都忍受着,拼搏着。现在,隔了三个多世纪,《聊斋》魅力不减,造福中华民族,风行全世界。什么叫伟大?这就是。什么叫不朽?这就是!

图书在版编目（CIP）数据

马瑞芳品读聊斋志异. 妖卷 / 马瑞芳著. —成都：天地出版社，2023.3
ISBN 978-7-5455-7262-9

Ⅰ.①马… Ⅱ.①马… Ⅲ.①《聊斋志异》—古典小说评论 Ⅳ.①I207.419

中国版本图书馆CIP数据核字（2022）第178798号

MA RUIFANG PINDU LIAOZHAI ZHIYI YAO JUAN

马瑞芳品读聊斋志异·妖卷

出 品 人	陈小雨　杨　政
作　　者	马瑞芳
责任编辑	吕　晴
责任校对	杨金原
封面设计	尚燕平
责任印制	王学锋

出版发行	天地出版社
	（成都市锦江区三色路238号　邮政编码：610023）
	（北京市方庄芳群园3区3号　邮政编码：100078）
网　　址	http://www.tiandiph.com
电子邮箱	tianditg@163.com
经　　销	新华文轩出版传媒股份有限公司

印　　刷	玖龙（天津）印刷有限公司
版　　次	2023年3月第1版
印　　次	2023年3月第1次印刷
开　　本	880mm×1230mm　1/32
印　　张	7.25
插　　页	16P
字　　数	187千字
定　　价	58.00元
书　　号	ISBN 978-7-5455-7262-9

版权所有◆违者必究

咨询电话：(028) 86361282（总编室）
购书热线：(010) 67693207（营销中心）

如有印装错误，请与本社联系调换

喜马拉雅策划出品

《马瑞芳讲聊斋志异》现已全部上线，
欢迎大家扫码收听

课程简介

　　《聊斋志异》是清代著名文学家蒲松龄创作的短篇小说集，被誉为"中国古代短篇小说艺术高峰"，是中国志怪小说的杰出之作。其中的著名篇目，如《画皮》《画壁》《聂小倩》《小翠》《阿宝》等更是被频频搬上银幕。

　　《聊斋志异》研究专家马瑞芳教授，从《聊斋志异》近五百篇作品中，精选百余篇经典篇目，循序渐进，抽丝剥茧，详细解读，打开三百多年前光怪陆离的奇幻世界，洞悉为人处世的千年规则，带你欣赏《聊斋志异》之美，让你在艺术享受中体悟人生，在潜移默化中修身养性。

　　快来听马老师为你解读三百多年前的蒲松龄，如何用鬼狐神妖故事，揭秘尘世间人情冷暖吧。

欢迎收听更多精彩有声作品

《必须犯罪的游戏·重启》
危机四伏的逃生游戏再次开启

《听见·刘心武·读书与人生感悟》
茅盾文学奖得主刘心武八十自述

《世界名著大师课》
听大师讲解经典名著

从声音到文字，分裂人类故事

天壹文化